Laura Lindstedt

Meine Freundin Natalia

Laura Lindstedt

Meine Freundin Natalia

Roman

Aus dem Finnischen von
Maximilian Murmann

dtv

Die Arbeit des Übersetzers wurde gefördert von
FILI, Finnish Literature Exchange

FILI FINNISH LITERATURE EXCHANGE

MIX
Papier aus verantwortungsvollen Quellen
FSC® C083411
FSC
www.fsc.org

Die finnische Originalausgabe erschien 2019 unter dem Titel
›Ystäväni Natalia‹ bei Teos in Helsinki.

Gesetzt aus der Minion
Satz: Fotosatz Amann, Memmingen
Druck und Bindung: CPI books GmbH, Leck
Printed in Germany · ISBN 978-3-423-28290-1

Meine Freundin Natalia

Psychologen sollten nicht über die Angelegenheiten ihrer Patienten sprechen. Ich mache diese eine Ausnahme, weil eine ehemalige Patientin, nennen wir sie »Natalia«, mich dazu angeregt hat, ihre Geschichte zu erzählen. Ihr Fall könnte ein Trost sein für alle Frauen, und warum nicht auch Männer, die mit ähnlichen Problemen ringen. »Natalia« selbst äußerte diesen Gedanken während einer unserer Sitzungen.

Oder nein, um gleich einem möglichen Missverständnis vorzubeugen: Sie saß nicht. Meine Angewohnheit, von »Sitzungen« zu sprechen, rührt aus der Zeit, als ich noch an einen lösungsorientierten Ansatz glaubte. Damals saßen meine Patienten und ich uns in gemütlichen Polstersesseln gegenüber, meiner war mandelgrün, der meiner Patienten russischblau. Wir ließen uns gegen die Rückenlehnen sinken oder beugten uns zueinander vor, wenn es die Situation erforderte, wir wurden eins in unserer Körpersprache und arbeiteten unnachgiebig an dem Problem, egal ob die Diagnose F10-19.1, F43.2 oder F50.2 lautete.

»Natalia« war eine meiner ersten liegenden Patientinnen. Ich sprach von einer *Couch,* als ich ihr den Behandlungsraum zeigte, den ich unmittelbar neben meiner Wohnung angemietet hatte. Auf dieser *Couch* würde »Natalia« liegen, sofern sie sich für eine Therapie bei mir entschied, sofern sie der Meinung war, dass ich ihr unter all den promovierten Psychologinnen und Psychologen in der Stadt am besten helfen könnte. Titel waren »Natalia« ausgesprochen wichtig. Sie wollte keinen x-beliebigen Seelenklempner, sie wollte jemanden mit Erfahrung und Expertise.

Ich war sofort fasziniert von der Art, wie »Natalia« den Behandlungsraum betrat. Gewöhnlich setzen sich meine Patienten bei ihrem ersten Besuch in den Sessel, den russischblauen, und lassen ihren Blick durch den Raum schweifen. Sie sind reserviert und verschüchtert, sie schielen zur *Couch*, die ich ihnen präsentiere und auf der ein Prozess angestoßen wird, wenn alles gut läuft. Die *Couch* hat weder Rücken- noch Armlehnen, und doch muss ich dieses Möbelstück als *Couch* bezeichnen, denn spräche ich von einem Bett, würde das unwiederbringlich etwas im Inneren meiner Patienten zerstören. Sie mustern also gedankenverloren die mit orangefarbenem Stoff bezogene *Couch* und registrieren das darüber angebrachte Gemälde, dessen Künstlerin sogar einige kennen, was in mir eine Freude entfacht, die ich aus Gründen der Professionalität schnell wieder ersticke: die Freude darüber, dass ich vielleicht bald mit einem Menschen zusammenarbeite, der die Kunst liebt.

»Natalia« setzte sich nicht in den russischblauen Sessel, den ich ihr anbot wie all meinen potenziellen Patienten. Ich fordere sie nicht direkt auf, sondern strecke meinen Arm in Richtung des Sessels und öffne gleichzeitig ein wenig die Hand. Ich nicke ermutigend, aber subtil, und lasse meinen potenziellen Patienten danach einen Moment in Ruhe. Ich wende mich für einige Sekunden ab, um den Notizblock von dem kleinen Tisch zu nehmen, der neben dem mandelgrünen Sessel steht, den ich ebenso wie den russischblauen aus meinem ehemaligen Arbeitszimmer im Therapiezentrum Merikenno mitgebracht habe.

Aber wie gesagt, »Natalia« nahm nicht auf dem Sessel Platz. »Natalia« betrat den Raum auffallend entspannt und stellte sich mitten auf den Perserteppich, genau auf das abstrakte Medaillon, eine Art vierblättrige Blume.

Wenn meine potenziellen Patienten zum ersten Mal in das Zimmer kommen, sehen sie oft aus, als wären sie einige Zentimeter geschrumpft. Nachdem sie Platz genommen haben, wissen sie nicht, wohin mit ihren Händen, in den Schoß oder auf die Armlehne. Sie warten darauf, dass ich die Situation bestimme, was ja mein Job ist, und das mache ich gerne. Aber »Natalia« hatte keine Hemmungen, sondern sagte als Erstes: »Das Bild da über dem Bett hing bis Mitte der Neunziger im Wohnzimmer meiner Großmutter!«

»Natalia« machte einen Schritt von der Blume in Richtung des Gemäldes, betrachtete es wie mit neuen Augen und neigte dabei ihren Kopf zur Seite, als würde sie versuchen, die sprühenden Farben in den Abfluss ihrer Erinnerungen fließen zu lassen, mit dessen Untersuchung und Reinigung wir uns in den nächsten Monaten beschäftigen würden. Dann gab sie einen kleinen, scheinbar unbeabsichtigten Seufzer von sich, in dem ein Schuss Traurigkeit und eine Prise Lust steckten, dessen bin ich mir sicher.

Von diesem Moment an begannen wir ein Vertrauen aufzubauen, das von Grund auf anders war als das Vertrauen zwischen mir und meinen anderen Patienten.

Natalia – von deren Namen ich nun die Anführungszeichen entferne, so wie ich die Sicherung meiner Waffe entfernen würde – hatte ein Problem, das ihren Alltag immens beeinträchtigte. Vielleicht hätte es sie nicht so stark beeinträchtigt oder überhaupt so viel Raum eingenommen, wenn sie ein normales Sicherheitsnetz gehabt hätte. Eine Familie zum Beispiel oder enge Freunde, mit denen man Freuden und Sorgen teilen kann, sodass Erstere sich vermehren und krachen wie Eisschollen im Frühjahr, während Letztere zu kleinen Pusteblumen schrumpfen, deren Härchen schon ein Flüstern in alle Winde zerstreut. Wenn ein Mensch Freunde hat, fliegen die Sorgenhärchen aus dem magischen Kreis der Freundschaft heraus und landen schließlich woanders, denn vom Sprechen wird der Kummer auf der Welt nicht weniger, er wechselt nur vorübergehend den Platz. Aber wenn man richtig viel spricht, kann der Kummer dauerhaft seine Form verändern. Verbalisiert man seinen Kummer auf der Couch – von der ich die Kursivierung, diese venezianisch-florentinische Erfindung aus der Renaissance, entferne, so wie ich die Tagesdecke von einem Bett entfernen würde –, gibt man dem Kummer Worte, während man auf dem Rücken liegt, in diesem sicheren Nest aus Vertrauen und Hingabe, kann er sich in eine nicht mehr erkennbare, spitzenverzierte Nostalgie verwandeln. Würde ich nicht daran glauben, müsste ich den Beruf wechseln.

Natalia stand immer noch auf dem Teppich. Ihr falle es leichter, im Stehen zu sprechen, sagte sie, als würde der aufrechte Oberkörper ihr für die Uraufführung ihres Problems mehr Kraft geben. Natalia öffnete den Brustkorb, brachte die Kraftvektoren ihrer Stützmuskeln in Position und machte zur Lockerung eine kleine Drehung. »Ich schäme mich«, sagte sie und lachte nervös, »ich schäme mich so sehr, dass ich jeden Moment umkippen könnte!« Doch sie schien nicht im Geringsten zu schwanken. Sie sah aus, als würde sie zu einem Dreisprung ansetzen.

Dann begann Natalia zu erzählen, was ihr Problem war. Ihre Liebhaber waren das schlimmste Gift für sie, gleichzeitig waren sie für ihr Leben Salz, Zucker, Marzipan, Umami. »Sie sind weg, und doch sind sie in meinem Kopf«, sagte Natalia. »Sie sind auf eine grundlegende Art weg, auch wenn sie bei mir sind. Auch wenn sie in mir sind! Je mehr ich sie küsse, desto weniger sind sie da. Und dann sind sie wieder weg. Sie spazieren zur Tür hinaus, gehen zu ihrer Arbeit, ihren Wohnungen, ihren Frauen, ihren Hunden, wohin auch immer. Mein Hirn zaubert verschiedene Konstellationen hervor, in denen sie da sind. Und ich bei ihnen, natürlich. Ich bin stets mit von der Partie, mittendrin, sie dringen durch alle Öffnungen in mich ein, und ich werde erfüllt, aber es nimmt kein Ende, und mein Kopf fängt an zu schmerzen. Und in mir ist kein Platz mehr für irgendeinen logischen, brauchbaren Gedanken, weil mein Kopf voll ist von diesen Liebhabern. Die weg sind. In mir ist kein Platz für neues Wissen, ich lerne nichts, sondern werde von Tag zu Tag dümmer, weil meine Liebhaber in mir wühlen. Und bald drehe ich durch. Ich arbeite auf Sparflamme, und irgendwann wird der Tag kommen, an dem mein Chef alles durchschaut.«

Ich unterbrach Natalia, um sie nach ihrem Beruf zu fragen. Sie erzählte, dass sie als eine von fünf Grafikdesignern bei einer mittelgroßen PR-Agentur angestellt sei. Ihre Aufgabe war es, die Kernbotschaft der Kunden visuell aufzuwerten, und das liebte sie. Sie wollte sich beruflich und vor allem privat weiterentwickeln, doch ihre Fantasien galoppierten in eine andere Richtung als ihre ernsthaften Absichten. Deshalb war sie zu mir gekommen.

»Ich stelle mir vor, wie mein Chef plötzlich hinter mir steht und sieht, dass meine Hand gar nicht auf der Maus liegt. Aber er wird mich niemals anfassen und wachrütteln. Und er wird mich ganz sicher nie unter den Armen packen, um mich bäuchlings auf den Schreibtisch zu heben. Der Gedanke ist ganz und gar unmöglich, absurd, wir sind in einem offenen Büro. Mein Chef hat seine Machtposition noch nie ausgenutzt. Er schiebt nicht mein Kleid nach oben und zieht mir auch nicht meine Strumpfhose und meinen Slip aus, danach lässt er auch nicht seine Hose runter. Der Bewegungsablauf ist viel zu kompliziert, wenn ich jetzt versuche, ihn zu erklären. Aber nehmen wir für einen Moment an, dass wir untenrum nackt sind, ich und mein Chef, ich mit dem Bauch auf dem Schreibtisch und er hinter mir. Das Büro ist abgedunkelt, die Telefone haben aufgehört zu klingeln und alle Kollegen sind verschwunden. Mein Chef steht hinter mir, und sein großes, hartes Glied drückt gegen meine geöffnete, feuchte Vagina, und dann: nichts. Ich wiederhole: nichts! Ich lasse das Büro in Gedanken immer wieder dunkel werden, lasse die Menschen wie durch Zauberhand verschwinden, die Bürogeräusche hören auf, es bleibt nur der schwere Atem hinter mir. Das ist alles Fantasie. Verstehen Sie? Ich denke ständig an Sex. Das ist mein Problem. Der bevorstehende Akt drängt sich in meinen Kopf wie ein Geschwür, und ich bin verloren. Ich habe über chemische Kastration, über Antiandrogene nachgedacht, ich habe sogar Selbstmord in Erwägung gezogen. Im Prinzip weiß ich, wie ein gesundes Sexualleben und gesunde Beziehungen aussehen, aber ich kann diese Erkenntnisse so wenig effektiv in die Tat umsetzen wie ich Klavier spielen kann. Genau, Sie haben richtig verstanden, ich bin vollkommen unmusikalisch. Ich durchlebe alles, wirklich alles, in Form von Bildern. Ich weiß nicht, was ich mit meinen Liebhabern machen soll, die weg sind, wenn sie da sind, und da, wenn sie weg sind. Deshalb bin ich hierhergekommen, Sie sind meine letzte Hoffnung. Helfen Sie mir!«

Das waren Natalias Worte, und als sie das letzte ausgesprochen hatte, begann sie zu weinen.

In mir loderte etwas, aber es war nicht nur Mitleid, das Gefühl, das die meisten meiner Patienten instinktiv in mir wecken. Es handelte sich vielmehr um ein überraschendes, in Anbetracht der Situation vollkommen unpassendes Gefühl von Harmonie. Diese seismische Erschütterung schuf einen Rahmen für das, was Natalia soeben gesagt hatte, und zwar nicht irgendeinen Rahmen, sondern ein leuchtendes, mit 24-karätigem Blattgold besetztes Tabernakel

Florentiner Art, so stark empfand ich ihren Kummer. Ja, um es ganz deutlich zu sagen: Als Natalia zu weinen begann, nahm ich eine überwältigende Präsenz von Schönheit wahr.

Der Anblick der weinenden Natalia war nicht der unmittelbare Auslöser des Gefühls. Sie war keinesfalls besonders ansehnlich, als ihre Tränen flossen. Auch sonst würde ich sie nicht als schön bezeichnen, zumindest nicht im ursprünglichen Sinne des Wortes. Der Abstand zwischen ihren Augen und ihrem Mund war größer, als jedes wissenschaftlich fundierte Schema erlauben würde, zudem brach auch der Abstand zwischen ihren beiden Sehorganen die Regeln der Symmetrie, denn ihre Augen standen zu eng zusammen, auch wenn Natalia diesen Umstand gekonnt mit Schminke kaschierte.

Ich wusste sofort, dass hier endlich die Patientin vor mir stand, auf die ich mein ganzes Leben lang gewartet hatte. Diese leidende Person könnte von der Methode profitieren, die ich zusammen mit meinem Mentor entwickelt und souverän in meiner Dissertation verteidigt hatte, für die ich schließlich sogar das Prädikat *summa cum laude* erhielt. In die Finnische Psychoanalytische Vereinigung wurde ich nach meiner Promotion jedoch nicht aufgenommen, was mein Mentor nach wie vor für einen Skandal hält. Momentan versammelt er fortschrittlich gesinnte Vertreter unserer Zunft für einen gemeinsamen Appell, meinen Antrag erneut zu prüfen.

Ich hatte Lust, Natalia in den Arm zu nehmen, was ich selbstverständlich nicht tat. Ich unterdrückte diesen Impuls und sagte mit ruhiger Stimme Folgendes: »Danke, Natalia, dass Sie Ihr Problem so anschaulich geschildert haben.« Ich sagte zu ihr: »Ich habe meine Doktorarbeit über Schreibaufgaben verfasst, die Ihnen helfen könnten. Mir fällt auf, dass Sie über eine lebhafte Fantasie verfügen, über reichlich kulturelles Kapital und den Mut, zu sprechen.«

Um bei ihr nicht den Eindruck eines unterbezahlten Vertreters zu hinterlassen, der jedem dasselbe Produkt aufschwatzt, erzählte ich ihr auch von den Alternativen. Menschen, insbesondere Frauen, brauchen den Eindruck, die Wahl zu haben, ob sie den roten oder den blauen Ball in die Hand nehmen und werfen, auch wenn beide exakt gleich weit fliegen. Natürlich entsprach die Entscheidung zwischen meiner und einer herkömmlichen Methode nicht der Entscheidung zwischen einem roten und einem blauen Ball. Vielmehr war es die Entscheidung zwischen einer Pétanque-Kugel und einem Flummi: Meine Methode wurde nämlich zum Hüpfen und Springen geschaffen.

Ich erzählte Natalia also, dass wir uns auf eine gewöhnliche Therapiebeziehung nach dem Schema *in and out* einlassen könnten, was ich dem Großteil meiner Patienten vorschlug, aus dem einfachen Grund, dass sie keine Zeit hatten und vielleicht auch nicht immer den nötigen Grips für die Auseinandersetzung mit den Aufgaben, die ich Natalia vorschlagen würde.

Wir vereinbarten das nächste Treffen, für das ich eine ausführlichere Darstellung meiner Methode in Aussicht stellte, die ich ausnahmsweise nicht in Rechnung stellen würde. Ich ging nicht davon aus, dass Natalia wenig verdiente, aber ich wollte vermeiden, Druck aufzubauen. Und Geld sorgt stets für Spannungen, egal wie sehr man versucht, nicht daran zu denken, selbst wenn es nichts bedeutet, wie man so schön sagt. Und auch wenn Geld nichts bedeutet, bedeutet es alles: Tische, Jacken, Hunde, Uhren, Ringe, Autos, Adressen, einfach alles. Auch deutlich kleinere Summen sind von Bedeutung, selbst wenn man sie einem Bettler gibt; eine einzige Münze ist von Bedeutung, sonst würde man sie nicht weitergeben, diesen Unglücksgroschen, dessen Stempelglanz vor Jahren verblichen ist, diesen elenden Schilling, dessen Kern aus geschichtetem Metall besteht, einer Mischung aus Aluminium, Kupfer und Nickel, der Ring aus Kupfer und Nickel, aber keine Spur von Gold, nicht einmal Silber; auch solch eine belanglose Münze hat Bedeutung, bis ans Ende aller Tage.

Als Natalia eine Woche später ankam, bedeutete ich ihr, auf dem russischblauen Sessel Platz zu nehmen. Wie bereits erwähnt, findet das Erstgespräch der Therapie in meiner Praxis im Sitzen statt. Doch wieder verschmähte Natalia den Sessel. Ihrer Meinung nach war die Couch besser. Sie wollte ihre vom Gehen müden Beine nicht in einen Neunzig-Grad-Winkel stellen, wozu sie der Sessel angeblich gezwungen hätte, obwohl daneben eine dunkelblaue Fußbank stand, auf der man hervorragend die Beine ausstrecken konnte, was auch Natalia sicher registriert hatte, denn sie registrierte alles.

Ich muss zugeben, dass ich mich diesmal ein wenig ärgerte, aber ich verbarg erneut meine Gefühle, und so setzte sich Natalia auf die Couch, mir seitlich zugewandt, den Rücken zur Wand. Ihr blondes, scheinbar ungekämmtes Haar streifte den unteren Rand des Gemäldes, die Beine hatte sie vor mir ausgestreckt wie zwei antike Kartenrollen.

»Erzählen Sie schon«, gurrte sie, »was Sie mit mir vorhaben!«

Keine Spur von Unsicherheit, Tränen, Schmerz. War das dieselbe Frau, die in mir eine Woche zuvor den leidenschaftlichen Wunsch entfacht hatte, ihr zu helfen?

Ich begann damit, Natalia das Rehabilitationsprogramm vorzustellen, durch das sich ihr Sexualleben bei Befolgen wahrscheinlich wieder erholen würde. Natalia stellte mir Fragen, von denen ich drei erwartet hatte:

»Und wenn ich in die Praxis komme und über etwas ganz anderes sprechen will als über das, worauf ich mich zu Hause mithilfe der Übungen vorbereitet habe?«

»Und wenn ich nichts auf die Reihe kriege, soll ich dann mit leeren Händen kommen?«

»Und wenn meine Fähigkeiten nicht dafür ausreichen?«

»Werden Sie sich ärgern, wenn ich schlecht bin?«

Ich beruhigte Natalia. Keine Sorge, dann improvisieren wir. Sie können immer herkommen, auch mit leeren Händen. Ihre Fähigkeiten werden ausreichen, das ist schließlich kein Intelligenztest! Und ich werde mich nicht ärgern, Natalia, mich kann man nicht verärgern.

»Und ist der Effekt dieser Übungen auch wirklich wissenschaftlich erwiesen?«, fragte Natalia herausfordernd, als wollte sie mir unterstellen, ich hätte meine Promotion an irgendeiner Pillepalle-Fakultät abgeschlossen oder gleich an einer ausländischen Briefkastenuniversität mit frischem Bargeld erkauft. Aber auch auf diese Provokation war ich gründlich vorbereitet, denn ich hatte mich daran gewöhnt, unter Zweiflern zu leben.

Ich erzählte Natalia, dass die Methode von mir bereits zuvor erfolgreich angewandt worden war, jedoch bei ganz anderen Problemen. Ich sah keinen Grund, weshalb nicht auch Natalias Unwohlsein mithilfe der Übungen überwunden werden konnte. Ich sagte ihr: »Wir beschäftigen uns in der Therapie nicht in erster Linie mit Ihren Erinnerungen. Die Erinnerungen werden kommen, das ist klar, und das dürfen sie auch. Hier ist nichts tabu. Aber für uns sind Erinnerungen nur Rohmaterial, wir können uns nicht allein auf ihre Aussagekraft verlassen. Sie werden schreiben. Ihre schreibende Hand wird Ihre Gedanken leiten, so wie ein Dirigent mit seinem Taktstock ein Orchester leitet. Sie werden Ihren Gedanken eine Form geben. Stichpunkte reichen vollkommen aus; auf ihrer Basis können Sie Ihre Gedanken hier weiter ausführen. Wir werden verschiedene Schichten ausgraben und neue aufschichten. Das machen wir so lange und so gründlich, bis das, was Sie auffrisst und quält, an Kraft verliert und sich letztlich in etwas anderes verwandelt. Schwarz wird Rot, Rot wird Grün, Grün wird Violett, Violett wird Gelb und so weiter. Wir lenken Ihre Gedanken in neue Bahnen. Wir füllen die alten, tiefen Furchen mit frischer, fruchtbarer Erde. Darauf wird Ihr prächtiges neues Leben gedeihen, Natalia. In meinem Beisein wird die Ernte ein voller Erfolg.«

Natalia hörte meinen Ausführungen mit geschlossenen Augen zu. Sie war entweder extrem konzentriert oder mit ihren Gedanken in völlig anderen Sphären.

Ich musste nicht lange warten, bis sie lächelte, nickte, ihre Augen öffnete und sich mir zuwandte. »Ich bin bereit, mich auf das Programm einzulassen. Vielleicht wird das sogar ganz witzig!«

In mir regten sich Zweifel. Ich wäre nicht aufrichtig, wenn ich das hier und jetzt nicht festhalten würde. Akzeptierte sie einfach so, was ich gesagt hatte? *Schwarz wird Rot, Rot wird Grün, Grün wird Violett, Violett wird Gelb …* Was in aller Welt hatte ich mir dabei gedacht? Weshalb hatte sie in diesem Moment, gerade an dieser Stelle, nicht laut gelacht? War sie etwa so leicht zu lenken?

Ich war unverschämt, und das wusste ich sofort. Natalia war zu mir gekommen, weil sie Hilfe suchte. Der Umstand, dass sie sich nicht mit dem von mir präsentierten Sessel begnügt, sondern fast schon schamlos ihren eigenen Platz in dem kleinen Zimmer ausgewählt hatte, bedeutete nicht, dass sie jeden meiner Sätze hinterfragen und mir ins Gesicht lachen musste. Egal wie exzentrisch sie bei unseren beiden Treffen wirkte, sie war in erster Linie – so ermahnte ich mich umgehend selbst, nur wahrscheinlich nicht mit diesen Worten – eine *Frau in Not*. Alle Worte, die ich ihr zuwarf, bewegten sie ein winziges Stück von ihrer erdrückenden Obsession weg, die sie jedes Mal in Tränen ausbrechen ließ, wenn sie darüber zu sprechen versuchte. Die Farbmetamorphosen, die aus meinem Mund herausgeströmt waren, *Schwarz wird Rot, Rot wird Grün* und so weiter, waren nichts als Worte unter Worten, genauso gut oder schlecht wie alle anderen. Weshalb sollte Natalia ihre Zeit mit mir vergeuden, wenn sie nicht aufrichtig in meine Fähigkeiten vertraute?

Ich schlug Natalia für den Anfang eine einfache Übung zur Schmerzverlagerung vor, und sie fand sofort Gefallen an der Vorstellung. Als Inspiration gab ich ihr einige Bücher aus meinem Regal mit, betonte aber, dass sie diese nicht lesen müsse, nicht einmal öffnen; sie dürfe sich in keinem Fall von ihnen unter Druck gesetzt fühlen, und wenn doch, könne sie die Tasche, in die ich sie steckte, verschlossen lassen; sie könne die Tasche in ihrem Kleiderschrank verstauen, sofern sie einen hatte, und sie darin vergessen, denn ich hatte für die Bücher keine Verwendung mehr.

»Die Bücher könnten trotzdem nützlich sein«, sagte ich Natalia, als ich sie zur Tür brachte. »Wenn Sie sich hilflos fühlen, wenn Sie den Eindruck haben, nicht zu wissen, was Sie tun, wo Sie anfangen sollen, nehmen Sie ein Buch in die Hand. Vielleicht stoßen Sie beim Blättern auf etwas Interessantes, zum Beispiel auf ein Sprachbild, das plötzlich mit aller Wucht auf eine rostfarbene Schicht aus angestautem Schmerz prallt. Der Schmerz bekommt Risse, und aus Ihnen werden Worte heraussprudeln. Es wird Ihre ureigene Sprache sein; das, was Sie unter meiner Anleitung auf Ihre Obsessionen zu legen lernen werden, befindet sich hinter den Bildern, die Ihre Schmerzen verursachen. In einem Jahr werden Sie sich fragen: Wer war ich eigentlich? Wessen Lüste habe ich überhaupt verspürt?«

REHABILITATIONSPROGRAMM WOCHE 1

Übung zur Schmerzverlagerung.
Vorgabe: Denken Sie an eine schmerzvolle Situation.
Suchen Sie neue Worte dafür.
Borgen Sie sich bei Bedarf die Worte anderer.

Natalias erster offizieller Besuch als meine Patientin war ebenso unvergesslich wie unser Kennenlernen. Sie zog einen gigantischen chromfarbenen Wecker aus ihrer Tasche, eine altmodische Uhr mit großen Ziffern, dessen Federmechanismus zu vorgeschriebener Zeit ein höllisches Scheppern verursachte. Dann legte sie sich auf die Couch, winkelte die Beine an und stellte den Wecker auf ihren Bauch.

Ich muss gestehen, dass der Wecker mich irritierte. Er war eine Provokation. Die Zeit im Blick zu behalten, ist meine Aufgabe. Meine Patientinnen müssen darauf vertrauen, dass ich ihre Sätze ganz subtil an den Punkt führe, an dem ich mit sanfter Stimme sage: »So, unsere Zeit für heute ist fast vorbei.«

Das schien Natalia nicht zu gefallen. Sie wollte ihre Sätze selbst an diesen Punkt führen und zu einem von ihr selbst gewählten Moment verstummen. Bereits beim ersten Mal hörte sie ein paar Minuten vor dem Ende unserer Stunde auf zu reden. Die restlichen Minuten verbrachten wir schweigend. Der Wecker tickte, gemeinsam lauschten wir, wie die Sekunden vergingen; Sekunden, die unser Gespräch kurz zuvor noch übertönt hatten, die nun aber unmöglich ignoriert werden konnten. Ich beendete die Sitzungen immer exakt zur vereinbarten Zeit, etwas anderes kam nicht infrage, aber Natalia bestand auf dem Schweigen, was ich ihr selbstverständlich gestattete.

Auf unsere erste Sitzung hatte sich Natalia mit dem Schreiben einer kurzen Geschichte vorbereitet, die wir einvernehmlich als Übung zur Schmerzverlagerung bezeichneten, so wie man bestimmte Hunde als Spürhunde bezeichnet und bestimmte Pferde als Rappen. Natalia zog einen Zettel aus ihrem BH hervor, was in Anbetracht der folgenden Ereignisse, sofern ich ein wenig vorgreifen und den Erwartungshorizont abstecken darf, nicht mehr als ein lockeres Aufwärmen war.

Natalia öffnete den vierfach gefalteten Zettel und begann vorzulesen: »Diese Nacht …« Doch plötzlich drückte sie sich den Zettel gegen die Brust und stammelte etwas.

»Würden Sie das noch mal wiederholen, leider habe ich Sie nicht verstanden«, bat ich Natalia, und sie seufzte. Sie nahm all ihre Kraft zusammen, die ihr diese zwei Worte, *diese Nacht*, offenbar geraubt hatten, was ich nur schwer nachvollziehen konnte, schließlich begannen zahllose Schnulzen mit genau diesen Worten.

»Ich bin nervös, verstehen Sie?«, sagte Natalia. »Ich habe

mir diese kleine Geschichte nicht aus den Fingern gesaugt. Als Grundlage habe ich ein Gedicht aus einem Ihrer Bücher ausgesucht und ein paar Wörter ausgetauscht. Eigentlich sogar ziemlich viele. Gut möglich, dass kein einziges Wort mehr das gleiche ist, oder zumindest sind die Wörter nicht mehr am selben Ort, aber die Essenz des Gedichts ist immer noch da. Bestimmt erraten Sie sofort, um welches es sich handelt! Ich habe auch die ursprüngliche Struktur verworfen und die Wörter aneinandergereiht. Die stillen Momente in dem Gedicht haben überhaupt nicht funktioniert, sie haben mir nicht geholfen, das zu sagen, was ich sagen wollte …« – Natalia spuckte das Personalpronomen fast schon aus –, »… und sie fühlten sich für mich nicht echt an. Aber das Gedicht ist trotzdem noch da. Es hat mich inspiriert und ermutigt, und ich habe mir sogar einen neuen Titel einfallen lassen, der lautet … ta-daa … ›Auf dem Hof der ukrainischen Botschaft‹! Fragen Sie mich bitte nicht, warum er so heißt. Aber jetzt lese ich den Text vor.«

Diese Nacht werde ich randalieren. Ich werde es tun, damit alles schiefläuft. Damit die grauen Männer des Systems mit ihren reflektierenden Streifen an den Hosenbeinen kommen. Ich liege auf dem dunklen Boden, reiße meinen Mund auf und schreie den Boden an. Ein grauer Mann des Systems stellt seinen Schuh auf meinen Kopf und drückt. Ich rieche die feuchte Erde. Das Gras ist tot, gelb. Ich krümme, winde, wehre mich, bis ich zusammenklappe, und als ich zusammenklappe wie ein Taschenmesser, höre ich auf, mich zu widersetzen. Ich sacke zusammen. Widerspenstiger Kaugummi im Haar. Eine dünne Matratze auf dem Zementfußboden. Habe ich schon gesagt, dass Urin stinkt? Habe ich schon gesagt, dass ich ein Opfer von Gewalt bin? Habe ich schon gesagt, dass ich ein Opfer institutionalisierter Gewalt bin und unschuldig? Habe ich gesagt, dass das Patriarchat mich vergewaltigt und ich dich liebe? O Schatz, o Liebster, schieb deine Faust samt Schlagring in meine Muschi!

Zu meiner Schande habe ich den Ausgangstext nicht erkannt. Dafür gab es zahlreiche Gründe, von denen zweifellos der am schwersten wog, dass mir der Großteil der Gedichtbände, die sich nun in Natalias Besitz befanden, von einem Patienten geschenkt worden waren, der Lyriker war. Tatsächlich hatte er nur einen einzigen Band mit dem Titel *Eselsmilch* veröffentlicht, und das vor Jahrzehnten. Er begann eine Therapie, um seine Schreibblockade zu überwinden. Er brachte mir stets die neuesten Gedichtbände und wollte, dass ich mich in sie vertiefte, damit wir über Lyrik sprechen konnten, und ich las sie, weil er mich dafür bezahlte, und wir sprachen über sie, weil er mich auch dafür bezahlte. Er wohnte in einer ausgesprochen teuren Gegend, er hatte reichlich altes Geld im Rücken. Er spekulierte den lieben langen Tag mit Aktien, um nicht an Lyrik denken, geschweige denn welche schreiben zu müssen. Er hatte nämlich angefangen, sich vor Lyrik und dem Schreiben zu fürchten, und deshalb begann er eine Therapie. Er dachte also einmal in der Woche in meiner Praxis für fünfundvierzig Minuten über Lyrik nach und nötigte auch mich dazu, was seine Blockade leider nicht behob. Der Mann spekulierte immer mehr, und schließlich, aber alles andere als zu früh, beendete er die Therapie. Die Bücher blieben bei mir, aber die Erinnerungen an sie verblichen mit dem Ende der Therapiebeziehung, und das war auch gut so.

Natalia wartete mit angehaltenem Atem auf meine Kommentare, und ich begann. Ich bezeichnete das Ende des Texts als »überraschend« und bat darum, den Zettel kurz sehen zu dürfen, damit ich meine Fragen stellen konnte.

Wir sprachen über alles außer über den Titel des Gedichts, so wie Natalia es gewünscht hatte. Ich fragte beispielsweise, was die »Männer des Systems« für sie bedeuteten und ob diese das »Patriarchat« vertraten, welches sie »vergewaltige«, und was »vergewaltigen« in diesem Zusammenhang bedeutete. Ich fragte auch, ob sie tatsächlich jemals vergewaltigt worden war. Sie verneinte. Ich fragte sie, ob sie festgenommen oder bestraft worden war, doch auch das verneinte sie. »Aber Sie waren verliebt?«, fragte ich, und Natalia stöhnte. Das interpretierte ich als Ja.

Plötzlich begann Natalia eine Situation zu schildern, in die sie teils aus Versehen, teils aus Selbstverschulden geraten war und die sie zutiefst traumatisiert hatte, was ihr Text, so sagte sie, sinnbildlich zum Ausdruck bringen sollte. Sie sprach ohne Punkt und Komma, bis sie unerwartet innehielt und, wie aus einem Traum erwacht, fragte: »Ist mein Schmerz jetzt irgendwo anders? Und was mache ich mit diesem Zettel?«

Ich war begeistert: Meine Methode schien bei Natalia zu

wirken. Ich konnte meine Freude kaum verbergen und fragte sie, was sie mit dem Zettel machen wollte. Sie wollte ihn mir bis auf Weiteres anvertrauen, und ich versprach ihr, den Text zu verwahren. Ich fragte, wie sie sich fühlte, und sie antwortete: »Leer.« Ihre Antwort war so leer wie der leerste aller leeren Eimer, wie ein Weinglas, das niemals gefüllt worden war, ihre Stimme vermittelte nichts, sie war klanglos, farblos, und ich sah, wie sich ihr Gemüt verdunkelte.

Während Natalia redete, hatte ich Schlüsselbegriffe der traumatischen Situation, die sie beschrieben hatte, auf meinem Notizblock festgehalten. Ich riss das Blatt heraus, reichte es ihr und sagte: »Lassen Sie uns die Übungen fortsetzen! Hier sind neue Wörter, die Sie verwenden können. Es sind Wörter, die Sie eben benutzt haben, aber ich schlage vor, dass Sie diesmal etwas anderes machen. Jetzt werden Sie die Wörter in den Dienst einer anderen Erinnerung stellen. Ich schlage folgendes vor: Weil Ihr Gedicht beziehungsweise Ihre sinnbildliche Erzählung die Themen ›Männer‹ und ›Vergewaltigung‹ aufgreift, sowie ›Muschi‹ und etwas in selbige zu ›schieben‹, wie Sie sagen, könnten Sie bei der nächsten Übung versuchen, diese herausfordernden Themen mittels der von mir gesammelten Hilfswörter zu erschließen. Auf diese Weise können wir in den Annalen Ihrer Sexualität blättern, deshalb sind Sie ja hier. Was halten Sie von dem Vorschlag?«

Natalia schwieg, und ich wurde etwas nervös. War ich voreilig gewesen? Hatte Sie meinen Vorschlag verstanden? Damals hatte ich noch nicht begriffen, dass Natalia in diesem Moment auf ihre Uhr starrte, dass ihr aufgefallen war, wie der Minutenzeiger dem Ende entgegeneilte, und dass sie unsere Sitzung beschloss, indem sie vorzeitig ihren Mund verschloss. Für sie war es nebensächlich, ob meine Frage somit unbeantwortet in der Luft hängen blieb.

Der Wecker begann zu scheppern. Natalia schwieg noch immer. Sie ließ ihn schrillen, ließ ihn mit seiner ohrenbetäubenden metallenen Stimme sozusagen für sich sprechen, brüllen, fluchen und wüten. So interpretierte ich zumindest ihre unerschütterliche Ruhe und ließ den Lärm über mich ergehen, obwohl ich den Wecker am liebsten aus dem Fenster geworfen hätte.

Schließlich stellte Natalia den Alarm aus, erhob sich von der Couch und eröffnete mir, als sie ihren Mund öffnete: »Unsere Zeit ist vorbei. Ihr Vorschlag gefällt mir. Er inspiriert mich. Ich weiß schon, was ich mit den Hilfswörtern machen werde. Ich werde über Pornografie schreiben. Es ist nämlich alles organisch mit meiner Kindheit verwoben. Möglich, dass die eine oder andere Verdrehung in meinem Leben daher rührt …«

Ich erhob mich von meinem mandelgrünen Sessel, um Natalia die Hand zu geben, so, wie ich es bei all meinen Patienten am Ende der Stunde tat, abgesehen von einer Frau, die unter Chirophobie litt und demnach Hände fürchtete wie den Tod. Ich rang noch immer mit der Verwirrung darüber, dass Natalia *unsere Zeit ist vorbei* gesagt hatte, meine Worte, die ich in ihrem Beisein noch kein einziges Mal verwendet hatte. Und das war mein Fehler. Der laute Wecker hatte mich aus dem Konzept gebracht.

Ich drückte Natalias Hand fester, als ich wollte. Ich drückte so fest zu, dass Natalia ihre Hand losriss und mich perplex ansah. Ich lächelte und beschloss, dass mir das nicht noch einmal passieren würde. Sobald der Wecker eine Woche später das Ende unserer Stunde einläutete, würde ich die Situation umgehend unter meine Kontrolle bringen. Wenn nötig, würde ich über den Lärm hinwegbrüllen, *unsere Zeit ist jetzt vorbei*, Natalia könnte ihren Wecker ausstellen und wir uns angemessen verabschieden.

Ich machte einen Schritt in Richtung Flur, wo Natalia bereits stand. Ich versuchte etwas Positives über ihren Wecker zu denken. Ich wollte ihren Wecker als einen Freund betrachten, als einen Kollegen, als jemanden, mit dem ich auf ein gemeinsames Ziel hinarbeitete: Natalias Genesung, eine zarte Flamme, die mit meiner Hilfe entfacht und die Krankheit in Asche verwandeln würde. In diesem Moment begriff ich nämlich, dass ich lernen musste, die Anwesenheit des Weckers zu ertragen, da sie nicht zur Diskussion stand.

REHABILITATIONSPROGRAMM WOCHE 2

Gedanken über Pornografie.
Vorgabe: Benutzen Sie meine gesammelten Hilfswörter.

»Es tut mir leid, dass ich unser Treffen letzte Woche zu spät abgesagt habe. Aber ich war noch nicht fertig mit meiner Vorbereitung. Ich erzähle gleich, warum. Ich muss dafür aber etwas weiter ausholen und fange auch nicht direkt mit unserem heutigen Thema an. Ich fange mit einem Denker namens Jean-Paul Sartre an. Den kennen Sie, nicht wahr? Warten Sie, hier ist das Papier, auf dem ich meine Gedanken festgehalten habe. Beziehungsweise die Gedanken Sartres und nicht nur seine. Ich glaube, die Hälfte aller Menschen denkt so. Sie vielleicht auch?«

So begann unsere zweite Therapiestunde, zu der Natalia angefegt kam wie ein Wirbelwind, verschwitzt und außer Atem, denn sie war den ganzen Weg geradelt. Sie hatte beschlossen, mit dem Radfahren anzufangen, wie sie mir die Woche zuvor am Telefon erzählte, als sie unser Treffen verschob, weil sie »entsetzliche Mengen überschüssiger Energie« von der Vorbereitung der Pornografie-Übung hatte. Sie hatte plötzlich bemerkt, dass ihr Energiepegel »bis zum Rand gefüllt« war und sie diese »überschüssige Energie« am Schlafen hinderte. Sie versuchte, sich durch Bewegung zu beruhigen, indem sie auf dem Rad von A nach B strampelte. Für eine andere, gezieltere Form von Bewegung hatte sie keine Zeit, weil sie unsere Arbeit angeblich »unfassbar ernst« nahm. Und als sie das sagte – ich möchte daran erinnern, dass wir telefonierten – musste ich mich zurückhalten. Ich war kurz davor zu sagen, dass ich ihr die ausgefallene Stunde bedauerlicherweise zur Gänze in Rechnung stellen müsse. Diese Regel steht unmissverständlich auf meiner Website, und ich erwähne sie gegenüber all meinen Patienten noch einmal während des Erstgesprächs: *Wird die Therapiestunde ohne Einfluss höherer Gewalt weniger als fünf Tage vor dem vereinbarten Termin abgesagt, wird sie zu 100 Prozent in Rechnung gestellt.* Natalias gewünschte Terminverschiebung hätte ein Loch von 85 Euro in meine Buchhaltung gerissen, und sie besaß die Frechheit, mir eine halbe Stunde vor dem Termin abzusagen.

Ich war also im Begriff, Natalia zurück auf den Boden der Tatsachen zu holen, als sie plötzlich sagte: »Doktor, ich muss Ihnen etwas Schreckliches gestehen. Ich bin heute nicht zur Arbeit gegangen. Ich habe behauptet, ich hätte Migräne. Ich war einfach noch nicht fertig mit der Übung. Außerdem wäre mein Schädel wirklich fast geplatzt. Mir war schwindlig und übel. Ich dachte, dass ich die Sache an einem Tag erledige, aber das war unmöglich. Ich habe den

Zettel wieder und wieder zerrissen. Ich nehme die Arbeit mit Ihnen unfassbar ernst, sie ist mir wichtiger als alles andere. Verzeihen Sie mir.«

Ich muss zugeben, dass ich mich über Natalias Eifer freute und fast schon gerührt war, als sie mich mit »Doktor« ansprach. Diese altmodische Anrede war in diesem Kontext etwas merkwürdig, schließlich hatte ich nicht in Medizin promoviert, sondern in Psychologie. Mein Urteilsvermögen wurde von Natalias Wortwahl allerdings nicht getrübt. Ich verdrängte entschlossen den Ärger, den der finanzielle Verlust in mir verursachte, und zog die notwendigen Konsequenzen. Das von Natalia empfundene und an Hoffnungslosigkeit grenzende Unfertigsein war in diesem Fall höhere Gewalt par excellence. Außerdem wollte ich unbedingt sehen, was in aller Welt sie so fieberhaft vorbereitet hatte.

Natalia war mir zutiefst dankbar. Sie schwor Stein und Bein, dass sie unser Treffen nie wieder so kurz vorher absagen würde, und dieses Versprechen hielt sie auch.

Da lag sie nun vor mir, mit ihren Notizen in der Hand und dem Wecker auf dem Bauch, und forderte mich heraus: »Sie vielleicht auch?«

»Ich fand diese Ideen von Sartre in einem feministischen Comicbuch einer schwedischen Autorin, das mir eine Bekannte vor einiger Zeit geschenkt hatte. Sie ist Wissenschaftlerin und betreibt Frauenforschung. Halt, nein! Sie *betreibt* keine Forschung, Sport und Hobbys betreibt man. Sie *forscht* von Berufs wegen in einem befristeten Arbeitsverhältnis. Ihr Fachbereich wird heutzutage offenbar Gender Studies genannt. Als ich studierte, hieß es noch Frauenforschung.

In dem schwedischen Comicbuch werden Sartres haarsträubende Ideen vorgestellt. Und lauter anderer patriarchalischer Blödsinn, aber diese Idee von Sartre kam mir sofort in den Sinn, als ich mir die Liste mit den Hilfswörtern angesehen habe.

Habe ich letztes Mal wirklich das Wort *Loch* benutzt? Ich erinnere mich, von einem ›Loch in meiner Erinnerung‹ gesprochen zu haben. Davon, dass ein Gespräch, das einer Situation vorangegangen war, die mich zutiefst verletzt hatte, vollkommen aus meinem Kopf verschwunden war. Hatte ich über gefüllte Hefewecken gesprochen; darüber, welche Füllung besser war, Marzipan oder Marmelade? Hatte ich den endgültigen Triumph der Marzipanfüllung heraufbeschworen? Hatte ich über illegale Siedlungen gesprochen oder vielleicht über den Zwergplaneten, der jenseits des Kuipergürtels entdeckt worden war? Ich weiß es nicht. An dieser Stelle ist ein Loch in meiner Erinnerung. Und Sie haben mir das Wort ›Loch‹ aufgeschrieben.

Nun, Sartre schrieb jedenfalls über ein ›Loch‹.

Sartre schrieb über das weibliche Geschlechtsorgan: *Das Sexualorgan ist vor allem ein Loch.*

Sartre schrieb: *Das weibliche Geschlechtsorgan ist (…) ein Ruf nach Sein wie überhaupt alle Löcher.*

Sartre schrieb: *Die Frau an sich ruft nach einem fremden Fleisch, mit dem sie durch Eindringen und Auflösen in Seinsfülle verwandelt werden soll.*

Und weiter schrieb er: *Die Frau empfindet ihre Lage als einen Ruf, eben weil sie ›durchlöchert‹ ist.*

Dieser feministische Comic macht sich äußerst gekonnt und scharfsinnig über das Geschwätz von Sartre lustig. Ich musste lachen, als ich das Buch letzte Woche nochmal gelesen habe. Ich musste so sehr lachen, dass ich mir fast in die Hose gepinkelt habe. Ich dachte an die ernste Miene von Simone de Beauvoir, an das Foto auf dem Umschlag der finnischen Ausgabe von *Sie kam und blieb*, auf dem sie so verbissen dreinblickt, als würde es jeden Moment aus ihr herausplatzen, als würde sie jeden Moment sagen, *ich bin übrigens Françoise, Jean-Paul ist Pierre, Olga K ist Xavière* – ihre komplizierte Dreiecksbeziehung, sehen Sie, Simone kam nicht umhin, in ihrem Debütroman darüber zu schreiben. Aber ich weiß, dass Simone auch zu lachen wusste. Ich fand mithilfe der Google-Bildersuche einige Fotos, auf denen sie lächelt oder lacht. Auf einem der Fotos zielt sie mit einem Gewehr auf jemanden, der nicht im Bild ist. Ihre Augen sind geschlossen, auf ihren Lippen liegt ein schiefes Lächeln. Jean-Paul hat seine rechte Hand auf ihre Schulter gelegt und raucht mit strenger Miene seine Pfeife. Seine Augen sind geöffnet. Ich fragte mich, ob Simone für Jean-Paul ein Loch und ein Ruf war, oder waren bloß Olga K. und später Wanda, Bianca und Wie-hieß-sie-noch Löcher und Rufe, die Jean-Paul so gerne stopfte beziehungsweise beantwortete. War Simone für Jean-Paul überhaupt eine Frau? Oder war sie nur ein Bleistiftspitzer?

An diesem Punkt wurden meine Gedanken zu Sartre richtig gehässig. Ich dachte an seine links und rechts hervorstechenden Froschaugen, was gemein war, schließlich konnte er, anders als für seine Ideen, nichts für seine Augen. Ich dachte an sein kleines Kinn und die schmutzigen schwarzen Zähne und wunderte mich, wie Simone, oder wer auch immer, ihn küssen konnte. Vielleicht küssten sie sich gar nicht?

Bestimmt habe ich schon erwähnt, dass sie eine ›offene Beziehung‹ hatten. Wie nutzte Sartre diese Offenheit wohl? Stopfte er nach getaner Arbeit, nach dem Schreiben und Denken, eifrig die um ihn herum klaffenden Löcher und antwortete auf Rufe, während Simone anderweitig beschäftigt war? Und benutzte er Kondome – die während seiner Bumsjahre in Paris überall erhältlich waren – oder entlud er sich direkt in die ganzen Löcher? In Hinblick auf die Kriegsjahre und die Zeit der Besatzung bin ich mir nicht ganz sicher. Ob damals wirklich überall Kondome erhältlich waren? Aber ich bin mir sicher, dass es damals nicht nur zwischen Frauenschenkeln Löcher und Rufe gab.

Als ich genug über Sartres Ideen von Löchern und Rufen nachgedacht hatte, begann ich, mich mit meinen Gedanken und Erinnerungen besagtem Loch zu nähern. Und nun kommen wir langsam zum Eigentlichen, TA-DAA, zu dem Gebiet, in dem ich all Ihre Hilfswörter verteilt habe, ohne groß nachzudenken. Meine Notizen sind ein einziges Durcheinander … Gott weiß, was das wird!«

Eieiei, Natalias Koketterie kannte keine Grenzen! Und »wir« kamen nirgends hin, auch wenn sie das behauptete. Unser Vorankommen hätte Stille vorausgesetzt, Pausen, herantastende Fragen meinerseits und herantastende Antworten ihrerseits, aber Natalia hatte sich auf unsere Stunde vorbereitet wie eine Streberin auf ein Referat in der Schule. Und sie konnte es sich nicht verkneifen, TA-DAA zu sagen. Sie konnte es sich nicht verkneifen, die Marschtrommel im feierlichen Takt ihrer Sätze zu schlagen. So sicher war sie sich ihrer selbst, ihres Vorankommens, ihrer Zielgenauigkeit.

Allmählich begriff ich, wozu sie die zusätzliche Woche gebraucht hatte. Sie wollte mich um den Finger wickeln.

Ich versuchte zu erspähen, was Natalia zu Papier gebracht hatte, wie gründlich sie ihre Gedanken, oder die Gedanken von jemand anderem, im Vorhinein durchdacht hatte, obwohl die Übungen, die ich ihr verschrieb, das selbstverständlich nicht voraussetzten. Konnte Natalia die Veränderung in meiner Haltung spüren? Ich gab keinen Ton von mir, nicht einmal meine Kleidung raschelte, aber plötzlich begann sie mit dem Zettel herumzuspielen, ihn vor ihrem Gesicht zu wedeln wie einen Fächer.

»Ich war sieben Jahre alt, als ich in der Nähe von unserem Haus in einer Papiertonne ein Comicheft fand, das alles andere als feministisch war. Bei uns wurde auch nicht über Feminismus oder andere Ismen gesprochen, meine Familie war vollkommen unpolitisch, deshalb hätte ich ein Comicheft auch nicht als feministisch einordnen können, selbst wenn man es mir in die Hand gedrückt hätte. Aber dieses war wie gesagt alles andere als feministisch.

Der Comic, den ich aus dem Müll gezogen hatte, spielte

im Dschungel. Das konnte man am Cover erkennen. Darüber freute ich mich, denn ich war ein großer Fan von Tarzan. Auf dem Cover war eine leicht bekleidete Frau mit großen Brüsten und wehenden Haaren abgebildet. Sie lehnte lachend an einer Liane und blickte mir direkt in die Augen.

Ich erinnere mich, dass ihre strahlend weißen Zähne noch weißer waren als das Gefieder des Kakadus, der über ihr auf einem Ast saß. Erst jetzt, wo ich erwachsen bin und darüber nachgedacht habe, verstehe ich, weshalb. Ihre Zähne waren Edelsteine, Achate, Perlen, sie bildeten den Rahmen um ein großes Versprechen, keinen Ruf, ein Versprechen. Danke auch für dieses Hilfswort, Doktor, ›Versprechen‹ ist genau das, worüber ich jetzt reden möchte.

Das Versprechen war ihr Mund.

Ihr Mund war für mich bahnbrechend, denn er tat in dem Comic etwas, von dem ich als Siebenjährige keinen blassen Schimmer hatte.

Ich weiß nicht, wie Ihre Kindheit war, Doktor, aber in meiner Kindheit durchwühlten wir Papiertonnen, weil wir glaubten, darin etwas Verbotenes zu finden, etwas, das unter keinen Umständen in unsere Kinderhände gehörte. Und gerade deswegen uns gehörte. Die Erwachsenen klammerten sich an ihre Geheimnisse, und deshalb mussten wir auch welche haben. Und Geheimnisse waren keine Geheimnisse, wenn es nur um einvernehmliches Stillschweigen ging, wenn ihre Offenbarung nicht etwas zerstört hätte. Geheimnisse mussten Sprengkraft besitzen. Verstehen Sie? Und weil der Horizont eines Kindes geografisch sehr begrenzt ist, musste man dort nach explosiven Geheimnissen suchen, wo sie zu erwarten waren. Zum Beispiel in einem Haufen weggeworfener, gebrauchter, womöglich sogar kaputter Dinge.

Ich blätterte schnell durch meinen Fund im A5-Format, um zu sehen, ob er das Zeug zu einem Geheimnis hatte. Ein Prickeln durchzog meinen Körper, als ich begriff, was für einen Schatz ich in den Händen hielt.

Selbstverständlich war es unmöglich, das Heft auf dem Hof genauer anzusehen, aber ich sah *etwas*, und dieses *Etwas* ließ mein Herz schneller schlagen. Ich wollte das Heft gleich noch mal von Anfang bis Ende durchblättern, damit dieses *Etwas* wieder aufflackern würde, um im nächsten Moment blitzschnell unter den anderen Seiten zu verschwinden, aber ich riss mich zusammen. Ich schmuggelte das Heft in mein Zimmer und versteckte es unter der Matratze.

Das Heft zog ich lautlos hervor, nachdem man mich ins Bett gebracht hatte. Ich besaß ein winziges Lämpchen, das eigentlich ein Schlüsselanhänger war, aber mein Schlüssel hing nicht an dem Lämpchen, sondern an einer Art Teddybär, und dieser kleine, aus Jeansstoff zusammengenähte Teddy war mir wichtiger als das Lämpchen. Wenn ich den Teddy in meiner Hand drückte, war ich schon fast zu Hause, ganz egal, wo ich mich befand. Das Lämpchen war zylinderförmig, ganz schlicht und passte genau in meine Hand, aber es war kalt und hart, der Teddy hingegen warm und weich. Na ja, selbstverständlich war der Teddy nicht wirklich warm. Stoff ist selten warm, außer wenn er in der

Sonne, im Trockner oder auf der Heizung gewesen ist. Aber die Weichheit ließ den Teddy in gewisser Weise warm wirken. Wärme und Weichheit gehören zusammen wie Härte und Kälte. Vor allem gefiel mir die Beschaffenheit des Teddys. Soll heißen: Mir gefiel, dass der Teddy eine Schnauze, Ohren, Pfoten und einen Stummelschwanz hatte, dass er mehrdimensional war, anders als das Lämpchen. Wenn ich den Teddy in der Hand hielt, fühlte er sich immer an, als würde er strahlen. Es bereitete mir darüber hinaus unsagbare Freude, dass sich seine Körperteile, in erster Linie seine Schnauze, verformen ließen, aber nicht dauerhaft. Im Gegensatz dazu behielt das Lämpchen seine Zylinderform, egal was ich tat. Nur ein Schlag mit dem Hammer meines Vaters hätte es mehrdimensional werden lassen. Trotzdem hielt ich den Hammer von meinem Lämpchen fern. Ich hatte es zum Geburtstag von einem Mädchen bekommen, das ich nicht besonders mochte, aber zu allen Feiern einladen musste, weil seine Mutter sonst ausgeflippt wäre. Schließlich fand sich eine sinnvolle Verwendung für den Schlüsselanhänger. Er wurde zum Wegweiser auf meinen nächtlichen Toilettenausflügen, zu denen ich fast jede Nacht – in den besten Nächten sogar mehrmals – aufbrach, obwohl mir auf der Kloschüssel oft auffiel, dass ich eigentlich doch nicht musste. Mir war verboten worden, nach Hilfe zu rufen, wenn ich nachts einzig und allein aufwachte, weil ich Pipi musste. Meine Mutter fand, dass ich alt genug war, mich aus eigener Kraft von meinem Schreck zu befreien, der im Grunde auf meine volle Blase zurückging. Laut meiner Mutter war das ganz normal, und man musste nichts weiter tun, als auf die Toilette zu gehen. Ich gab ihr größtenteils recht und gewöhnte mir an, nicht zu rufen.

Nun machte ich das Lämpchen an und begann zu lesen. Ich sah mir sowohl die Bilder als auch die Wörter an, von denen es, wenn ich mich richtig erinnere, allerdings ziemlich wenige gab. Ich las diszipliniert von Anfang bis Ende, Seite für Seite, denn ich wusste, dass jenes *Etwas* auf mich wartete. Und es gab keinen Grund zur Eile, das hätte nur das Prickeln ruiniert.

Das Heft existiert nicht mehr. Nichts, was mir jemals wichtig gewesen ist, existiert mehr. Sicherlich hätte ich das Heft früher oder später selbst weggeworfen, wenn mir meine Mutter nicht zuvorgekommen wäre. Ich hätte es unter meiner Bluse versteckt und eigenhändig zur Papiertonne zurückgebracht, wenn meine Mutter nicht auf die Idee gekommen wäre, dass sich unter meiner Matratze ein Geheimnis befinden könnte, und es kurzerhand vernichtet hätte. Ich weiß immer noch nicht, wie sie es herausgefunden hat. Vielleicht triefte ich vor Schuldgefühlen? Vielleicht war ich schon damals – so wie heute – emotional vollkommen durchsichtig?

Aber ich erinnere mich noch bruchstückhaft an die Geschichte rund um dieses *Etwas*. Zum Beispiel, dass sich die Frau mit den weißen Zähnen durch den Dschungel kämpfte. Vielleicht ging es um Diamanten. Oder um einen verborgenen Schatz. Jedenfalls ging es nicht um Wohltätigkeit oder die Rettung indigener Völker. Die Frau kämpfte, weil sie reich werden wollte, aber sie konnte nicht ohne einen Gegner kämpfen. Damit meine ich einen ernstzunehmenden Gegner, keine Hottentotten-Krieger, die ihr kaum bis an die Nippel gereicht hätten.

Entschuldigen Sie, ich weiß, dass ich in diesem Zusammenhang von den Khoikhoi sprechen sollte. Ich bin ja kein unzivilisiertes Arschloch. So würde ich sonst nicht reden, nirgends, unter keinen Umständen. Außer hier natürlich, wenn ich versuche, mit meiner Kinderstimme zu sprechen.

Wo wir schon dabei sind, möchte ich gestehen, dass es mir wirklich sehr schwergefallen ist, meine Erinnerungen wachzurufen. Klar weiß ich, dass ich das Recht habe, die Geschichten so aufzubauen, wie ich will. Darauf hatten wir uns verständigt. Aber irgendetwas stört mich dabei, um ehrlich zu sein. Ich habe die ganze letzte Woche versucht, an dieses *Etwas* zu denken, zunächst als ich selbst, als mein heutiges Ich. Das war nicht schwer, immerhin bin ich diesen *Etwassen* als Erwachsene oft genug begegnet. Trotzdem war ich die ganze Zeit unzufrieden und gleichzeitig wahnsinnig euphorisch, bis meine Stimmung plötzlich kippte, ich nervös wurde. Ich wäre fast zusammengebrochen. Ich begann, das *Etwas* zu zeichnen, um meine Nerven unter Kontrolle zu bringen und um immer tiefer und tiefer in meinen Erinnerungen zu graben. Ich versuchte krampfhaft, mich zu erinnern. Und konnte nicht mehr schlafen. Dann rief ich Sie an und sagte unsere Stunde ab. Ich zeichnete und zeichnete und fing immer wieder von vorne an. Als Vorlage diente mir zuerst ein Foto, danach ein lebendes Exemplar. Ist es in Ordnung, wenn ich später auf die Zeichnung zurückkomme?

Ich bin vielleicht altmodisch, aber ich wollte mir das Gefühl in den Sinn rufen können, das der Anblick von diesem *Etwas* in dem geöffneten Comicheft damals in mir ausgelöst hatte. Und nicht das Gefühl, das der Gedanke an dieses *Etwas* jetzt in mir weckt.

Versuchen wir es.

Nein, Entschuldigung: *Ich versuche es.*

Sie können mir nicht helfen, Doktor, nicht bevor Sie alles über das Loch wissen, um das dieses *Etwas* kreist!

In der Comicgeschichte gab es neben der Frau einen Mann. Er war vielleicht keine so wichtige Figur wie die Frau, denn er war nicht auf der Vorderseite abgebildet, sondern auf der Rückseite. Auch er kämpfte sich durch den Dschungel. Er kämpfte aus dem gleichen Grund wie die Frau, aber sie kämpften nicht zusammen, sie standen auf verschiedenen Seiten. Sie wollten sich nicht miteinander verbünden und den Schatz teilen, was die Sache natürlich leichter gemacht hätte.

Ich begriff schon damals, oder vielleicht war es mein Unterbewusstsein, dass die Frau und der Mann gegeneinander kämpfen mussten, damit *Es* spontan geschehen konnte, damit es authentisch war, nicht nur gespielt, ›als ob‹.

Katz und Maus, ein klassisches Schema. Sobald sich die Konstellation veränderte, sobald einer von beiden beispielsweise eine Abkürzung fand, die nicht auf der Karte verzeichnet war, wurde die Maus zur Katze. Und die Katze zur Maus. Ein einziges Hin und Her, bis ich im fahlen Licht meines Lämpchens bei der Heftmitte angelangt war, bei der Stelle, wo die silberfarbenen Klammern zu sehen waren, die die Papierbögen fest zusammenhielten.

An dieser Stelle, in der Heftmitte, begegneten sich die Frau und der Mann.

Ich konnte mich nicht länger im Zaum halten. Ich war gewissenhaft von Seite zu Seite, von Bild zu Bild vorangeschritten, doch jetzt streifte mein Blick nicht einmal mehr die auf der linken Seite abgedruckte Reihe aus sechs gleichförmigen Kästchen. Natürlich bin ich später zu den sechs Kästchen zurückgekehrt, um zu verstehen, was zur Hölle bei dieser sogenannten Begegnung eigentlich passiert war, aber jetzt musste ich mich einfach beeilen. Wie in Trance verabschiedete ich mich von meiner selbst auferlegten Beherrschung. Sie können sich nicht vorstellen, was für ein unfassbares Vergnügen und Prickeln dieses Loslassen in mir auslöste!

Ich schlang meine Beine fest um die Decke, die sich in eine dicke, gewundene Liane verwandelt hatte, weil ich mir vorstellen wollte, selbst im Dschungel zu sein. Ich starrte auf die rechte Seite, auf der es nur einen gigantischen Kasten gab, der nicht einmal ein Kasten war, denn es fehlten die Ränder. Auf der Seite war der Kopf der Frau mit den weißen Zähnen und den wehenden Haaren zu sehen, genauer gesagt ihr Profil, ein-, zwei-, drei-, mindestens fünfmal. Der erste Kopf befand sich unmittelbar neben den obersten Klammern, der nächste Kopf etwas weiter vorne und unten. Die wehenden Haare stets verdeckt von dem Kopf darüber. Verstehen Sie, was ich meine?

Ich erkläre es gleich.

Die Lippen des obersten Kopfes waren leicht geöffnet, und mit jedem Kopf gingen die Lippen etwas weiter auf, bis der Mund der Frau komplett geöffnet war. Anders als auf der Vorderseite des Comics waren die Zähne der Frau nicht mehr zu sehen: Ihr Mund war aufgerissen wie bei einem Aal.

Beim dritten Kopf schlossen sich die Augen der Frau und blieben bis zum Ende geschlossen. Das Ende befand sich am unteren rechten Rand, dem sich der Kopf der Frau leicht geneigt entgegenbewegte. Verstehen Sie? Ein wenig wie bei Marcel Duchamps *Akt, eine Treppe herabsteigend*, eine Abfolge ineinander übergehender Bilder. Duchamps Gemälde ist natürlich abstrahierend, der Comic wiederum komplett figurativ, und Duchamps Akt ist Kunst, der Comic wiederum reiner Schund. Aber exakt so bewegte sich die Frau beziehungsweise der Kopf der Frau in der Darstellung. Seine zahllosen Nasen, Augen und Lippen näherten sich dem *Etwas*, das ich kurz aufblitzen sah, als ich durch das Heft geblättert hatte, und von dem ich meine Augen nicht mehr abwenden konnte.

Ich wusste natürlich, dass es sich bei diesem *Etwas* um ein männliches Glied handelte. Mein Vater hatte auch eins, aber natürlich nicht so eins. Das steife, von Adern durchzogene Glied stand schwarz-weiß aus dem unteren Teil der Seite hervor, einsam und erwartungsvoll. Mit meinem jetzigen Kenntnisstand würde ich sogar sagen: Es stand dort hervor wie ein Ruf! Selbstverständlich konnte etwas, das nach außen hervorsteht, genauso gut rufen wie etwas, das sich nach innen öffnet. Sartre lag auf einfältige Weise daneben, wieder einmal. Ich bin wieder wütend … und amüsiert. Was zum Teufel hat sich dieser Mann eigentlich gedacht, als er den Hosenschlitz öffnete und sein Glied herausholte, das womöglich viel ansehnlicher war als sein Gesicht? Sein erigiertes Glied produzierte weder Philosophie noch Literatur, sondern flehte einzig und allein darum, von Löchern umschlossen zu werden, es sehnte sich nach etwas Weichem, Feuchtem auf seiner harten Oberfläche.

Sartre dachte garantiert nicht: *Mein Glied ist vor allem einsam und wartet.*

Sartre dachte auch nicht: *Mein Glied ist wie alle anderen Glieder ein Ruf nach dem Ende des Wartens.*

Sartre dachte nicht: *Ich rufe nach fremdem Fleisch, durch dessen Verdecken und Einsaugen ich in Seinsfülle verwandelt werden soll.*

Er hat mit Sicherheit nicht gedacht: *Ich empfinde meine Lage als einen Ruf, eben weil ich so lange herausstehe, bis ich mich entlade.*

Aber wer war Sartre schon? Nur ein erbärmlicher Frosch im Philosophengewand.

Im Gegensatz dazu bringt mich das Comicheft, durch das ich als Siebenjährige lernte, was eine Erektion war, noch heute zum Grübeln. Nachdem ich die Seite, auf der sich diese verblüffende Situation abspielte, ausreichend bestaunt hatte, nachdem ich ein ums andere Mal auf den rechten Teil der von silbernen Klammern gezähmten Heftmitte gestarrt hatte, wo sich der immer weiter geöffnete Mund der Frau Stück für Stück dem Etwas näherte, tat ich zwei Dinge, in dieser Reihenfolge: Ich blätterte die Seite um, und dort, im allerersten Kästchen, geschah das, was selbst mit dem naiven Verständnis eines Kindes vorherzusehen gewesen war: Der Mund der Frau legte sich um das Glied des Mannes. Das Glied war verschwunden. Nur die Lippen der Frau waren noch da.

Dann kehrte ich zur Heftmitte zurück und las sorgfältig die sechs Kästchen durch, die ich in meinem Eifer zuvor übersprungen hatte. Diese Kästchen erzählten mir eine Geschichte. Und ich befürchte, dass sich die Geschichte in das spärliche Geflecht meines Denkvermögens, in jede einzelne Zelle eingebrannt hat, wie Brei auf dem Boden eines Topfes, wenn er auf dem Herd vergessen wurde.

Ich schäme mich, aber ich werde es Ihnen erzählen.

Sie werden deprimierende Schlussfolgerungen über mich ziehen, aber ich möchte mich und Sie daran erinnern, dass das Ihre Arbeit ist.

Die sechsteilige Einführung in die Fellatio war wie folgt:

Erstes Kästchen: Der Mann und die Frau, von denen keiner mehr Maus oder Katze ist, begegnen sich überraschend im Dschungel.

Zweites Kästchen: Die Frau zieht ein Messer aus ihrem Lendenschurz. Der Mann hebt seine gigantische Hand in die Luft.

Drittes Kästchen: Die Frau und der Mann stürzen sich aufeinander wie zwei Leoparden im Blutrausch.

Viertes Kästchen: Die Frau und der Mann ringen auf dem Boden. Durch den oberen Teil des Kästchens fliegt ein Messer; dem Mann ist es gelungen, der Frau das Messer abzunehmen.

Fünftes Kästchen: Der Mann reißt die Bluse der Frau auf, ihre gigantischen runden Brüste springen hervor. Die Frau hat ihre Hand in der Hose des Mannes.

Sechstes Kästchen: Die Frau hat sich kopfüber gedreht, sie hält sich am Schritt des Mannes fest.

Diese Mundöffnung, in der für einen Moment der aus dem Hosenstall herausspringende *Jack in the box* verschwand, veränderte meine Vorstellung des weiblichen Mundes für immer. Ich sah den Mund meiner Mutter nicht mehr so wie früher. Wenn meine Mutter sprach, stellte ich mir ein von Adern durchzogenes schwarz-weißes Glied vor, das plötzlich aus dem Nichts erschien und ihren Redeschwall erstickte. Ich konnte nicht einmal mehr in den Spiegel sehen, ohne mir vorzustellen, wie ein Glied meinen Mund ausfüllte. Ich finde das komisch, schließlich hatte die Frau in dem Comic ihren Mund freiwillig um das Glied des Mannes gelegt, das sich in keiner Weise aufgedrängt hatte, sondern brav am unteren Bildrand wartete. Einige Kästchen weiter legte die Frau auch das Loch zwischen ihren Beinen um das Glied des Mannes, was mich nicht mehr so aufwühlte, keine Ahnung, warum.

Ich erinnere mich noch daran, dass ich am nächsten Tag, als meine Mutter draußen gerade Teppiche klopfte und mein Vater wer weiß wo war, die schneeweißen Zähne der Dschungelfrau auf dem Umschlag blau-rot anmalte. Soll heißen: einen blau, einen rot und so weiter.«

Als Natalia mit ihrer Erinnerung an das erste bedeutsame Loch in ihrer Kindheit fertig war, drehte sie sich zur Seite und beugte sich zur Tasche, die sie neben die Couch gestellt hatte, wobei die Tasche das letzte Mal im Flur geblieben war. Sie steckte das Papier hinein und zog ein anderes heraus, das ebenfalls vollgeschrieben zu sein schien. Dann holte sie einen Pappordner aus der Tasche und zog daraus ein weißes Blatt hervor, das sie mir wortlos reichte.

Ich starrte auf die Zeichnung. Natalia hatte mit Bleistift eine Skizze von einem Penis angefertigt, genauer gesagt von einer Erektion.

»Das ist eine eindrucksvolle Arbeit«, sagte ich zu Natalia, »Sie können gut zeichnen.«

Die Zeichnung rief mir unweigerlich die botanischen Lehrtafeln von Ebba Masalin in Erinnerung, die ich während meiner Grundschulzeit jahrein, jahraus an den Wänden des Klassenzimmers bestaunt hatte. Ich sah eine köstliche, knubbelige Knolle vor mir, zwischen Kohlrabi und Kartoffel, ich sah die Form einer Zucchini (nicht die Farbe).

Zumindest für meine Maßstäbe war die Erektion, die Natalia gezeichnet hatte, ziemlich imposant. Ich musste daran denken, dass Natalia kurz zuvor gesagt hatte, dass sie »zuerst ein Foto, danach ein lebendes Exemplar« als Vorlage gehabt habe. Sie hatte also offenbar die Zeichnungen vernichtet, die sie auf Grundlage der Fotos angefertigt hatte: Sie hatten ihrem kritischen Anspruch nicht genügt. Im Gegensatz dazu war das Bild, das ich in Händen hielt, mithilfe einer lebenden Vorlage entstanden. Denn das bedeutete ihr Satz: *zuerst* heißt zuerst, und *danach* heißt danach.

In diesem Moment überkam mich ein erschreckender Zweifel. Ich begriff, dass Natalias Behauptung nicht der Wahrheit entsprechen konnte. So eine Zeichnung entstand nicht im Handumdrehen. Nehmen wir (unter Berücksichtigung der Qualität des Bildes) an, dass Natalia eine routinierte Zeichnerin war, dann hätte sie, vorsichtig geschätzt, mindestens zwei Stunden für die Zeichnung gebraucht. Die Erektion konnte jedoch unter keinen Umständen so lange angehalten haben, sofern der Mann nicht unter Priapismus litt. Zudem hätte Natalia die ganze Zeit darauf achten müssen, das Bild beim Zeichnen nicht zu verschmieren. Mit anderen Worten hätte sie ein Schutzpapier unter ihre Hände legen müssen, was den Zeichenprozess noch mehr verlangsamt hätte.

Ich war ratlos. Ich konnte Natalia unmöglich fragen, ob sie beim Zeichnen ein Schutzpapier verwendet hatte. Stattdessen fragte ich sie, ob sie mir etwas über den Zeichenprozess erzählen wolle. Dies war eine der Situation angemessene Frage. Ich hoffte, dass Natalia sagen würde, sie habe ein Foto von dem lebenden Modell gemacht, weil das ihre Erzählung gerettet hätte. Eine kleine nachträgliche Korrektur, und alles wäre wieder gut gewesen.

Aber Natalia wollte mir nichts über den Zeichenprozess erzählen. Sie quittierte meine Frage mit einem Stöhnen, als ob das fotorealistische Zeichnen von Penissen das Alltäglichste der Welt war. Stattdessen wollte sie mir ihre Erinnerung an das zweite bedeutsame Loch in ihrer Kindheit erzählen. Der Wecker auf ihrem Bauch zeigte an, dass sie dazu genügend Zeit hatte, und so begann sie.

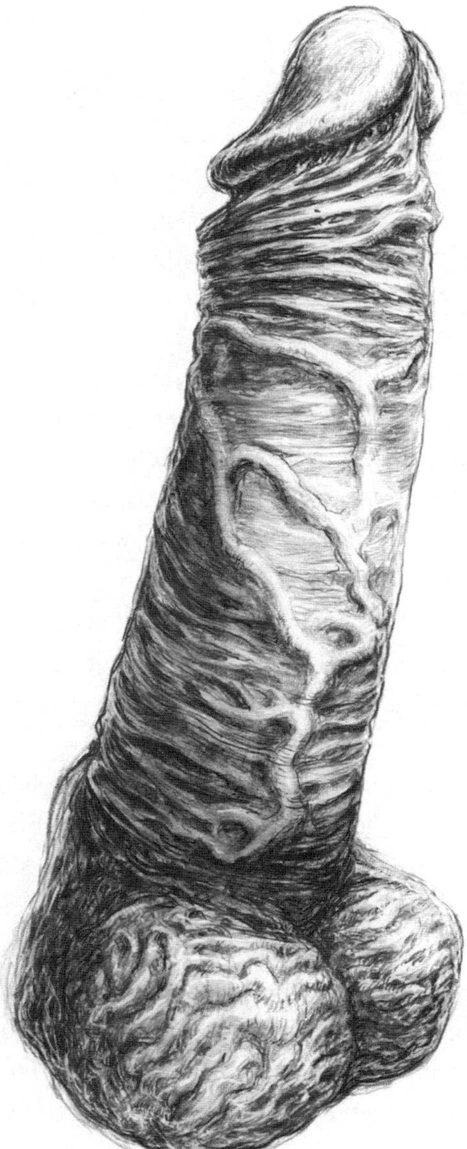

»Ich war neun Jahre alt, als ich glaubte, eine Leiche gefunden zu haben. Ich weiß nicht, wie es Ihnen geht, Doktor, aber ich bin seit meiner Kindheit darauf gefasst gewesen, einmal in meinem Leben eine Leiche zu finden.

Ich suchte bewusst Orte auf, von denen ich vermutete, dass Mörder dort ihre Opfer verbargen. Ich bewegte mich durch dichten Morast und blickte konzentriert auf die Erde. Alles, was nicht grün war und die Harmonie der Landschaft störte, deutete ich ausnahmslos als menschliche Überreste. Kann das ein verscharrter Finger sein? Ist das bei der Anhöhe der Fetzen einer Jacke? Mein Blick war stets geschärft. Wenn ich durch einen Wald spazierte, pochte mein Herz vor Angst und Anspannung. Wenn ich in einem See schwamm, war ich mir sicher, dass vor mir gleich ein Kadaver aufsteigen würde.

Ich kann nicht sagen, woher diese Erwartung rührte, denn ich gruselte und ekelte mich vor der Vorstellung von Körpern, die in der Natur herumlagen oder im Wasser trieben.

Zu der Zeit verschlang ich Krimis; Kinderbücher interessierten mich schon nicht mehr. Die Leichen aus den Büchern, die ich las, lagen in Kabinen von Kreuzfahrtschiffen, in Betten von Luxushotels, in allerlei geschlossenen und streng bewachten Räumen. Die Mörder vertrauten stets darauf, dass ihre Alibis wasserdicht waren, dass die von ihnen gelegten Fährten in die Irre führten und sie ihre Leben auf den Kreuzfahrtschiffen, in den Luxushotels, in den geschlossenen Räumen fortsetzen könnten, als sei nichts geschehen.

Trotzdem neigte ich schon als Kind zu der Annahme, dass nicht alle Mörder in höheren Kreisen verkehrten und kaltblütig töteten. Ich nahm an, oder vielleicht hatte ich es auch gelesen, dass es im richtigen Leben Mörder gab, die ihre Tat ungeplant und im Affekt begingen. Nach dem Mord standen sie vor einem großen Problem: Wohin mit der Leiche? Genau diese Menschen, die in einem Anflug von Zorn getötet und notdürftig versteckt wurden, glaubte ich zu finden.

Es war Sommer. Ich spielte mit einer Freundin an einem steilen Hügel, auf dem Kiefern und kleine Sträucher wuchsen. Auf der Anhöhe befand sich ein großer, klarer See, in dem wir schwimmen wollten, aber zuerst wollten wir ordentlich ins Schwitzen kommen. Wir wollten schmutzig sein und uns ins Wasser werfen, wir wollten uns abkühlen und dann wieder aufheizen, zumindest wollte ich das. Meine Freundin machte mir alles nach oder tat das, was ich von ihr verlangte.

Wir hüpften über die Furchen im Boden, die Tiere und Regenwasser gezogen hatten. Wir rutschten den Hang herab. Unsere Hosen füllten sich dabei mit Sand. Wir kletterten zurück nach oben und rannten los, wir rutschten, krochen, robbten, und der heiße Sand klebte an unserer Haut. Meine Freundin wusste die ganze Zeit, dass sie dafür am Abend eine Tracht Prügel bekommen würde. Ihre Mutter ertrug es nicht, wenn sie ihre Kleidung beschmutzte, das widersprach ihrem Verständnis von Disziplin. Einige Dinge, die für mich selbstverständlicher Teil meiner Kindheit waren, wie Schmutz, ließen die Eltern meiner Freundin vor Wut schäumen. Deshalb bekamen sie und ihr zwei Jahre älterer Bruder fast jeden Tag Prügel.

Ich selbst habe die Wut nie in den Augen ihrer Eltern auflodern gesehen. Aber einmal habe ich sie fast miterlebt. Das Gebrüll kam wie aus dem Nichts. Der Name meiner Freundin wurde aus der hintersten Ecke des Wohnzimmers geschrien, mit einer Stimme, die mich zusammenzucken und, ohne auf Wiedersehen zu sagen, davonlaufen ließ. Ich rannte nach Hause und wärmte mir die Rauchfleischsuppe vom Vortag auf. Zu Hause hatte ich das Recht, hungrig zu sein, wenn ich hungrig war, während meine Freundin nicht einmal dieses Recht hatte. Ich setzte mich an den Tisch und schlürfte die Suppe direkt aus dem Topf. Die Brühe bildete einen faszinierenden Fettfilm auf meinen Lippen, ähnlich wie heißes Wachs auf den Fingerspitzen. Das war eine meiner Lieblingsbeschäftigungen in Kindertagen: Wann immer sich die Möglichkeit ergab, ließ ich Fett oder Wachs fest werden und sich um meine Haut spannen. Ich leckte die Fettschicht von meinen Lippen oder schnippte das erstarrte Wachs von meinen Fingern. Der Lippenfilm verschwand, und ich benetzte meine Lippen erneut. Meine Finger brannten, doch ich steckte sie ein ums andere Mal in die heiße Kerze. Der Lippenfilm hinterließ keine Spuren, während von dem Wachs uhrglasförmige Schälchen zurückblieben, die ich auf dem Tisch zu Mustern anordnete. Mir wurde nie gesagt ›Spiel nicht mit Feuer‹ oder ›Spiel nicht mit Essen‹. Ich durfte in aller Ruhe Wachsschälchen umherschnippen und Lippenfilm probieren, anders als meine Freundin, die stets Angst davor haben musste, sich mit Milch zu bekleckern.

Dies und unzählige andere Dinge bereiteten mir atemberaubende Freude. Ich bezeichnete dieses Gefühl als Gründlichkeit. Wenn meine Freude größer war, als ich ertragen konnte, sagte ich mir laut: ›Habe ich ein gründliches Gefühl.‹ Einmal weihte ich meine Mutter in das Gefühl ein: ›Mama, heute spüre ich die Gründlichkeit hier.‹ Ich massierte meinen Brustkorb, in dem meine Gründlichkeit wohnte, und meine Mutter lächelte wohlwollend.

Wenn ich mit meiner Gründlichkeit allein war und sie für mich laut aussprach, nickte ich mit dem Kopf, als ob ich den geheimen Pakt mit dem Universum geschlossen hatte, dass es sich um mich kümmern und meine Gründlichkeit niemals erschüttert würde, egal was geschah. Und wenn ich dabei Essen im Mund hatte, was oft vorkam, schmatzte ich theatralisch im Rhythmus des Nickens. Ein schweres Nicken, ein gefräßiges Schmatzen, langsam, viele Male, bis ich das Essen runtergeschluckt hatte.

Das war also meine Gründlichkeit.

Meine Freundin hätte für so ein Verhalten an Ort und Stelle Prügel bekommen. Schon als Kind verstand ich, wie privilegiert ich war, reden zu dürfen, wie mir der Schnabel gewachsen war, und auch schmatzen zu dürfen, wenn wir nicht zusammen am Esstisch saßen, wo ich mich natürlich wie alle anderen benehmen musste. Meinen Eltern wäre es nie in den Sinn gekommen, mich zu schlagen. In dieser Hinsicht waren sie fortschrittlich, anders als die Eltern meiner Freundin, die der Meinung waren, dass die Grenzen akzeptablen Verhaltens mit zunehmendem Alter eines Kindes nur enger wurden.

Meine Freundin, die ein Jahr jünger war als ich, durfte kaum noch mit mir spielen. Angeblich hatte ich einen schlechten Einfluss auf sie. Wir wurden für einen Monat voneinander getrennt. Aber dann fiel den Eltern meiner Freundin auf, dass ihre Tochter außer mir niemanden hatte. Ihre Klassenkameraden mieden sie wie eine Aussätzige, obwohl mit ihr rein körperlich alles in Ordnung war. Sie schlossen sie von ihren Spielen aus, als ob sie nicht existierte. Meine Freundin fand sich damit ab, doch ihre Eltern bekamen Panik. Sie hoben das Verbot auf und baten mich zurückzukommen. Unsere Freundschaft brachte sie noch immer aus der Fassung, aber weil sie mich nicht verprügeln konnten, verprügelten sie weiterhin meine Freundin.

Im Gesicht meiner Freundin oder ihres großen Bruders konnte ich in keinem Moment Angst sehen. Ich konnte sie lediglich schreien hören. Sie wurden immer auf der Veranda geschlagen, und die Glasfenster, die sich über die ganze Länge der Wand erstreckten, dämpften das Geschrei nur minimal.

Wussten die Eltern meiner Freundin nicht, dass draußen alles zu hören war?

Oder wollten sie, dass das Schreien unsere Ohren erreichte?

Wollten sie, dass ihre schreienden Kinder ein abschreckendes Beispiel dafür waren, wie es einem erging, wenn man sich den Gesetzen des Universums widersetzte?

Begriffen sie nicht, dass meine Eltern sie und ihre brutalen Erziehungsmethoden verachteten?

Trotz allem war meine Freundin eine Frohnatur, genau wie ich. Sie wollte keinen Gedanken an die Konsequenzen verschwenden, sondern beschmutzte artig ihre Kleidung, wenn es für das Spiel, das ich mir ausgedacht hatte, erforderlich war.

Zu dem Hügel, auf dem wir an jenem heißen Sommertag umhertollten, gehörte eine besonders steile Böschung aus Sand, aus deren Kante eine uralte Kiefer wuchs. Die Erosion hatte die Wurzeln des Baumes freigelegt, die ein prächtiges, nahezu symmetrisches Gebilde formten, wie rheumatische Riesenfinger auf einer Klaviertastatur. Man konnte sich um die krustigen, schlangenartigen Wurzeln herumschlingen oder seine Beine darüber legen und mit dem Kopf nach unten baumeln, wenn man sich vorstellen wollte, dass der große See der Himmel war und der große Himmel der See.

An dem besagten Tag wollte ich meiner Freundin die Wurzeln zeigen, denn es gab kein besseres Versteck auf der ganzen Welt. Ich fragte meine Freundin: ›Sollen wir runter?‹ Ohne auf ihre Antwort zu warten, ließ ich mich in den Sand fallen. Meine Füße, von denen ich kurz zuvor die Sandalen weggeschleudert hatte, versanken bis zu den Knöcheln im heißen Sand.

Als ich wieder festen Boden unter den Füßen hatte, dort, wo meine Sandalen auf mich warteten und die Wurzeln der Kiefer in der Erde verschwanden, stand ich auf und drehte mich um.

Ich sah meine Freundin, wie sie die Spur entlangrutschte, die ich hinterlassen hatte.

Ich sah die Wurzeln und den Sand.

Am Rand meines Blickfelds sah ich etwas in der Böschung, einen dunkel schimmernden Fleck, etwas, das unter keinen Umständen dorthin gehörte.

Meine Freundin kreischte vor Freude und kam vor meinen Füßen zum Stehen. Ich wandte meinen Kopf dem schimmernden Fleck zu und sah das zum Teil von Sand bedeckte Gesicht einer Frau, den zu einem schmerzhaften Schrei verzerrten Mund, aufgerissene Augen.

Ich schrie.

Ich schrie, so laut ich konnte, hemmungslos, ohne nachzudenken.

Ich schrie: ›Eine Leiche!‹

Ich schrie: ›Eine Tote!‹

Ich schrie: ›Eine tote Frau im Sand!‹

Oder zumindest schrie ich das in meinen Gedanken. Es kann nämlich gut sein, dass ich in diesem Moment wortlos schrie und nur mein Verstand an die Leiche, an die tote Frau im Sand dachte.

Mein Schreien überraschte mich. Bis zu diesem Moment war ich fest davon überzeugt gewesen, dass ich in so einer Situation nicht losschreien würde. Vor allem war ich mir sicher, dass ich meinen schrecklichen Fund schrittweise machen würde. Zunächst würde ich etwas bemerken, woraus ich erste Schlüsse ziehen könnte, dann würde ich ein bisschen mehr sehen und mit dem Fuß vorsichtig das Moos entfernen, nur so viel, bis die Indizien des Todes deutlich genug vor meinen Augen lagen. Mein Fund im kalten Wasser wäre außerdem blass, schemenhaft und aufgedunsen, von der Wasseroberfläche verzerrt. In meiner Vorstellung lag alles stets hinter einem dünnen Schleier.

In so einer Situation hätten nur riechsalzabhängige Rokokofrauen geschrien. Oder ihnen wäre ein als Schrei gedachter Seufzer aus dem Griff ihres Korsetts entfahren. Ich lebte in einer anderen Zeit. Ich wurde im Zeitalter der Heldenmädchen geboren, im Jahrzehnt der furchtlosen Wildfänge, und deshalb glaubte ich, tapfer schweigen zu müssen. Natürlich atmete ich in meiner Vorstellung schwerer, schließlich hatte ich die Möglichkeit dazu, weil mein Brustkorb nicht von irgendwelchen problematischen Kleidungsstücken daran gehindert wurde, sich zu heben. In meiner Vorstellung trat ich ruhig zurück und prägte mir genauestens den Fundort ein, und erst dann eilte ich nach Hause, um davon zu berichten, denn meine Schuhe waren zum Gehen gedacht und nicht zum Hübschherumstehen.

Aber jetzt sah ich klar, eindeutig und unverstellt den Kopf einer toten Frau, und mein Schreien fand kein Ende.

Ich schnappte mir meine Sandalen vom Boden und machte mich barfuß aus dem Staub. Ich hörte, dass meine Freundin ebenfalls zu schreien begann. Sie eilte mir hinterher, und wir rannten, heulten und schrien den ganzen Weg vom Hügel bis nach Hause.

Wir gingen selbstverständlich zu mir nach Hause, weil der Vater meiner Freundin seine Tochter grün und blau geprügelt hätte, wenn wir von unserem Fund erzählt hätten. Er hätte seine weinende Tochter angebrüllt, *Lügnerin*, und ich hätte die ganze Angelegenheit mit mir selbst ausmachen müssen, während meiner Freundin auf der Veranda der Hintern versohlt worden wäre. Wir machten uns also auf die Suche nach meinem Vater und fanden ihn in der Küche. Er saß auf einem kleinen Hocker und schälte Kartoffeln in einen Bottich. Wir keuchten, völlig außer Atem, bis ich endlich sagen konnte: ›Wir haben im Sand eine Frau gefunden! Eine Tote!‹

Mein Vater erhob sich umgehend von seinem Hocker und richtete sich zu seiner vollen Größe auf. Er war dunkel und verlässlich, unglaublich stabil. Ich war mir sicher, dass er sich niemals laut sagen musste: ›Habe ich ein gründliches Gefühl.‹ Er war die Gründlichkeit in Person. Er wusste exakt so zu handeln, wie es die Situation erforderte, und so sagte er: ›Sehen wir nach, Mädels.‹

Der Ort war nicht schwer zu finden, denn wir kannten den Hügel wie unsere Westentasche. Je näher wir zu der im Sand vergrabenen Frau kamen, desto klarer wurden meine Erinnerungen.

Wenn ich jetzt an die Situation zurückdenke, sehe ich die Ereignisse allerdings nicht mit eigenen Augen. Damit meine ich, dass ich die Umgebung nicht wie durch eine subjektive Kameraeinstellung wahrnehme, wie sie zum ersten Mal in der Filmgeschichte von Friedrich Wilhelm Murnau in *Der letzte Mann* eingesetzt wurde. Ist Ihnen aufgefallen, Doktor, wie clever und subtil ich hier wieder eines der Hilfswörter – in diesem Fall ein Wortpaar – unterbekommen habe, die Sie letztes Mal für mich gesammelt hatten? Letzter Mann. Überlegen Sie.

Murnaus Stummfilm ist großartig. Haben Sie ihn gesehen? Die Zuschauer sind gezwungen, den Schmerz in Emil Jannings' Darstellung zu fühlen, die Scham eines geschassten Portiers. Der sympathische Portier eines schicken Hotels wird zum Dienst in der Herrentoilette degradiert. Er wird an den Rand der Gesellschaft gedrängt. Er wird zu einem Mann, der keine Rolle mehr spielt. Einem Mann ohne Uniform.

Einer der Männer aus meinen Erinnerungen, den ich letztes Mal als meinen letzten Mann bezeichnet hatte, spielte den vom Leben enttäuschten Versager so überzeugend, dass er am Ende zu einem wurde. Ihn hatte niemand an den Rand gedrängt, er hatte sich freiwillig in eine dunkle Ecke gehockt und dort herumgeheult. In jungen Jahren brachte er seine Verbitterung zu Papier. Er wusste seine Wut als gesellschaftliche Analysen zu verkaufen, er destillierte seinen Hass zu Kritiken. Er war tatsächlich Kritiker von Beruf. Bis er sich in einen Vollzeit-Eckenheuler verwandelte. Er verfasste weiterhin von Zeit zu Zeit Kritiken, ein, zweimal pro Jahr, vor allem Filmkritiken, aber er bewertete die Filme nicht mehr, er praktizierte ausschließlich die Kunst des Hasses, wozu ihm die Filme als Vorwand dienten. Und er verwendete immer die gleichen Worte. Das war sein größter Fehler. Seine Kritiken wurden schlecht und vorhersagbar. Aber es half nicht, ihm das zu sagen. Dann brüllte er zurück: ›Ich schreibe nur die Wahrheit, du Spießerin!‹ Und: ›Es ist ja nicht mein Fehler, wenn sich die Gesellschaft nicht verändert, egal wie viel ich schreibe!‹ Aber damals, vor langer, langer Zeit, waren es gerade seine Kritiken, die mich um den Verstand brachten.

Als wir uns kennenlernten, war er als Kolumnist bei einer Zeitung angestellt. Das hat mich erregt. Nicht seine Arbeit an sich, auch nicht sein Monatsgehalt, sondern die Tatsache, dass er die wildesten Dinge zu Papier bringen durfte, damit jeder sie lesen konnte, und dass man ihn dafür sogar bezahlte. Damals gab es viele, die ihm auf die Schulter klopften. Und für mich fühlte es sich an, als würde man damit auch mir auf die Schulter klopfen. Ich war jung und dumm, noch dümmer als jetzt. Glauben Sie mir, Doktor, es ist möglich, noch dümmer zu sein, als ich es jetzt bin.

Außerdem habe ich eine Schwäche für Menschen, die die Kunst der Sublimierung beherrschen. Woher kommt das bloß? Woher habe ich nur dieses Beuteschema? Meine Eltern haben nichts und niemanden sublimiert. Eine Kartoffel ist eine Kartoffel, Punkt.

Für mich ist nichts das, wonach es auf den ersten Blick aussieht. Ein Psychopath ist kein Psychopath, sondern der Anstoß für eine große Geschichte. Eine Kartoffel ist keine Kartoffel, sondern Symbol für die Schwere des Seins: *Mutter, ich bin dumm*! Kennen Sie den Film, Doktor? *Das Turiner Pferd*? In dem Film essen die Protagonisten die ganze Zeit Kartoffeln. Nichts als Kartoffeln. Wenn ich jetzt an meinen Vater denke, wie er auf seinem Hocker sitzt und Kartoffeln in einen Bottich schält, bin ich unweigerlich gerührt: die Beständigkeit der Kartoffel, ihre Schönheit und Einfachheit … die automatisierten Bewegungen von Daumen und Schälmesser … Es war hypnotisierend. Schwere und Leichtigkeit zur gleichen Zeit. Ich liebte das Leben, weil es die Finger meines Vaters waren und nicht meine, die geschickt die Schale von den Kartoffeln zwirbelten, damit ich mich draußen frei bewegen konnte.

Wo war ich stehen geblieben? Richtig, ich erreichte mit meinem Vater und meiner Freundin die Sandböschung. Auch jetzt sehe ich uns drei wie von außen; ich sehe meine Umrisse und meine flachsblonden Haare, aber alles ist unscharf. Ich sehe mich wie eine hastig angefertigte Skizze; dort drüben, in etwa so. Meine Freundin war nichts als ein dicker blonder Zopf. Sie hatte keine Augen. Sie war eine stumme Zeugin, die niemals etwas mit ihren eigenen Worten sagen würde.

Mein Vater war jedoch vollständig.

Mein Vater hatte sein Gesicht und sein gesamtes Spektrum an Gesichtsausdrücken.

Mein Vater sah mich fragend an, aber nicht aus Misstrauen, eher aus Neugier. Er war angespannt, aber nicht so stark, wie man es angesichts der Begegnung mit einer Leiche in der Natur erwartet hätte.

In diesem Moment begriff ich, dass er uns unseren vermeintlichen Fund nicht abkaufte. Und weil mein Vater so gründlich war, die Gründlichkeit in Person, begann auch mein Glaube im Sand zu versickern. Ich sah meinen Vater an und war mir plötzlich sicher, dass das, was auch immer wir gefunden hatten, keine Frauenleiche war.

Aber was hatten wir dann gefunden?

Ich ging zu der größten Wurzel, die fest mit der Sandböschung verwachsen war, an die Stelle, von der ich den dunklen, reflektierenden Fleck am Rande meines Blickfelds gesehen hatte. Das Sonnenlicht schien auf den Fleck, der immer stärker schimmerte, und ich begriff: Kein Gesicht, kein totes und auch kein lebendiges, schimmert so.

Ich zeigte den Fleck meinem Vater. Er durfte die Sache zu Ende bringen, dafür war er ja mit uns zu dem Hügel gekommen.

Mein Vater machte einen Schritt an mir vorbei und begann zu lachen. ›Das ist eine Maske‹, sagte er. ›Jemand hat sich einen Scherz erlaubt und eine Maske im Hang versteckt!‹ Mein Vater trat näher an den Fleck heran und ließ seine Finger in den Sand gleiten.

Aber es war keine Maske. Es war ein Heft. Ein Pornoheft, das jemand sorgfältig im Sand verborgen hatte. Jemand hatte die Heftartigkeit des Hefts kaschiert, die platte Oberfläche zu einer Art Maske gekrümmt. Jemand hatte sich die Mühe gemacht und eine tote Frau im Sand drapiert.

Aber die Frau auf dem Bild war nicht tot. Der Mund der Frau stand offen, und darin war ein großer Penis. Die Augen der Frau waren weit aufgerissen, sie schien zu ersticken.

Mein Vater lachte genüsslich. Ich lachte ebenfalls, ich kicherte ausgelassen. Das Lachen steckte meine Freundin an. Das war schließlich ein Grund zum Lachen! Und wir lachten, meine Güte, wie wir lachten. Mein Vater grinste amüsiert, aber ohne eine Spur von Schadenfreude. Jeder andere Vater hätte sich über uns lustig gemacht, aber mein Vater war anders.

Ich legte mir in Gedanken schon die Wörter zurecht, mit denen ich meiner Mutter von unserem Abenteuer erzählen würde. Ich wollte so über das Erwachsenenheft sprechen, wie man in meinem Beisein über Erwachsenengetränke sprach, und ich wollte auch meine Mutter zum Lachen bringen. Denn wenn meine Mutter lachen würde, könnte ich ertragen, dass ich mich nicht getraut hatte, mich dem schimmernden Fleck allein zu nähern. Würde meine Mutter losgackern, nachdem sie die Geschichte gehört hatte, könnte ich mit dem Umstand leben, dass meine Freundin und ich wegen meiner Feigheit um ein kolossales Geheimnis gebracht worden waren. Vielleicht war es auch gut, dass mein Vater das Heft aus dem Sand gezogen hatte. Wenn das Heft in unsere Hände geraten wäre, hätten wir gemeinsam schweigen müssen. Wäre meine Freundin dazu in der Lage gewesen? So wichtig Geheimnisse für Kinder auch sind, so sehr belasten sie auch. Ihre Wichtigkeit steht in einem direkten Verhältnis zu ihrer Last, und nicht jedes Kind ist in der Lage, diese zu tragen. Ich konnte nicht wissen, ob meine Freundin im entscheidenden Moment über die nötige Kraft verfügen würde. Oder ob sie ihren Eltern offen von dem untoten Penismund erzählt, ihre Prügel kassiert und sich auf diese feige Art von dem verräterischen Geheimnis befreit hätte.

Mein Vater steckte das Heft ein, und wir spazierten nach Hause. Mein Vater ging mit dem Heft in die Sauna, er wollte es dort im Ofen verbrennen.

Aus dem Schornstein stieg Rauch auf, weshalb ich davon ausgehe, dass mein Vater das Heft tatsächlich verbrannt hat.«

So endete Natalias Erinnerung an das zweite bedeutsame Loch in ihrer Kindheit. Ich war sprachlos. Die Beiläufigkeit, mit der Natalia jedes meiner Hilfswörter und das Wortpaar in ihrer Erzählung untergebracht hatte, erschreckte mich. Meine anderen Patienten, denen ich eine vergleichbare Aufgabe gestellt hatte, gaben mir immer ihre Absicht zu verstehen, wenn sie ein Wort verwendeten, das ich ihnen vorgegeben hatte. Sie machten eine kleine Pause davor, betonten es nachdrücklich und hielten abermals inne, ehe sie ihre Erzählung fortsetzten. Ein Patient unterbrach sogar seine Geschichte und erzählte groß und breit von alternativen Handlungssträngen, die er sich zu einem Wort überlegt, aber schließlich aus dem Kopf geschlagen hatte. Ausgehend von verworfenen Ideen gelangten wir dann zum wichtigsten Teil jener Stunde – auch so lässt sich kollaborative Schichtung bewerkstelligen. Natalia hob lediglich ›Loch‹, ›Versprechen‹ und ›letzter Mann‹ hervor. Die übrigen sieben Wörter gingen in der Erzählung unter wie Wassertropfen in einer Regentonne.

Hätte ich nicht die Wortliste auf dem Schoß und einen Stift in der Hand gehabt, hätte ich nicht aufmerksam zugehört, wäre mein Plan für die Stunde dahingewesen.

Ich starrte verblüfft auf meine Liste, auf der ich zum Zeitvertreib, während ich auf Treffer wartete, herumgekritzelt hatte. Die französische Maxime, die ich um die Hilfswörter herumgeschrieben habe, gefällt mir, nebenbei gesagt, besonders gut. Ich liebe Wortspiele, die aus dem Thema Religion schöpfen, aber im Finnischen gibt es leider keine guten Beispiele, und das Deutsche ist auch nicht gerade besser. Die einzige deutsche Entsprechung, die mir für das geniale *jeu-des-mots* eingefallen ist, bei dem ein großer Fischer (*grand pêcheur*) zu einem großen Sünder (*grand pécheur*) wird, indem man einen Zirkumflex zu einem Akut zurechtstutzt, oder anders gesagt, indem man ein winziges diakritisches Zeichen austauscht, ist schlichtweg banal: *Ein mündiger Priester fischt sündige Biester.* Wenn es an Eleganz mangelt, was bei finnischen und deutschen Wortspielen oft der Fall ist, ist alles dahin. Zum Beispiel: *Ein plappernder Kaplan klebt Pappplakate.* Ich muss wohl nicht erklären, was ich von derlei primitiven Albereien halte.

Ø
~~*Loch*~~
~~*Versprechen*~~
~~*Geheimnis*~~
~~*blaurot*~~
Grand pêcheur ~~*schwarzweiß*~~ *devant l'Éternel*
~~*durchsichtig*~~
~~*Zuhause*~~
~~*Schrei*~~
~~*Marmeladenfüllung*~~
~~*letzter Mann*~~

Natalias beispielhafte Lösung der Aufgabe hätte eigentlich große Freude in mir wecken müssen. Schließlich hatte Natalia alles so gemacht, wie ich ihr aufgetragen hatte, und zwar viel sorgfältiger als erwartet. Aber etwas störte mich. Aus ihren Erzählungen konnte ich keinerlei Schmerz heraushören, weder vergangenen noch gegenwärtigen. Die

Erzählungen waren zu vollständig, zu genau und flüssig, zu leicht verdaubar.

Ich begriff auch, dass Natalia alles tat, damit ich ihr passiv zuhörte. Ihre Fragen, zum Beispiel *Vielleicht war ich schon damals wie heute vollkommen durchsichtig, was meine Gefühle betrifft*?, waren allesamt rhetorisch. Sie wartete nicht auf meine Reaktion, sondern preschte voran. Selbst wenn eine Frage direkt an mich gerichtet war, etwa *Ist es in Ordnung, wenn ich später auf die Zeichnung zurückkomme?,* wartete sie kaum mein zustimmendes Summen ab, diesen anschwellenden, aus allen psychodynamischen Therapien bekannten Ton, der dazu ermutigen soll, tiefer in die vorliegende Thematik einzutauchen.

Wir befanden uns also im klassischen Bereich der Übertragung. Es gehört zu meinen professionellen Fähigkeiten, dies zu sehen und darauf zu reagieren. Meine Aufgabe ist es, die Übertragung unbemerkt in die Schichtungstherapie einfließen zu lassen, so wie ich es bei gewöhnlichen Therapiebeziehungen nach dem Schema *in and out* mache. Meine vorläufige Hypothese, die ich im Laufe der Therapie überraschenderweise nur minimal korrigieren musste, lautete wie folgt: Natalias fast schon unnatürlicher Drang, mich mit ihren Erzählungen zu verzaubern, stand in direkter Verbindung zu den Problemen in ihrem Sexualleben. Oberflächlich betrachtet lautete die Diagnose natürlich F52.7 beziehungsweise Hypersexualität, auch bekannt als Nymphomanie. Aber wenn man ein wenig an der Oberfläche kratzte, so wie ich es gerade fieberhaft unter dem äußeren Anschein meiner Gelassenheit tat, zeigte sich noch etwas ganz anderes: die verkappte Angst vor Begegnungen, die Angst, sich auf einen anderen Menschen einzulassen. Mit anderen Worten: Natalia benutzte sowohl Wörter als auch Männer, um ihre Verletzlichkeit zu verbergen.

Wir mussten also mit den Übungen fortfahren.

Ich blickte zu dem Wecker auf Natalias Bauch. Ihm zufolge hatten wir noch knapp drei Minuten. Ich betrachtete meine digitale Armbanduhr, die an einen Zeitserver in Frankfurt am Main gekoppelt war, der wiederum auf eine Atomuhr zurückgriff, und zwar nicht irgendeine Atomuhr, sondern eine primäre Uhr, die in hundert Millionen Jahren höchstens eine Sekunde danebenlag. Ich hatte die Uhr als Geschenk von einer betuchten Patientin bekommen, also nicht von dem Dichter, der mir ausschließlich Gedichtbände schenkte, sondern von der Teilhaberin an einer Spielefirma. Die Frau hatte eine außergewöhnlich schwach ausgeprägte Impulskontrolle, was auch anhand der Geschenke deutlich wurde, die sie mir in einem Anflug von Großzügigkeit mitbrachte. Meiner Uhr zufolge hatten wir noch zwei Minuten und dreiundzwanzig Sekunden.

Natalia lag schweigend auf der Couch. Offenbar erwartete sie, abgesehen von dem Scheppern des Weckers, auch ein Lob für ihre herausragende Leistung.

Ich stimmte in die Stille ein.

Der Wecker tickte.

Mit jedem Ticken des Sekundenzeigers wurde die Zeit weniger, und in Wirklichkeit war noch weniger Zeit, denn Natalias Uhr ging, wie gesagt, nach.

Als uns laut meiner Uhr noch 1 Minute 16 Sekunden blieben, öffnete Natalia plötzlich den Mund.

»Hören Sie: Nicht, dass Sie denken, dass all meine Probleme, diese ganzen Verdrehungen ihren Ursprung in den offenen Mündern von diesen Pornofrauen haben. So ist es nicht. Ich kann noch viel mehr Geschichten erzählen. Wenn Sie nur wüssten. Und ich habe als Kind auch eine sehr positive Erfahrung mit einem Loch gemacht: eine erotische, überhaupt nicht pornografische. Mit einem Bilderbuch über Tiere.

Auf einem der Bilder legt ein Schildkrötenweibchen ein weißes Ei in den Sand. Diese Geburt, dieses Eierlegen. Großer Gott. Ich bekam nicht genug von diesem Bild. Wie dieses wundervolle weiße, ebenmäßige, ovale Ei sich seinen Weg aus dem Panzer der Schildkröte bahnt. Aus dem von Schuppen gesäumten, straffen braunen Loch, das unter der Spannung erwartungsfroh Richtung Erde hing. Das Ei kam aus der Muschi der Schildkröte wie ein Dolch aus einer Messerscheide. Langsam. Sehr langsam. Ich habe keine Ahnung, ob die Schildkröte beim Eierlegen Schmerzen hatte. Ich wollte glauben, dass sie dabei große Lust verspürte. Im Sand lagen unzählige Eier. Sie sahen aus wie Golfbälle. Etwas an ihrer Fülle und ihrem Erscheinen erregte mich. Die Ebenmäßigkeit, die Gleichförmigkeit und die Langsamkeit, mit der sie herauskamen. Dass sie einfach nur rauskamen. Dass sie in dem ständigen Hin und Her nur eine Richtung kannten. Wenn das nicht gründlich war!«

Natalia verstummte. Es verging ein Moment, dann zeigte meine Uhr exakt 14:00 Uhr. Ich streckte die Beine aus, sagte aber kein Wort, bevor Natalias Wecker zu scheppern begann. Meine Uhr zeigte Uhr 14:00:37.

Ich brüllte durch das Scheppern *na dann*, und diesmal stellte Natalia den Wecker umgehend aus.

»Sie haben sich wirklich ernsthaft Gedanken über Ihr Verhältnis zur Pornografie gemacht«, setzte ich an. »Letztes Mal haben wir das Fundament für die Themen der heutigen Stunde gelegt, mit den Hilfswörtern ›Männer‹, ›Vergewaltigung‹, ›Muschi‹ und ›in die Muschi schieben‹. Heute haben Sie ausführlich über den Mund der Frau, Erektionen und eierlegende Schildkröten gesprochen. Hervorragend!«

Ich wartete nicht auf Natalias Reaktion, denn ich wollte ihr schnell meinen Vorschlag für unsere nächste Stunde unterbreiten: »Machen wir mit dem gleichen Themenkreis weiter? Heute hatten wir nicht genug Zeit für ein Gespräch, weshalb ich die nächste Stunde gerne für eine gemeinsame Reflexion reservieren würde.«

Während ich redete, kam mir plötzlich eine großartige Idee, mit der ich herausplatzte, ohne nachzudenken: »Als Anregung für unser Gespräch könnten wir uns mit dem Gemälde an meiner Wand beschäftigen! Immerhin kennen Sie das Werk, nicht wahr? Sie erinnern sich vielleicht daran, dass das Gemälde den Titel *Mundohr* trägt. Machen wir die nächste Stunde also beim Thema Löcher weiter, aber diesmal konzentrieren wir uns auf die Kommunikation, auf die Anatomie von Hören und Sprechen. Was sagen Sie?«

Natalia hatte sich bereits aufgesetzt. Sie lockerte ihre Handgelenke, als ob sie während unserer Stunde steif geworden wären. »Ja, geht klar«, sagte sie leidenschaftslos, hängte sich die Tasche über die Schulter und spazierte in den Flur. Ich folgte ihr.

Bei der Verabschiedung versuchte ich, Natalia ihre Peniszeichnung zurückzugeben, aber sie sah mich vorwurfsvoll an, uferlose Enttäuschung im Blick.

»Die können Sie behalten«, knurrte sie schließlich, dann lösten sich ihre Lippen zu einem Lächeln, und sie trat durch die Tür hinaus.

REHABILITATIONSPROGRAMM WOCHE 3

Vorgabe: Keine Vorgaben.
Freie Reflexion pornografischer Gedanken.
Au style de Bouchoreille a. k. a. »Mundohr«.

Obwohl wir uns erst in der Anfangsphase unserer therapeutischen Beziehung befanden, wurde ich langsam ungeduldig in Hinblick auf das Gemälde, das im Therapiezimmer hing. Es leuchtete an der Wand und erfüllte mit seinem Leuchten den gesamten Raum, doch zu meiner Verwunderung schenkte Natalia ihm nach ihrem ersten Besuch keinerlei Beachtung mehr. Keine Blicke, geschweige denn Kommentare, aus denen sich beiläufig ein Gespräch über das Kunstwerk ergeben hätte, über den merkwürdigen Zufall, dass es bis Mitte der Neunzigerjahre Natalias Großmutter gehört hatte, falls Natalia die Wahrheit sagte. Und das Gespräch mussten wir führen, denn wenn *Bouchoreille* tatsächlich Eigentum von Natalias Familie gewesen war, hatte sich Natalia wegen des Gemäldes an mich gewandt. Warum? Das zu klären, war von größter Wichtigkeit.

Natalia kam in einem golden glitzernden Strickpullover zu unserer dritten Sitzung. Offenbar hatte sie den Pullover passend zur Farbgebung von *Bouchoreille* gewählt, was ich als positives Zeichen für das Thema unserer Stunde deutete. Ich beschloss jedoch, das Gespräch über einen Umweg auf das Gemälde zu lenken, denn für mich waren noch Fragen aus der letzten Sitzung offen.

Natalia legte sich wie gewohnt auf die Couch und stellte den Wecker auf ihren Bauch. Er blieb mit seinen vier spitz zulaufenden Füßchen überraschend gut auf dem weichen Untergrund stehen, der sich unablässig im Takt von Natalias Atem bewegte.

»Also«, eröffnete ich die Sitzung. »Danke nochmals für letzte Woche! Welche Gefühle hat das Gespräch über Löcher in Ihnen geweckt?«

Natalia strich mit dem Finger über die rechte Alarmglocke des Weckers, die an ein Micky-Maus-Ohr erinnerte. »Hm, Gefühle«, sagte sie etwas reserviert, als sei das Thema bereits komplett erschöpft, dabei hatten wir uns noch gar nicht damit befasst. »Mich beschäftigt gerade eher, wie sehr ich mich früher für Pornografie interessiert habe. Und wie wenig ich mich jetzt dafür interessiere.«

Natalia führte auch ihre andere Hand zum Wecker. Sie legte Zeige- und Mittelfinger sachte auf die linke Glocke, drückte beide Daumen gegen das Zifferblatt und begann zu erklären: »Ich konsumiere mittlerweile keine Pornos mehr, die von anderen produziert wurden. Irgendwann hat mich das total gelangweilt. Es erregt mich nicht mehr. Wenn sich einer meiner Liebhaber mit mir ein Video ansehen möchte, kein Problem, davon besitze ich genug. Ich hatte mir vor Ewigkeiten haufenweise einschlägige VHS-

Kassetten bestellt. Zu einer Zeit, als DVDs noch nicht so verbreitet waren. Als ich Sex nicht als Problem empfand, sondern in einem Zustand von Unschuld lebte. Alles war spannend für mich. Ich versuchte, an verschiedene Genres zu gelangen: Gonzo, Fisting, Red Rhapsody ... Japanischer *Hamedori-, Bukkake-* und *Futanari*-Porno ... Filme mit Fetisch, Cuckolding, Candaulismus ... Darstellungen ziemlich exotischer Neigungen, wie Hirsutismus-Erotik und die Abenteuer der ungewaschenen Anuschka. Nichts total Krankes und natürlich auch nichts Illegales. Ich wollte nur verschiedene Geschmäcker verstehen und natürlich auch wissen, ob irgendein Genre meinen Neigungen entspricht.«

»Und, sind Sie fündig geworden?«, fragte ich eilig, nicht etwa, weil Natalias Pornovorlieben mich per se interessiert hätten, sondern weil ich darin erneut einen möglichen Schlüssel zu ihren Problemen vermutete.

Wie erwartet, hatte Natalia sich mithilfe ihrer Videosammlung ausgiebig selbst studiert. »Ich mag Penisse, und deshalb habe ich schnell bemerkt, dass mir Schwulenpornos gefallen«, begann sie in einem dozierenden Tonfall, so als hätte sie das alles schon mal jemandem erzählt. »Mir gefallen Schwulenpornos allein deshalb, weil sie komplizierter zu faken sind als gewöhnliche Heteropornos. Wenn ein Mann anal penetriert wird und einen Samenerguss hat, ist das echt und nicht gestellt.«

Natalia hielt inne, um ihre Worte abzuwägen.

»Na gut, manchmal müssen auch Männer faken. Besonders wenn sie fleißig ejakuliert haben und ihnen der Saft ausgeht. Dann wird bei den Aufnahmen Kunstsperma verwendet, eine Mischung aus Puderzucker und Wasser. Aber prinzipiell will ich glauben, dass die Männer in den Filmen und die Männer in meinem Leben nichts faken. Dass ihre Lust echt ist.«

Plötzlich musste ich an Natalias Peniszeichnung denken, von der sie behauptet hatte, dass sie sich »erst von einem Bild, dann von einem lebenden Exemplar« habe inspirieren lassen. Und während ich an die Bleistiftzeichnung von dem adrigen Glied dachte, begriff ich, dass Natalias Geschichte über die Entstehung der Zeichnung am Ende womöglich *à la lettre* der Wahrheit entsprach. Sofern der Mann, der sich zu dieser ungewöhnlichen Aktion bereit erklärt hatte, jung, gesund und viril war, musste er sein Glied sicher mehr als einmal in die gewünschte Form bringen. Unter der Voraussetzung, dass Natalia nicht vergessen hatte, ihn oft genug zu belohnen. Und warum sollte sie das vergessen haben? Schließlich liebte sie Penisse.

»Geschichten mag ich auch«, fuhr Natalia fort, »und Geschichten entstehen aus Hierarchien. Deshalb hatte ich auch nie etwas für Ficks von zwei gleich starken Muskelprotzen oder zwei behaarten Bären übrig. Das ist ein stupides Gebumse, huiuiui. Ich gehöre eher zum Lehrer-Schüler-Lager. Und damit bin ich nicht allein, solche Filme gibt es bis zum Abwinken. Ein Armeerekrut macht sein Bett, der Offizier eilt ihm zu Hilfe. Internate, Erziehungsheime … sogar Einfamilienhäuser … seien Sie nicht schockiert, in diesen Geschichten erteilen die ›Daddys‹ ihren eigenen Söhnen eine Lektion! Und Therapeuten treiben es mit ihren Patienten. Ein echter Klassiker, diese Erotisierung von Tabus. Aber alles Fiktion. Alles, abgesehen von dem Samenerguss. Außer man braucht Puderzucker.«

Mir war aufgefallen, dass Natalia angenommen hatte, die Inzestfantasien würden mich schockieren, obwohl sie seit Freud im Zentrum der Psychotherapie stehen. Vielleicht wollte sie mich bloß provozieren. So gut wusste sie bestimmt über die Geschichte der Psychoanalyse Bescheid. Darauf ist auch meine Methode aufgebaut. Meine Theorie speist sich jedoch nur aus der schöpferischen Kraft, die in jedem Menschen schlummert.

Natalias Vorliebe für Schwulenpornos war ein interessantes Detail. Aus Fachliteratur weiß ich, dass Frauen, die Probleme mit ihrer Weiblichkeit haben, oft Erotik zwischen Männern idealisieren. Zu solchen Fantasien neigen insbesondere jene, denen es schwerfällt, sich ihr Innenleben anzueignen. Freud sprach von Penisneid, vor dem nicht einmal selbstreflektierte Draufgängerinnen wie Natalia gefeit sind.

Vor einigen Jahren hatte ich eine bekannte Feministin als Patientin, die zu mir in die Sprechstunde kam, um genau diese »Problematik des Innenlebens« aufzuarbeiten. Sie empfand es als problematisch, dass sie nur dann zum Höhepunkt kam, wenn sie auf ihrem Mann ritt. Wann immer sie das Bedürfnis hatte, sich wie ein glühendes Holzscheit in die Wogen der Hingebung zu stürzen, stellte sie sich vor, dass sie den Penis ihres Mannes hatte und er ihre Vagina. Das Gedankenspiel funktionierte ausschließlich in der Reiterstellung. Ich fragte sie, was das Problem war.

Weshalb sollte sie diese Vorstellung, die ihr offenbar große Befriedigung bescherte, unterdrücken? Die Frau blieb stur. Sie war sich sicher, dass in ihr ein misogyner Sadist schlummerte, und gemeinsam versuchten wir, ihm auf die Schliche zu kommen. Gegen Ende der Therapie gelang es ihr, einen unfassbar listigen Chauvinisten alter Schule aus sich herauszugraben, der von Zeit zu Zeit versuchte, ihren beispielhaften Einsatz für den Feminismus zu sabotieren. Meine Patientin vernichtete den Chamäleonwichser, wie sie ihren Fund bezeichnete, indem sie die LP *One more from the road* von Lynyrd Skynyrd, die ihr Vater ihr vermacht hatte, auf dem Teppich des Sprechzimmers zu Scherben zertrat. Danach war sie in der Lage, frei von Gewissensbissen auf ihrem Mann zu reiten.

Natalia löste ihre Finger von dem Wecker und richtete sich plötzlich auf. »Darf ich mir die Decke dort von der Stuhllehne nehmen? Mir ist kalt.« Ohne meine Antwort abzuwarten, nahm sie die Wolldecke, breitete sie über sich aus, während sie sich wieder hinlegte. Den Wecker behielt sie wie ihre Hände unter der Decke.

»Selbst bei den krassesten Schwulenpornos stumpft man am Ende ab. Und außerdem ist es langweilig, sich die Videos allein anzusehen. Aber mit wem sollte ich sie mir ansehen? Die meisten meiner Liebhaber finden den Gedanken an Päderastie unerträglich. Da werden sie plötzlich moralisch. Selbstverständlich. Sie ertragen nicht den Gedanken, dass jemand in sie eindringen könnte. Aber die Vorstellung, in ein junges Mädchen einzudringen, ist für sie ganz normal. Vor einiger Zeit habe ich von einer Studie gelesen, bei der man herausgefunden hat, dass ›anal‹, ›moneyshot‹, ›13‹, ›braces‹ und ›school uniform‹ die gängigsten Suchbegriffe unter Pornokonsumenten sind. Wenn die Muschi einer Jugendlichen gehört und der imaginierte Penis ihnen selbst, ist alles okay. Was für eine Doppelmoral, nicht wahr?«

Zum ersten Mal während der Stunde vernahm ich eine Regung in Natalias Stimme. »Das ist wohl wahr«, stimmte ich in ihren Unmut ein und versuchte dann, die verstreuten Gedankenfetzen aufzusammeln. »Sie sagten, dass Sie sich nicht mehr für Pornos interessieren, aber auch, dass Sie manchmal Videos mit Ihren Partnern ansehen. Auf deren Wunsch, wenn ich es richtig verstehe. Und zwar etwas anderes als Schwulenpornos. Wie fühlen Sie sich dabei?«

Die freundliche Frage, die ähnlich strukturiert war wie die Fragen, die ich bei instabilen therapeutischen Beziehungen des Typs *in and out* stelle, um das Gespräch fortzuführen, wurde mit einem verärgerten Schnauben quittiert.

»Ich sehe sie mir doch nicht *mit* ihnen an. Ich habe ja schon alle gesehen. Die Männer sehen sich die Videos an, ich beobachte ihre Reaktionen. Manchmal erregt mich das.«

Natalias Stimme klang überheblich. Sie wollte mir klarmachen, dass sie heute über der Pornografie stand.

»Sehen Sie, meine Unschuld ist auch schon in dieser Sache dahin. Und wenn ich manchmal, aus einer Experimentierlaune heraus, zu Hause eine VHS in das uralte Abspielgerät stecke, fange ich schnell an, mir Dinge auszumalen, die gar nicht im Bild zu sehen sind. Zum Beispiel die

Pausen der Darsteller. Toilettenpausen, Frischluftpausen, Teepausen, Sandwichpausen. Wussten Sie, dass bei den Dreharbeiten die Position der Füße auf dem Boden mit Klebeband markiert wird? So können die Darsteller nach einer Pause wieder exakt die gleiche Position wie zuvor einnehmen. Solche Dinge gehen mir mittlerweile durch den Kopf, wenn ich Profis beim Ficken zusehe. Klebebandstreifen, mit denen man Patzer vermeiden möchte.«

Ich konnte Natalia vor mir sehen, wie sie im Schneidersitz vor einem großen Fernseher saß, nach Unstimmigkeiten beim Geschlechtsverkehr suchte und diese in einem Notizheft vermerkte. Die Vorstellung war trist und Natalias Stimme inzwischen so abgekühlt, dass ich es für das Beste hielt, zu *Mundohr* überzuleiten.

»Verstehe. Sie haben genug von Pornografie und Ihr Kopf fängt an, nach neuen Reizen zu suchen. Die Pornografie lässt den Menschen stets in einem Zustand der Unbefriedigung zurück, während die Kunst in der Lage ist, zumindest meiner Meinung nach, immer wieder tiefe Freude zu spenden. Wie das Bild hinter Ihnen. Es lässt mich jedes Mal zusammenfahren, wenn ich den Raum betrete.«

Ich versuchte, meine Stimme während der Überleitung unverändert zu lassen, obwohl mein Herz so heftig pochte, dass meine Stimme sich fast überschlug. »*Bouchoreille* gehörte vor langer Zeit Ihrer Großmutter? Der Mutter Ihres Vaters, wenn ich mich richtig erinnere. Es ist ein recht merkwürdiger Zufall, dass Sie und das Bild gerade im gleichen Raum sind. Oder was denken Sie?«

Ich hatte *Bouchoreille* Ende 2001 bei Bukowskis ersteigert. Oder war es Anfang 2002 gewesen? Es war zu der Zeit, als unser Land die Mark abschaffte und den Euro einführte. Zunächst war ich verloren. Alles musste man mit 5,95 multiplizieren, um den Wert des gewünschten Artikels herauszufinden, und diese große Summe, beziehungsweise diesen großen Wert, musste man neben dem läppisch anmutenden Eurobetrag so lange im Kopf behalten, bis die Kaufentscheidung herangereift war.

Ich habe bis heute keinen Schimmer, zu welchem Preis *Bouchoreille* letztlich unter den Hammer gekommen ist. Die Quittung habe ich natürlich aufbewahrt, aber die Sache war mir nicht so wichtig, dass ich es auf mich genommen hätte, in mein Kellerabteil zu gehen und die uralten Ordner auszugraben. Stattdessen wollte ich lieber eine Antwort auf die von Beginn an brennende Frage, ob Natalias Behauptung, *Bouchoreille* habe ihrer Großmutter gehört, der Wahrheit entsprach oder gelogen war. Konnte ich Natalias Geschichten grundsätzlich Glauben schenken?

Ich beschloss mich vorsichtig heranzutasten. *Il n'y a pas le feu*, wie man sagt, *hold your horses*, und so zügelte ich mich selbst, obwohl der Stall meiner Seele in Flammen stand. Ich fing nicht umgehend damit an nachzubohren, wie wohl die Frau gewesen sein mag, die Natalias Vater geboren hatte, in dessen Augen eine Kartoffel eine Kartoffel war. Einen Mann, der seinerseits ein Mädchen gezeugt hatte, in dessen Augen nichts das war, wonach es zunächst aussah. Aus was für einer Person war dieser Mann herausgekommen, der sich offenbar mit wenig zufriedengab und dem das bloße Leben genügte, anders als Natalia und scheinbar auch ihrer Großmutter, denn ein Mensch, dem das bloße Leben genügte, hätte sich nie so ein Bild gekauft.

Für alle, die den kunsthistorischen Hintergrund des Gemäldes nicht kennen, sollte ich an diesem Punkt vielleicht kurz erläutern, dass es sich bei *Bouchoreille* beziehungsweise *Mundohr* um ein Gemälde von Elise Watteauville aus dem Jahr 1979 handelt. Klingelt bei dem Namen etwas? Kein Wunder, wenn der Name Ihnen nichts sagt, denn Elise W. verschwand während der Rezession spurlos aus der finnischen Kunstszene. Sie hatte offensichtlich genug von ihrer dunklen Heimat und flüchtete ins Ausland, nach Frankreich, schließlich war sie eine finnisch-französische Künstlerin. Oder war sie eher eine französisch-finnische Künstlerin? Dem nationalen Künstlerverzeichnis zufolge wurde sie 1948 in der Gemeinde Aire-sur-la-Lys geboren und war demnach eher eine französisch-finnische Künstlerin. Ihre Mutter war Finnin, ihr Vater Franzose, also beherrschte sie beide Sprachen.

Doch lernte sie zuerst Finnisch oder Französisch? Die Mutter sprach sicher mehr zu ihr als der Vater, wie es damals üblich war. Die Mütter brabbelten mit ihren Kindern, während die Väter nur vor sich hin brummten, und so gesehen war Finnisch unbestritten ihre erste Sprache und sie damit eine finnisch-französische Künstlerin, ganz egal wo sie lebte.

Manche mögen das für Haarspalterei halten: französisch-finnisch oder finnisch-französisch, welchen Unterschied macht das? Aber mir sind Wörter nicht gleichgültig. Wörter, und auch ihre Ordnung untereinander, haben Einfluss auf alles, schließlich arbeiten meine Patienten und ich mit der Sprache. Oder womöglich durch die Sprache? Nein, nicht doch. In keinem Fall! Wir arbeiten *in der Sprache*, so wie ein Profischwimmer im Wasser arbeitet, ein Vogel in der Luft fliegt, ein Wurm in der Erde kriecht und Holz im Feuer brennt. Und weil die Sprache unser Element ist, wäre es verantwortungslos von mir, sie nicht nach Möglichkeit zu pflegen.

Wenn ich die Sache genau betrachte, so wie ich es jetzt tue, komme ich zu dem Schluss, dass Französisch wohl doch Elises Hauptsprache gewesen sein muss. Mutter- und Hauptsprache können nämlich verschieden sein. Erstere ist die Sprache der Gefühle, zweitere die des Handelns. Für die meisten, so auch für mich, ist das ein und dieselbe Sprache, doch in zwei- oder mehrsprachigen Familien driften die Sprachen auseinander. Unterschiedliche Sprachen werden an unterschiedliche Bedürfnisse geknüpft, und unterschiedliche Gedanken tauchen in unterschiedlichen Sprachen auf.

Es war glasklar, dass Elise in Aire-sur-la-Lys mit allen außer ihrer Mutter Französisch sprach. In Aire-sur-la-Lys wäre Finnisch eine Geheimsprache gewesen, seltsames Gebrabbel. Eine um den Hals gewickelte Nabelschnur, ein Irrenhaus, *Couloir de la mort*. Wenn Elises Eltern sich gewünscht hatten, wovon zweifelsohne auszugehen ist, dass die sprachliche und damit auch die emotionale Entwicklung des Mädchens von Geplärr und Gebrabbel zu einer Welt aus vollständigen Ideen und Konzepten voranschreiten würde, mussten sie mit ihr reichlich Französisch sprechen und nur wenig Finnisch.

Elise Watteauville war also *Artiste franco-finlandaise*. Die Eltern trennten sich, als das Mädchen 16 Jahre alt war. Im Anschluss an das *Lycée* zog Elise mit ihrer Mutter nach Finnland und begann ihr Studium an der Kunstschule Pori, von wo sie aufgrund ihrer Begabung nur ein Jahr später ans Ateneum in Helsinki wechselte.

Ihre Sommer verbrachte Elise im Dorf Ontojoki, woher ihre Familie laut Künstlerverzeichnis stammte und in das sie 1975 zog und wo sie fast 20 Jahre lebte. Als Kind der gleichen Generation wage ich zu behaupten, dass Elise die Provinz den überpolitisierten Kunstkreisen der Hauptstadt vorzog, in die sie nach dem Studium zwangsläufig hineingerutscht war. Solche Kreise nagen rasch an der Motivation, wenn man nicht einhundert Prozent dogmatisch oder einhundertzehn Prozent opportunistisch gesinnt ist.

Im Süden lag eine glänzende Zukunft vor Elise. In diesem Fall weigere ich mich schlichtweg, den Konjunktiv zu verwenden, der sich an dieser Stelle geradezu aufdrängt, denn ich will die aussichtsreiche Zukunft Elises in keiner Weise schmälern, indem ich Konditionalität und Unsicherheit in meinen Satz einfließen lasse. Elise stand kurz vor dem Durchbruch, Punkt. Das berichtet uns das Künstlerverzeichnis. In den Jahren 1972, 1973 und 1974 ging es mit Elises Karriere steil bergauf. Ihre farbenprächtigen Collagen wurden für eine Nachwuchsausstellung der Kunsthalle Helsinki ausgewählt. Elise erhielt von der Finnischen Kunstvereinigung den Dukaatti-Preis. Das Kunstmuseum

Sara Hildén erwarb Elises ökologisch motiviertes Gouachegemälde *Oil on canvas* für seine Sammlung.

Doch dann kam das Jahr 1975, und Elise zog im Alter von 27 Jahren zurück nach Ontojoki, umgeben von Kühen, Schafen, Feldern und Wiesen; allein, allein, allein.

Wenn ich *Mundohr* aus der Nähe betrachte, meine ich, ein Stück von einem gebrochenen Herzen zu sehen. Das Stück befindet sich in der unteren linken Ecke der Leinwand. Es ist schwer zu erkennen und auf Abdrucken – wie in dem Katalog des Auktionshauses, wo ich das Werk zuerst entdeckt hatte – nicht zu sehen. Aber wenn man direkt vor dem Gemälde steht, wenn man es aus wenigen Zentimetern Entfernung betrachtet, gibt es in der Grundierung einen Farbtupfer, dessen Form an die Hälfte eines Tränenden Herzens erinnert: jene glockenartige, magentafarbene Blüte, die zu Dutzenden am Stamm einer Zierpflanze namens *Dicentra spectabilis* wächst und die ich als Kind auszureißen und zu zerrupfen pflegte.

Hatte Elise womöglich einen Hinweis auf den wahren Grund ihres Umzugs in das Werk einfließen lassen?

Mundohr ist etwas diagonal in zwei Teile aufgeteilt. Die linke Hälfte der Leinwand ist mit fein gemahlenen Pigmenten texturiert: norditalienische Umbra und Seladonit sowie zwei Arten von Glimmerschiefer aus den Dolomiten. Der rechte Hälfte der Leinwand ist mit Erdpigmenten texturiert: Ocker, Eisenoxide und Erdgrün. Die rechte Hälfte ist körniger als die linke, mit Ausnahme von dem Tränenden Herzen. Elise hatte die Erdpigmente grob gelassen. In der Mitte der Leinwand kreist das eigentliche

Motiv, das leuchtende, fast schon durchsichtige Mundohr, das Elise mit einer Mischung von *Tempera grassa* gemalt hat. Die Konturen des Mundohrs hat sie mit Blattgold verziert, als ob sie den ikonenartigen Eindruck unterstreichen wollte.

Nachdem mir *Mundohr* im Katalog von Bukowskis ins Auge gestochen war, rief ich am nächsten Morgen beim Auktionshaus an und reservierte eine Bieternummer. Ich traute mich nicht, vorab zu bieten, weil ich befürchtete, das Gemälde an jemand anderes zu verlieren. Obwohl *Mundohr* wie ein Gemälde aussah, auf das nicht jeder einen zweiten Blick warf und an dem die meisten gleichgültig oder mit leichtem Ekel vorbeigingen, war ich mir vollkommen sicher, dass es Gleichgesinnte auf der Welt gab, denen sich die Bedeutung des Werkes umgehend erschloss.

Am Ende war es leicht zu bekommen. Wie hoch der Preis war, 5000 Euro oder 30 000 Mark, 5000 Mark oder 30 000 Euro – ich weiß es nicht. Ich habe den Zuschlag bekommen und den Kauf keinen Moment bereut.

»Nun, meine Oma kannte die Mutter der Künstlerin, sie stammten beide aus demselben Dorf«, begann Natalia zu erzählen. »Damals lebte die Tochter, die Künstlerin, Fräulein W, wie wir sie nannten, in Ontojoki. Sie malte *Mundohr* in einer Scheune, die sie sich als Atelier ausgebaut hatte. Dort kaufte meine Oma das Gemälde. Direkt aus der Scheune. Die Farbe war kaum getrocknet.«

»Lebten Sie auch …«, setzte ich an, doch Natalia fuhr mir über den Mund.

»Ich habe meine Kindheit in der Nachbargemeinde verbracht. Dörfer gab es dort in jeder Größe. Winzige Dörfer, Dörfer mit mehreren Häusern, etwas größere, und ein Dorf mit einer Kirche, mein Dorf.«

Natalia warf die Filzdecke mit einem Ruck von sich. »Einige Ortsnamen in unserer Gemeinde sind ziemlich pervers: Zum Beispiel Paskalampi, Hevonperseenmutka und Kivesjärvi – stellen Sie sich mal vor, sie würden in Hodensee wohnen. Was in aller Welt hatten sich die Namensgeber dabei nur gedacht? Ich nehme an, mit *hevonperse* ist der sprichwörtliche Arsch der Welt gemeint, und *paska* verweist wohl auf braunes, schlammiges Wasser. Als Kind habe ich mich jedenfalls schlapp gelacht. Niemand konnte mich für meine Wortwahl schimpfen – ich habe ja nur die Karte vorgelesen. Ich war unbesiegbar! Einmal bin ich wagemutig mit dem Atlas in die Küche spaziert, während meine Mutter Hefezopf backte. Ich ließ meinen Finger über Höhenlinien, Erhebungen, Landstraßen und Stromtrassen wandern. Als ich fand, wonach ich gesucht hatte, tippte ich mit dem Finger auf den Ortsnamen und brüllte: Mulkkusaaret – ›Pimmelinseln‹! Mutter sagte *na na*, aber ihre Stimme klang weich, sogar ein wenig verschmitzt. So als hätten wir einvernehmlich beschlossen, dass die Schuld für mein Fluchen dieses eine Mal woanders lag. In den schmutzigen Mündern von Männern aus vergangenen Tagen …«

Aus Natalias Stimme war plötzlich ein trotziger Heimatstolz herauszuhören. Dieser Stolz war mir über die Jahre aus dem Tonfall von Zugereisten mehr als vertraut. Neugierige Menschen verlassen entlegene Regionen in Richtung der Zentren, so war es schon immer, und so wird es immer sein. Sie scheinen zu denken, dass die großen Städte sie im Namen eines kosmischen Gleichgewichts an jeder Ecke mit maximalem Glück für alle Ungerechtigkeiten entschädigen. Natalias Herz hatte sich nun jedoch für die Landschaften ihrer Kindheit erwärmt, für brüchigen Asphalt und marode Tankstellen.

»Und Ihre Großmutter«, unterbrach ich, »wo lebte sie?«

»Meine Großmutter verbrachte ihre letzten Jahre in der nächsten Stadt, ganz in der Nähe ihres Lebensgefährten. Meine Großmutter hatte eine 50 Quadratmeter große Zweizimmerwohnung, in die ich nach der Mittelstufe gezogen bin. Ich konnte mein Zuhause und das Dorf nicht länger ertragen und wollte auch nicht auf die Oberstufe in meinem Dorf gehen, wo abstoßende Gerüchte über den Mathematiklehrer kursierten. Außerdem war ich in der Wohnung die meiste Zeit allein. Im Prinzip wohnte meine Großmutter bei dem Mann, den sie liebte.«

Natalia hing einen Moment still ihren Gedanken nach, womöglich, um ihre letzten Worte abzuwägen, das Mysterium, bei einem Mann zu wohnen, den man liebte. Bei den einen gelang das, bei den anderen nicht. Allerdings war es nicht die Richtung, in die Natalia ihre Geschichte lenken wollte.

»Meine Mutter rief jeden Tag bei ihrer Schwiegermutter an und versuchte, Informationen über mich zu bekommen. Meine Mutter war schrecklich besorgt. Schließlich begann ich wie alle anderen in der Oberstufe Sex zu haben, beispielsweise während der Freistunden. Ich fing auch an,

Alkohol zu trinken. Aber meine Großmutter war schlau. Sie erzählte meiner Mutter nicht alles, obwohl sie fast alles wusste. Ihrer Meinung nach gehörten Abenteuer zur Jugend dazu, und ihre eigenen Abenteuer fielen mit den Kriegsjahren zusammen.«

Natalia wollte an dieser Stelle nicht präzisieren, was sie zwischen ihrem Zimmer und dem eines anderen alles getrieben hatte, zwischen der Schule und einem anderen Gebäude, nüchtern oder betrunken, oder was ihre Großmutter während des Winterkriegs, während des Fortsetzungskriegs und zweifellos auch zwischen beiden Kriegen erlebt hatte. Ich konnte mir ohne Probleme die ersten Freunde vorstellen, Kriegsromanzen und die ewige Sorge, die am Herzen einer Mutter nagte.

»Ihre Großmutter liebte Kunst?«

»Ja.«

»Hat sie Kunst gesammelt?«

»Ja.«

»Und sie hat das Werk einer jungen Frau aus dem Dorf gekauft?«

»Ja.«

»Und was halten Sie von *Mundohr*?«

Natalia begann zu erzählen. Das Bild hatte in dem Wohnzimmer ihrer Großmutter gehangen. Es war anders als die anderen, viel konservativeren Bilder, die ihre Großmutter besaß. Winterlandschaften, Sommerlandschaften, Vollmonde, Stillleben, gewöhnliche Großmutterkunst, schwere grün-braune Wandteppiche und kitschige Glitzerengel. Aber *Mundohr* war das Werk einer jungen Frau aus dem Dorf, und 1979 hatte die junge Frau Geldnöte. Und weil man im Dorf an einem Strang zog, manchmal auch etwas zu stark, hatte ihre Großmutter das Gemälde gekauft, als die Farbe noch fast feucht war.

»Meine Großmutter hat mir nie verraten, ob ihr *Mundohr* wirklich gefiel«, sagte Natalia nach einer kurzen Pause. »Vermutlich schon, denn sie hatte das Bild an einer exponierten Stelle aufgehängt, obwohl es überhaupt nicht zum Rest der Einrichtung passte.«

Ich wusste, dass ich ruhig sein musste, obwohl Natalia erneut schwieg. Ich ahnte, dass sie auf meine Frage antworten würde, und damit hatte ich recht.

»Das Bild lag mir sehr am Herzen«, flüsterte Natalia. »Und es war das einzige Bild im Besitz meiner Großmutter, das in den Jahren nach der Rezession einen Wert hatte, als meine Großmutter Geld brauchte. Beziehungsweise als ich es brauchte. Ich steckte bis über beide Ohren in Schulden. Ich habe dies und das im Versandhandel bestellt, verschiedenfarbige PVC-Hosen, Schmuck, Videos, allerlei sinnloses Zeug, und die Rechnungen stapelten sich. Fragen Sie mich nicht, wie das möglich ist. Das weiß ich selbst nicht mehr.«

Natalia atmete tief durch und bereitete sich darauf vor, mir etwas zu erzählen, wovon sie tief in sich wusste, dass sie es mir heute erzählen würde.

»Sie ahnen bereits, was dann geschah. Ja, meine liebe Großmutter wollte mir helfen. Sie verkaufte das Bild hinter meinem Rücken, damit ich meine Schulden in den Griff bekam und mein Studium mit reinem Tisch beginnen konnte. Es war schrecklich. Dieses Bild war das Einzige, was ich eines Tages zu erben gehofft hatte. Abgesehen davon war kein Gegenstand für mich von Bedeutung. Das Motiv des Gemäldes hatte sich mir schon als Kind in meine Seele eingebrannt. Meine Großmutter lebte damals in ihrem Haus wenige Straßen von unserem Zuhause entfernt. Sie servierte mir Zimtkekse und heißes Wasser mit Milch, und ich flüsterte dem Ohr auf dem Gemälde meine Geheimnisse zu. Dem Mund warf ich klebrige Luftküsse zu. Auch jetzt, wenn ich nach oben blicke und den Mund und das Ohr schräg über mir schweben sehe, kann ich beinahe die heiße, dünne, süße Milch in meinem Mund schmecken und die körnige Oberfläche der Kekse an meinem Gaumen spüren.«

Natalia richtete sich auf, um an der Sportflasche zu saugen, die sie neben die Couch gestellt hatte. Die Flasche war durchsichtig und hatte ein Strohhalmsystem, das sich mithilfe eines Scharniers öffnete, welches in den Verschluss integriert war. Obwohl die Flasche voll aussah, gab es ein lautes Schlürfgeräusch, als Natalia daraus trank.

»Ich wäre bereit gewesen, ein Jahr lang zu arbeiten, ganz egal als was, wenn nötig auch als Callgirl, um meine Geldangelegenheiten in Ordnung zu bringen. Solange das Bild in der Familie blieb. Als ich von dem Verkauf erfuhr, konnte ich nichts tun, nicht einmal weinen, denn meine Großmutter wollte nur das Beste für mich.«

Meine Zweifel waren wie weggefegt. Natalia wusste über »Fräulein W« Bescheid, obwohl der Name Watteauville nicht einmal auf der Leinwand steht. Natalia konnte die

Künstlerin auch in Ontojoki verorten und die Entstehung des Gemäldes in der Scheune. Das hieß, dass sich Natalia ganz bewusst wegen des Gemäldes an mich gewandt hatte. Auf irgendeine Weise war es ihr gelungen, die Besitzergeschichte des Gemäldes auszugraben, nur wie? Bukowskis hätte die Käuferdaten sicher nicht ohne schriftliche Genehmigung weitergegeben. Was hatte Natalia vor? Wollte sie das Bild von mir zurückkaufen?

»Ich weiß, was Sie denken«, sagte Natalia leise. »Aber das ist nur die halbe Wahrheit. Ich brauche wirklich Hilfe. Ich habe mir meine Probleme nicht ausgedacht. Und ich will auch nicht mehr über dieses Bild sprechen. Ich will es nicht einmal mehr sehen! Ich habe meine Großmutter geliebt. Sie dachte nur an meine Zukunft, als sie das Gemälde verkaufte. Der Gedanke daran ist so schmerzvoll, dass ich mich fühle, als würde mich etwas innerlich zerreißen. Das hätte ich nicht erwartet, aber jetzt, wo ich das Gemälde sehe und darüber spreche, wünsche ich mir fast zu sterben. Verstehen Sie mich überhaupt? Dieses Bild vereint alles in sich, worüber ich als Kind mit niemandem sprechen konnte. *Mundohr*, das bin ich. Soll heißen, *Mundohr* ist mein Ich, das schon als Kind zu viel zu verbergen hatte. So. Jetzt höre ich auf. Sonst falle ich auf der Stelle tot um.«

Nach einem Moment der Stille schnappte sie nach Luft, als sei nach einem unerwartet langen und riskanten Tauchgang an die Oberfläche zurückgekehrt. Danach hielt sie ihre Tränen nicht länger zurück. Es folgte ein hemmungsloses Weinen, ein aus bodenloser Trostlosigkeit aufsteigendes

Heulen, das sich nicht einfach mit ein oder zwei beschwichtigenden Worten beenden ließ.

Ich stand auf und reichte Natalia eines von den Papiertaschentüchern, die ich für solche Fälle stets auf meinem Tisch habe. Sie nahm es, zerknüllte es in ihrer Faust und setzte ihr atemloses Weinen fort. Ich ging in die Kochnische, um ihr ein Glas Wasser zu holen, obwohl ich natürlich wusste, dass neben der Couch ihre eigene Flasche stand. Doch es hat etwas zutiefst Beruhigendes, jemandem ein Glas Wasser zu reichen. Es ist eine kleine, fürsorgliche Geste, mit der man den Patienten daran erinnert, dass er nicht allein ist mit seinem Schmerz.

Während ich das Wasser holte, hatte sich Natalia auf die Seite gerollt und das Gesicht zur Wand gedreht. Ihre Beine hatte sie angezogen. Ihr ganzer Körper zitterte wie von Fieberschüben gepackt, und plötzlich geschah etwas ganz und gar Merkwürdiges. Ich sah eine nebulöse türkisfarbene Aura um Natalia, in einigen Zentimetern Abstand von ihrem Körper. Ich schwöre, dass es so war. Ich blinzelte ungläubig, und die Farbe verschwand, doch bald erschien sie wieder vor mir als Nachbild, jedoch ein wenig verschoben, an Natalias Körper geheftet. Dann verschwand die Farbe komplett.

Daraufhin machte ich etwas, was ich noch nie zuvor bei meiner Arbeit gemacht hatte und was auch nie wieder vorkommen wird. Ich handelte wie in Trance. Ich stellte das Glas auf dem Tisch ab, setzte mich zu Natalia auf die Couch und streichelte sanft über ihre Seite. »Natalia«, flüsterte ich, »alles gut, wir müssen nicht mehr über das Bild sprechen.

Ich kann *Mundohr* abhängen und verkehrt herum an die Wand lehnen. Alles wird gut werden, das verspreche ich.«

Ich bin nicht abergläubisch, in meiner Realität verbiegen sich Löffel nicht von selbst, aber ich wähnte mich am Rande eines Mysteriums. Mit meinem ganzen Körper spürte ich die starke Schicksalsverbundenheit zwischen Natalia und *Mundohr*. Mein Verstand meldete sich zu Wort, *Humbug*, aber mein Reptiliengehirn hörte nicht mehr zu. Aus den Untiefen meines Hirnstamms, dem Schlupfwinkel meines Schweifhirns, stieg eine Stimme auf, tiefer als die Stimme meines Verstands, aber viel, viel machtvoller, und sie flüsterte mir zu: *Mundohr hat Natalia zu dir geführt …*

Es fällt mir schwer, all dies zu erklären, obwohl ich die Situation mehrfach mit meinem Mentor durchgesprochen habe. Und es war nicht das erste Mal, dass ich Zeuge intensiver Trauer wurde. Ich habe in meiner Praxis alle erdenklichen Reaktionen gesehen, Schreien, Schläge ins Kissen. Für gewöhnlich bringt mich so etwas nicht aus der Fassung. Aber da saß ich nun, eine Hand auf meiner Patientin, und begann ein Lieblingslied aus meiner Kindheit zu summen. Bald fiel mir auch wieder der Text ein, und so sang ich von einem Eichhörnchen, das geborgen in seinem Zuhause im Moos schlummerte. Meine streichelnde Hand und meine singende Stimme fanden schnell einen gemeinsamen Rhythmus, eine langsame, wellenförmige Bewegung, die mir in diesem Moment wundersamerweise völlig normal und angebracht erschien.

Natalia beruhigte sich allmählich. Das Heulen verklang

zu einem Schluchzen, die Schluchzer verlangsamten sich zu tiefen Atemzügen. Natalia öffnete das zerknüllte Taschentuch, putzte sich damit die Nase, nahm ein weiteres, das ich ihr mit meiner anderen Hand reichte, und wischte sich die Tränen aus den Augen. Dann drehte sie sich auf den Rücken und sah mich an.

»Danke«, flüsterte Natalia, »ich bin Ihnen für immer dankbar, wenn Sie das Bild abhängen. Können wir beim nächsten Mal wieder auf meine Sexualität zurückkommen? Darüber zu sprechen fällt mir leichter. Könnten Sie sich eine einfache Übung für mich einfallen lassen?«

Ich zog meine Hand weg, stand von der Couch auf und ging zurück an meinen Platz. Meine Knie waren weich, aber der Bann war gebrochen, und es gelang mir, wieder in meine Führungsrolle zu schlüpfen. »Wie wäre es, wenn wir mit Ihren Kindheitserfahrungen weitermachen?«, fragte ich und griff nach meinem Notizblock.

Natalia nahm begeistert meinen Vorschlag auf, und ich machte mich in gewohnter Manier daran, eine Übung zu entwickeln, spontan und improvisiert, als sei der Moment zuvor nur ein böser Traum gewesen. »Da die Löcher nun erforscht sind, könnten wir uns zur Abwechslung den Extremitäten widmen. Den Gliedmaßen. Was halten Sie von den Hilfswörtern ›Hände‹ und ›Füße‹? Warum nicht auch ›Kopf‹ – das können wir ebenfalls dazunehmen. Was denken Sie, können Sie damit etwas anfangen?«

REHABILITATIONSPROGRAMM WOCHE 4

Kindheitserfahrungen.
Vorgabe: Lassen Sie die Hilfswörter ›Kopf‹, ›Hände‹ & ›Füße‹ einfließen.

»Als Kind hatte ich eine Freundin – eine andere als die mit den prügelnden Eltern –, die ich einmal fragte: ›Wenn du wählen müsstest, was wärst du lieber, ein Kopf ohne Körper oder ein Körper ohne Kopf?‹ Sie war ein schlaues Kind und antwortete: ›Natürlich ein Kopf.‹ Das habe ich nicht verstanden. Ich stellte mir ihren Kopf vor, platzierte ihn gedanklich auf dem Boden, und da sprach er, den Hals am Teppich, bewegte Mund und Augen, und die Vorstellung widerte mich an. ›Warum wärst du lieber ein Kopf?‹, fragte ich, und sie antwortete: ›Damit ich weiter denken kann.‹ Ich wäre auf jeden Fall lieber ein Körper. Ein Körper hat Füße, und während ein Kopf denken kann, können Füße gehen. Wohin würde der Kopf meiner Freundin gehen, wenn er genug von dem Teppich hatte? Wäre er stark genug, um davonzurollen? Als ich den Kopf meiner Freundin betrachtete, schien mir, dass er das nicht war: Da würde er bis ans Ende der Welt auf dem Teppich herumliegen, es sei denn, jemand hob ihn auf wie einen Ball und nahm ihn mit. Tatsächlich konnte ich mir nicht vorstellen, dass es irgendeinen Menschen gab, der den Kopf auch nur berühren wollte, so grauenhaft war die Vorstellung. Und wenn es doch jemanden gab, oder jemand so großes Mitleid mit dem einsamen Kopf hatte, dass er in der Lage war, seinen Ekel zu überwinden, wäre der Kopf trotzdem der Gnade seines Trägers ausgeliefert gewesen. Der Kopf könnte sagen: ›Bring mich ins Wohnzimmer, ich will fernsehen.‹ Aber der Träger könnte den Kopf aus Böswilligkeit in die Küche bringen, oder schlimmstenfalls in die Toilette. Was würde der Kopf dann tun? Er könnte Lärm machen, rufen, schreien und fluchen, aber vielleicht würde man sich dann über ihn ärgern und aus dem Fenster werfen, was sicher das Ende des Kopfes wäre, denn ein Kopf, der zum Fenster hinausfliegt, würde sicher sterben, so wie ein Mensch, der zum Fenster hinausfliegt. Ich wäre lieber ein Körper. Wegen des Denkens würde ich mir keine Sorgen machen. Eigentlich wäre es ganz wunderbar ohne Gedanken. War meiner Freundin gar nicht in den Sinn gekommen, was sie machen würde, wenn sie das Denken leid wäre? Vielleicht würde sie einschlafen – vermutlich können Köpfe schlafen – aber am nächsten Tag müsste sie wieder aufwachen, und dann ginge das Denken von vorne los; was sollte der Kopf auch sonst tun? Ich könnte mich stattdessen bewegen. Ich würde nichts sehen, weil meine Augen noch in dem abgetrennten und entsorgten Kopf steckten, der nicht länger Teil von mir wäre, weil ich mich entschieden hatte, ein Körper zu sein. Ich würde mich also tastend fortbewegen.

Vielleicht würde ich krabbeln. Immerhin hatte ich auch Hände. Ich hatte Hände, Füße und einen Rumpf. Was man damit alles machen könnte! Ich hätte mich zum Beispiel reiben können, bis ich zum Höhepunkt komme, was ich seit meinem elften Lebensjahr tat. Ein Kopf kann nicht masturbieren, aber jemand kann seinen Penis in dessen Mund stecken. Hatte meine Freundin das nicht bedacht? Ein Kopf hätte sich in ein Instrument männlicher Oralbefriedigung verwandeln können, denn in irgendeinem Winkel der Erde lebte sicher ein Mann, der kein Problem damit hatte, meine Freundin an den Haaren zu packen, sein Glied in ihren Mund zu stecken und ihren Kopf hin und her zu bewegen, immer schneller, bis er kommt. Das hatte meine Freundin sicher nicht bedacht, egal wie schlau sie war. Dieser Mann, nennen wir ihn Gabriel, hätte den Kopf mit auf Reisen nehmen können. In meiner Vorstellung reisen böse Männer viel. Die Spuren ihrer bösen Taten würden sie in Hotelzimmern hinter sich und von anderen beseitigen lassen, damit sie die Reise reinen Gewissens fortsetzen konnten. Zudem verspüren Typen wie Gabriel keine Gewissensbisse. Sie spüren überhaupt nichts. Sie müssen ihre Zunge in die Eingeweide ihrer Opfer stecken, um Lust zu spüren. Dieser Gabriel hätte den Kopf meiner Freundin in seiner Reisetasche umhertragen können wie irgendein altes Sportgerät, und wenn meine Freundin gedroht hätte zu schreien, hätte ihr Entführer sagen können: ›Einen Mucks, und ich werfe dich über das Geländer, dann kann dir niemand mehr helfen.‹ Aber was hätte Gabriel mit mir anfangen können? Mein kopfloser Körper hatte mindestens zwei Löcher, und vielleicht hätte es ihm auch gefallen, in sie einzudringen. Aber ich wäre deutlich schwieriger zu handhaben gewesen als meine Freundin, denn im Gegensatz zu ihr wäre ich nicht leicht gewesen, sondern schwer, nicht klein, sondern groß, und außerdem hätte ich mich bewegen können. Natürlich hätte Gabriel mich in einen kalten, klammen Keller mit einer alten stinkenden Matratze einschließen und mich nehmen können, wann immer er wollte. Diese Möglichkeit hatte nicht einmal ich bedacht, aber jetzt fällt mir auf, dass es mich ohnehin nicht sonderlich gekümmert hätte, wenn ich ein hirnloser Körper wäre und all meine potenziellen Gedanken noch in dem abgetrennten Kopf steckten, der kein Teil mehr von mir war. Es gab also einige schwerwiegende Gründe, sich für den Körper zu entscheiden und nicht für den Kopf. Tatsächlich würde ich diese Gründe jetzt gerne mit meiner Freundin teilen, die, wie ich finde, vor achtundzwanzig Jahren objektiv betrachtet völlig falsch auf die von mir gestellte Frage geantwortet hatte; aber ein Gespräch ist undenkbar, wir sind keine Freundinnen mehr, ich weiß nicht, wo sie heute wohnt, was sie macht, ob sie überhaupt noch lebt.«

Natalia war mit drei quadratisch gefalteten Zetteln zur vierten Stunde unseres Rehabilitationsprogramms gekommen. Sie legte sich wie immer auf die Couch, platzierte einen der gefalteten Zettel auf ihrem Bauch und stellte den Wecker darauf. Dann faltete sie die zwei anderen Blätter auseinander und begann zu lesen. Sie zögerte nicht beim

Lesen, noch ließ sie sich von ihren Gefühlen mitreißen. Sie sprach die Wörter auffallend monoton aus. Sogar Gabriel, Schutzheiliger der Boten, Briefträger und Briefmarkensammler, aus dem Natalia in ihrer Geschichte einen grauenhaften Schurken gemacht hatte, floss nahtlos in die gleichförmige Erzählung ein.

Nachdem sie den Text vorgelesen hatte, legte Natalia den Zettel vor dem Wecker auf ihre Brust und wartete.

»Danke«, sagte ich und räusperte mich, weil mein Hals mit einem Mal sehr trocken war. »In was für einer Situation ist der Text entstanden?«

Natalia winkelte ihr linkes Bein an und rutschte ein wenig nach oben. »Habe ich es schlecht gemacht, weil ich so eine abstoßende Geschichte geschrieben habe?«, fragte sie mit einer Spur Verunsicherung in der Stimme.

Mir war aufgefallen, dass Natalia das Wort *schlecht* benutzt hatte. Sie hatte die Frage wie ein kleines Kind formuliert, zu dessen Wortschatz und Verständnis der Ausdruck *falsch machen* noch nicht gehört. Ein frühes Moralverständnis existiert in Form von Gefühlsansteckung freilich schon bei Neugeborenen, was sich darin ausdrückt, dass sie scharenweise zu brüllen anfangen, sobald sie ein anderes Baby schreien hören. Sogar Ratten sind in der Lage, die Gefühle einer anderen Ratte nachzuempfinden. So hat Mutter Natur es eingerichtet, weil sie jeden Einzelnen ihrer Nager umsorgt und liebt. Es genügt, dass ein kleiner Wusler den Fuchs erspäht und Angst bekommt, schon ist das ganze Rudel alarmiert und bereit zur Flucht. Die Natur ist schlau. Sie hat uns als gegenseitige Spiegel geschaffen, weil es gut so ist. Ein Kind (oder eine zum Kind regredierte Natalia) hat am Gemeinschaftsleben teil, indem es auf die Gefühle anderer reagiert und diese in eigene Worte verpackt. »Schlecht« ist in dieser Realität die Eigenschaft eines Objekts, so wie das Wetter scheußlich sein kann oder ein Schuh unbrauchbar. Demnach sieht sich eine Person, die sich selbst als schlecht bezeichnet, mit den Augen einer anderen Person, obwohl sie an sich so unschuldig ist wie ein kaputter Mokassin, so arglos wie ein Herbststurm. Erst wenn das Konzept ›falsch‹ in das Bewusstsein des Kindes eindringt, beginnt es wirklich die Gründe und Konsequenzen seiner Handlungen zu verstehen.

Nein, Natalia hatte nichts falsch gemacht, indem sie so eine Geschichte schrieb. Die Schichtungstherapie ähnelt in dieser Hinsicht der klassischen Psychoanalyse: Wir verurteilen nicht, sondern fragen nach der Bedeutung der Dinge. Wir akzeptieren alle Beiträge eines Patienten, weil sie Hilfsmittel der assoziativen Genesung sind.

»Ich saß am Samstagmorgen mit Kaffee und kariertem Papier in der Küche und dachte über Extremitäten nach, so wie Sie vorgeschlagen hatten«, fuhr Natalia fort. »Ich dachte über Köpfe, Hände und Füße nach. Ich habe auf dem Papier eine Mindmap angefertigt, in die Mitte habe ich einen Kopffüßer gezeichnet. Sie kennen doch diese Kinderzeichnungen? Der Kopffüßer verwandelte sich rasch in eine Spinne, an deren Beine ich zusammenhangloses Zeug schrieb, das mir in den Sinn kam, wie ›Schuhe‹, ›Fäustlinge‹, ›Handschuhe‹, ›Mütze‹, ›Krone‹, ›Tiara‹, ›Stirnband‹, ›Haargummi‹, ›Haarspange‹ und so weiter. Ich begann über das Mädchensein nachzudenken, über das Prinzessinspielen, über die Schminktasche meiner Mutter. Tatsächlich erinnere ich mich nicht mehr daran, wie es war, zu Hause vor meiner Familie zu posieren, obwohl ich das sicher getan habe. Ich legte den Zettel beiseite und begann abzuspülen, als mir plötzlich ein Gespräch einfiel, das ich irgendwann in den Achzigern mit einer Freundin geführt hatte.«

Natalia begann von dieser Freundin zu erzählen, die zwei Jahre älter war und mit der sie die Kunst des Denkens geübt hatte. Während sie mit ihrer anderen Freundin, jene, die zu Hause geschlagen wurde, draußen herumtobte, verbrachte sie mit dieser Freundin die meiste Zeit drinnen. Und zwar oft im Dunkeln, denn im Zimmer des Mädchens gab es ein großes Aquarium voller wundersamer Wasserbewohner, glitzernde Segelflosser, am Grund wühlende Banjowelse und flinke Sumatrabarben, die sie betrachteten, während sie gemeinsam nachdachten. Dieser Freundin tat kein Erwachsener weh. Sie durfte zu Hause tun, was sie wollte, und so seltsam sein, wie sie wollte, und seltsam war sie zweifellos, was Natalia fasziniert hatte.

»Das Seltsame hat mich tatsächlich schon immer fasziniert«, sagte Natalia. »Ich fürchte mich davor, dass andere Menschen mich langweilen. Ich fürchte mich vor der Enttäuschung, die eine langweilige Person in mir weckt, und vor dem Schuldgefühl, das stets auf meine Enttäuschung folgt. Denn natürlich weiß ich, dass man Menschen nicht einfach so in Schubladen stecken darf. Langweilig oder interessant, ganz egal, jeder hat seine Daseinsberechtigung und seine unteilbare Menschenwürde. Ohne gewöhnliche Menschen würde die Welt aufhören, sich zu drehen!«

Die letzten Worte äußerte Natalia auf eine Weise, die deutlich machte, dass sie sich nicht darum scherte, ob die Welt sich drehte oder nicht. Ihrerseits durfte die Welt den Atem anhalten, solange sie und ihre seltsame Freundin sich auf die Lösung philosophischer Fragen konzentrierten, wie das Rätsel einer Existenz als bloßer Kopf oder bloßer Körper.

»In Gesellschaft Ihrer Freundin wurde Ihnen nicht langweilig«, fasste ich zusammen und ging über Natalias scheinheiliges Grinsen hinweg. »Und beim Abwaschen haben Sie sich an Ihr Gespräch erinnert. Was ist dann passiert?«

In einer traditionellen Therapie hätte ich nach so einer Geschichte meine Aufmerksamkeit als Erstes Natalias Äußerung gewidmet, dass sie im Alter von 11 Jahren begonnen hatte, sich selbst zu befriedigen. Höchstwahrscheinlich hat das in ihr, wie in nahezu allen Kindern, ein tiefes Schuldgefühl erzeugt. Andererseits hätte ich in einer gewöhnlichen Therapie niemals so eine Geschichte zu hören bekommen. Dort treten Dinge üblicherweise nach dem von Natalia veranschaulichten Schema Schuhe-Fäustlinge-Handschuhe-Mütze-usw. zum Vorschein.

Die Schichtungstherapie führt die Übenden hingegen sukzessive in die Welt überraschender Analogien. Auf diese Weise wird die unbewusste Weltanschauung eines Patienten schneller und deutlicher sichtbar als in jeder anderen bekannten Therapieform. Ich habe den Prozess verglichen mit der intellektuellen Montage aus dem sowjetischen Film, den ich so verehre. Es handelt sich dabei um eine Schnitttechnik, die dem Betrachter in kürzester Zeit die tiefe Bedeutung einer Szene offenbart, rein visuell, ohne Texteinblendungen. Natürlich müssen wir in der Therapie auf die Sprache zurückgreifen, *c'est le malheur de la parole*, und außerdem sind die vorliegenden Themen deutlich komplexer als, sagen wir, die gesellschaftlichen Machtverhältnisse in Eisensteins *Streik*. Der Film stellt in einer Montage zweier Bilder die Niederschlagung eines Aufstands der Schlachtung eines Rinds gegenüber. Natalia zog in ihrer Extremitäten-Übung wiederum eine Parallele zwischen kindlichen Gedankenspielen und Vergewaltigung, etwas, das sie schon in ihrem Text »Auf dem Hof der ukrainischen Botschaft« angedeutet hatte. In diesem großen, durch intellektuelle Montage freigelegten Bild sind kindliche Selbstbefriedigung und das daraus resultierende Schuldgefühl eher nebensächlich. Natalia verknüpfte Sexualität mit Gewalt, und den Grund dafür mussten wir herausfinden.

In der Schichtungstherapie ist es enorm wichtig, sich mit dem Moment zu befassen, in dem die Hilfswörter, die als Ausgangspunkt der Übungen dienen, neue Samen produzieren. Dieses aus der Botanik entlehnte Bild, für dessen Ausdruckskraft ich auch bei der Verteidigung meiner Doktorarbeit gelobt wurde, soll den geleiteten Assoziationsprozess veranschaulichen, der im besten Fall neue Unterarten, neue Tiefengedanken entstehen lässt. Die Kernhypothese meiner Theorie besteht darin, dass tiefe Gedanken, die die assoziative Samenproduktion auf dieselbe Weise wie intellektuelle Montage vorantreiben, im ganzen Körper des Patienten zu spüren sind. Es handelt sich dabei um holistische Information, welche sich signifikant von der analytischen Reflexion unterscheidet, die von vielen traditionellen Psychoanalytikern so geschätzt wird. Die stärkste und umstrittenste Hypothese meiner Untersuchung besagt, dass analytische Reflexion, selbst wenn sie im Therapiekontext stattfindet, ausschließlich Oberflächengedanken produziert. Aus diesen speist sich wiederum tautologisches Wissen, in dessen Abgründe zutiefst traumatisierte Menschen wie Natalia leicht geraten. Sie wissen ausgesprochen gut, was sie plagt und woher ihre Probleme rühren. Oft können sie dieses Wissen auch derart geschickt in Worte fassen, dass minderbegabte Therapeuten ihnen auf den Leim gehen. In den Augen dieser billigen Quacksalber sind Menschen wie Natalia *interessant,* und damit sind wir schon auf dem Weg ins Unglück, weil diese von der Psychotherapeutenkammer anerkannten Idioten nicht in der Lage sind, eine einfache Gegenübertragung zu erkennen, auch wenn sie ihnen ins Gesicht springt.

Ich verrate sicher kein großes Geheimnis, wenn ich konstatiere, dass unsere Berufsgruppe bedauerlicherweise zahlreiche Mitglieder hat, deren Intelligenzquotient nicht besonders hoch ist und die so einfühlsam sind wie eine Plastikkelle. In ihren Händen wird der Leidensdruck zarter und intelligenter Menschen, vorwiegend Frauen, nur noch größer. Diese armen Seelen saugen die unterschwelligen Botschaften ihrer Therapeuten auf wie trockene

Schwämme und fangen an, hollywoodreife Geschichten zu produzieren. In Hinblick auf die Genesung kann dies äußerst kontraproduktiv sein, denn Menschen, die eine Therapie beginnen, wollen wahrgenommen werden, nicht bewundert: *esse est percipi.*

Ich richtete meine Aufmerksamkeit also auf die Abwaschsituation. Etwas war in dem Moment geschehen, als Natalias Hände in dem heißen Spülwasser waren, bedeckt von Schaum. Natalia hatte die Konturen eines vertrauten Gegenstands in ihrer Hand gespürt, vielleicht ein glühend heißes Messer, vielleicht einen warmen Porzellanteller, als die Erinnerung überraschend wachgerufen wurde. Die Erinnerung trat eine Lawine neuer Fragen und Beobachtungen los, die nicht länger zur Gemütslandschaft von Natalias Kindheit gehörten. Genauso funktioniert meine Methode, die zum Hüpfen und Springen geschaffen wurde.

»Ich ließ den Abwasch stehen«, fuhr Natalia fort, »und stürmte zum Computer. Ich wollte ein paar Sätze über die Existenz als Kopf schreiben, denn erst beim Abwaschen begriff ich, warum meine Freundin danebengelegen hatte. Irgendwie wusste ich es schon damals, aber ich konnte meine Empfindung nicht in Worte fassen. Außerdem kam ich fast immer von meinen eigenen Gedanken ab, wenn meine Freundin zu sprechen begann. Sie war sehr überzeugend. Nun spürte ich ein Verlangen nach Revanche. Ich begann zu schreiben. Im Nu waren drei Stunden vergangen. Und ich habe immer weitergeschrieben. Raten Sie mal, was! Auch einen Brief an Sie.«

Natalia zog unter dem Wecker den dritten Zettel hervor.

»Erinnern Sie sich daran, wie ich Ihnen bei unserem ersten Termin von einer Situation erzählt habe, die mich verletzt hatte? Aus der ich eine metaphorische Erzählung gemacht habe, deren Symbolik ich Ihnen während unserer Stunde offenlegte? Seitdem hat die Sache an mir genagt. Vor allem eines Ihrer Hilfswörter, *letzter Mann*, das einzige Wortpaar auf der Liste, ist mir mehrmals in den Sinn gekommen. Ich hatte nämlich viele letzte Männer. Der Filmkritiker, von dem ich erzählt habe, war nur einer von ihnen. In der Gedichtadaption, die ich verfasst habe, war er mit einem anderen Idioten verschmolzen. Der Kritiker ist der menschliche Oberkörper des Kentauren, der andere der Pferdehintern. Ich will, dass Sie die ganze Geschichte erfahren. Deshalb habe ich den Brief geschrieben.«

Natalia wedelte mit dem Zettel in meine Richtung, noch immer auf dem Rücken liegend, ohne zu mir zu blicken. Ich beugte mich vor und nahm den Brief. Ich war im Begriff, den Zettel aufzufalten, als Natalia plötzlich rief: »Lesen Sie ihn nicht jetzt, bitte! Lesen Sie ihn, sobald ich weg bin. Wenn Sie wollen. Ohne Zwang. Wir müssen auch nie wieder darüber sprechen. Ich habe alles gesagt, mit der gleichen Energie, die ich in die heutige Übung gesteckt habe. Ich bin endlich frei!«

Natalias Stimme überzeugte mich nicht, im Gegenteil, ihre letzten Worte hörten sich nicht an wie eine Aussage, sondern wie eine Frage. Mit ihrer Betonung der Worte fragte Natalia mich, ob ihr Schmerz endlich der Geschichte angehörte. Oder ob sie weiterhin leiden würde, wenn sie sich die Sache immer wieder in Erinnerung rief, vergeblich?

»Danke für den Brief, Natalia. Selbstverständlich werde ich ihn lesen«, sagte ich mit einer sanften Stimme, die Ruhe vermitteln sollte, obwohl meine Hände zitterten. Ich realisierte plötzlich, dass dies das erste Mal war, dass mir eine Patientin einen persönlichen Brief geschrieben hatte. Meine Patienten gaben mir Bücher, Schallplatten, Druckgrafiken, kleine Skulpturen, allerlei künstlerische Erzeugnisse; schließlich hatte ich mir besonders unter Künstlern einen guten Ruf erarbeitet. Aber all diese Geschenke bekam ich als Dankeschön bei unserem letzten Termin. Der Brief, über dessen Inhalt Natalia nicht sprechen wollte, wirkte ein wenig seltsam auf mich, um nicht zu sagen unheilverkündend, und ich wollte ihn so schnell wie möglich lesen.

Natalia schnaufte laut, als hätte ich ihr eine schreckliche Last von den Schultern genommen, und bedankte sich. Und wo sie schon dabei war, legte sie gleich noch freundliche Worte obendrauf:

»Danke, dass Sie *Mundohr* von der Wand genommen haben. Sie wissen nicht, wie viel mir diese Geste bedeutet.«

Ich hatte *Mundohr* gemäß Natalias Wunsch auf den Boden gestellt, hinter den russischblauen Patientensessel, mit der Bildseite zur Wand. Das Gemälde war unerwartet schwer, aber ich schwor mir, es jedes Mal zurückzuhängen, wenn Natalia gegangen war. Der Rahmen hatte an der Wand einen deutlich erkennbaren Rand hinterlassen, und ich hatte bestimmt nicht vor, die Wand zu streichen, geschweige denn mein geliebtes Bild durch ein anderes Kunstwerk zu ersetzen. Ich nahm *Mundohr* also einmal pro Woche von der Wand und hängte es nach der Stunde mit Natalia zurück an seinen Platz. Ich beschloss, die Aktion als eine von meinem Physiotherapeuten verschriebene Bewegungspause aufzufassen, denn ich ging davon aus, dass wir eines Tages das Gemälde – beziehungsweise Natalias Trauma, für das *Mundohr* stand – nochmals gemeinsam betrachten würden.

Ich erinnerte mich gut daran, dass sich auf der Rückseite des Gemäldes ein rundes, blutrotes Lacksiegel befand, in dessen Zentrum sich die Minuskeln »e. w.« erhoben. So war Elise Watteauville: geschmackvoll und dezent, zurückhaltend, aber selbstbewusst, stark, stolz, *sans pareille.* Sie wollte die Bildseite ihrer Werke nicht mit ihrer Handschrift und ihrem Namen signieren. Für sie war das Gemälde selbst eine Signatur. Um die Arbeit potenzieller Fälscher zu erschweren, hatte sie eigens ein Siegel angefertigt, dessen Farbzusammensetzung nur ihr und einer Reihe sorgsam ausgewählter Kunstexperten bekannt war. Ich fokussierte meinen Blick auf die zwei schimmernden Grapheme und begann die abschließende Zusammenfassung unserer Stunde zu formulieren.

»Nichts zu danken. Selbstverständlich habe ich das Bild abgenommen. Es ist meine Aufgabe sicherzustellen, dass Sie sich in diesem Raum wohlfühlen.«

Natalias nachgehender Wecker zeigte exakt zwei Minuten vor zwei, deshalb wusste ich, dass sie aus freien Zügen kein einziges Wort mehr sagen würde. Ich fuhr fort, denn ich wollte das Thema unserer nächsten Stunde noch vor dem Scheppern verkünden. »Wir könnten uns zur Abwechslung der Erwachsenenwelt zuwenden. Wie wäre es, wenn Sie zur nächsten Stunde eine Erfahrung mitbringen, die für Sie von Bedeutung war? Auch mehrere, wenn Sie wollen.«

Natalia seufzte, ein Zugeständnis an mich in diesen letzten Minuten. Der Lärm der Uhr würde sie nicht beim Reden unterbrechen, das hatte sie entschieden, obwohl sie selbst es war, die das alte Zeiteisen mitgebracht und den Alarm gestellt hatte.

»Meine einzige Vorgabe ist, dass Sie Ihre Geschichte um ein von Ihnen gewähltes Hilfsmittel herumbauen«, fuhr ich fort. »Das Hilfsmittel kann alles Erdenkliche sein, konkret oder symbolisch, allegorisch oder meinetwegen auch mythisch. Solange es in irgendeiner Weise mit der Erfahrung verknüpft ist. Können Sie mir folgen?«

Im Bann der von mir als Zustimmung gedeuteten Stille warteten wir zusammen auf das Scheppern des Weckers.

HALLO DOKTOR!

Ich möchte mit einem Gedicht beginnen, das eine kunstliebende Person wie Sie sicher sofort erkennt:

Ich drehte und wendete sie,
doch Brüder, nie eratet ihr das:
Es fehlte ihr was.

Das soll die Einleitung zu meinem bescheidenen Brief sein, in dem ich noch einmal all das zu erklären versuche, dessen ich mich in der ersten Schmerzverlagerungsübung entledigen wollte. Das hier ist auch eine Trennungsgeschichte, an deren Ende ich von dem LETZTEN MANN geschwafelt haben werde, selbst wenn an der Ecke schon der nächste letzte Mann darauf wartet, mir in die Arme zu laufen.

Aber ich lerne trotzdem immer etwas von diesen Begegnungen. Zum Beispiel, dass die Hölle voller Männer ist, deren Frauen auf wundersame Weise eines oder mehrere Körperteile, mit denen sie zur Welt gekommen sind, verloren haben. Wussten Sie das? Liegen auf Ihrer Couch Frauen, die plötzlich aufwachen und merken, dass ihnen dieses und jenes fehlt, und auch das und das? Ich wage es zu bezweifeln! Und liegen deren wütende, hoffnungs- oder teilnahmslose Männer hier auf der gleichen Couch wie ich? Erzählen sie Ihnen, so wie ich es jetzt tue, wie sie Jahr für Jahr in der Dunkelheit, unter der Decke, nach diesem und jenem gesucht haben, und wie sie eines schönen Tages beschlossen, nicht länger zu suchen, weil der Alltag auch so funktionierte, und sich selbst erlaubten, ihre Freiheit auszuleben? Auch das wage ich zu bezweifeln.

Wie dem auch sei, in meinem Bett liegen sie jedenfalls. Sie lümmeln darin so frei herum, dass ich wütend werde, schon allein aus Gründen des Gleichgewichts. Ich ziehe mich in mir zurück, an einen Ort, an dem ich in aller Ruhe schmollen kann, ohne dass es jemand mitbekommt, denn ihre Freiheit ist nicht meine Freiheit, und das hat angefangen, an mir zu nagen.

Diesen Umstand begriff ich in all seiner scheußlichen Klarheit, nachdem ich Sex gehabt hatte. Plötzlich, *post coitum*, war ich furchtbar wütend. Aber ich war so dumm-dumm-dumm-dumm-dumm-dumm-dumm, dass ich nicht gleich begriffen habe, warum ich Lust bekam, diesem allerletzten Mistkerl mein Kissen ins Gesicht zu drücken, als er begann, mich zu küssen und davon zu faseln, dass das Leben mit mir eine einzige Feier sei, eine verfluchte MARMELADENFÜLLUNG (seine Stippvisiten fielen immer mit meiner Periode zusammen), eine oder eher zwei frisch gekühlte Flaschen Blanc de Blancs Brut, nichts als Rausch und Ekstase. So sei das Leben mit mir. Aber sein eigenes Leben?

Ich wollte sehen, wie dieser Kerl, der sich selbst alle Freiheit gewährt hatte, wirklich lebte. Und wie seine Frau war, die Mutter seiner drei reizenden Kinder, die – glaubte man ihrem Gatten – auf unbegreifliche Weise nicht nur ihre Genitalien, sondern auch die Fähigkeit zu sprechen und offenbar sogar ihre Beine verloren hatte. Dieser Mann wollte von mir nämlich nicht nur das. Er wollte alles, Freundschaft und eine Muschi. Schäferstündchen und Wanderungen durch die Natur. Lange Unterhaltungen und schnelle Mittagsficks.

Jemand Schlaueres als ich hätte an dieser Stelle gesagt: »Er pickt sich die Rosinen raus. Natalia, hau ab, solange du kannst!« Aber da war niemand, der mir Ratschläge gab. Ich bin nicht abgehauen. Ich habe mich mit Haut und Haaren in ihn hineinversetzt. Ich habe mich so sehr hineinversetzt, dass mir zwischen den Beinen fast ein pochender Penis gewachsen ist, schmerzend vom Mangel an Sex. Ich habe mich so sehr hineinversetzt, dass ich allmählich glaubte, das Recht auf Sex wäre von den Vereinten Nationen in der Allgemeinen Erklärung der Menschenrechte festgehalten worden. Warum sollte ich also nicht meinen bescheidenen Beitrag dazu leisten? Warum sollte ich nicht einem an Sexmangel leidenden Mann helfen und dabei auch mir selbst?

Der Mann hatte alles unternommen, so erzählte er mir, um für seine Frau sowohl Freund als auch Liebhaber zu sein. Er hatte die Kinderbetreuung organisiert, den Teppich gesaugt, eine Schachtel Pralinen gekauft, einen Überraschungstrip gebucht. Aber seine liebe Frau wandte sich im entscheidenden Moment immer wieder von ihm ab und verbarrikadierte sich hinter den Kindern, erzählte der Mann, und steckte einen Finger in mich.

Nachdem wir uns ausgetobt und ein wenig geschlafen hatten, verließ ich das Bett. Ich war zugleich hungrig und wütend. Das GEHEIMNIS hatte mich zermürbt, es war nicht mehr die Mandel im Weihnachtsbrei, weder Zucker noch Zimt, denn ich war gefangen in meinem eigenen ZUHAUSE, in meinen eigenen Erwartungen, dem permanenten Bereitschaftszustand, und endlich begann ich das zu erkennen.

Ich beschloss, die Karten auf den Tisch zu legen.

Ich ging in die Küche, bereitete Essen zu. Ich weckte den Mann auf, bat ihn, am Tisch Platz zu nehmen. Wir redeten über dies und das. Ich kann mich nicht mehr erinnern, mit welchen bedeutungslosen Themen wir uns nach einem Monat Pause gegenseitig langweilten. Ich erinnere mich nur, dass er mehr sagte als ich. Er aß und sprach, als ob er bei sich ZU HAUSE essen und reden würde. Ich stocherte in dem Avocadosalat herum, den ich neben den Kammmuscheln kunstvoll angerichtet hatte und wartete auf den richtigen Moment.

Wir waren bei der Hälfte der Flasche angelangt, als ich die Karten auf den Tisch legte.

Ich sagte: »Du kommst und gehst, du trägst mich in deinem Kalender neben deinen Dienstreisen ein. Das gefällt mir nicht. Egal wie ich die Sache drehe, ich fühle mich ausgenutzt. Und es gibt da noch ein anderes Problem, deine Frau, die sich deinen Erzählungen zufolge von dir abwendet und damit sagen will: ›Sei so gut und kümmere dich woanders um deine sexuellen Bedürfnisse.‹ Woher weiß ich, ob das stimmt, wenn nicht einmal du das weißt? Was weißt du schon von deiner Frau?«

Ich wollte nicht wissen, was er oder was er nicht von seiner Frau wusste, und so fuhr ich fort, ohne ihn zu Wort kommen zu lassen. »Ja, deine *sexuellen Bedürfnisse*. Deine Menschenrechte, die du wahrnimmst, indem du mich fickst. Wusstest du, dass mein Leben zum Erliegen kommt, wenn sich am Abend der Uhrzeiger der Acht nähert, dem Zeitpunkt, für den du dich angekündigt hast, obwohl du nie auch nur annähernd pünktlich bist? Ich warte, und während ich warte, werde ich nervös, und in meiner Nervosität höre ich auf zu leben, ich höre auf, ich zu sein, mein ZUHAUSE hört auf, mein ZUHAUSE zu sein, es verwandelt sich in ein verfluchtes Wartezimmer. Das muss ein Ende haben. Ich kann nicht mehr.«

Der Mann kapierte überhaupt nichts. Er grinste mich bescheuert an. Er goss mein halb leeres Glas auf und erinnerte mich daran, als ob ich mir dessen nicht selbst bewusst gewesen wäre, dass wir uns auch schon woanders getroffen hatten als bei mir ZU HAUSE, zum Beispiel in Äkäskero, in Lappland, auf den Malediven und in Madrid. Der Mann hielt es auch für nötig, mich daran zu erinnern, dass dieses Arrangement von mir ebenso akzeptiert worden war, dass ich Mittäterin war und nicht das geringste Recht hatte, die Moralkeule zu schwingen.

»Sei nicht so SCHWARZ-WEISS, mein Häschen«, stichelte der Mann, »das ist doch mindestens eine *Win-win-Situation*«, witzelte er und stieß ohne meine Erlaubnis unsere Gläser zusammen, »also *Cin Cin*!«

Ich erstickte meinen SCHREI und dachte an meinen lieben Vater, der tausend mal besser war als dieses Ekelpaket und der sich garantiert in Grund und Boden geschämt hätte, wenn er mich mit diesem Neandertaler zusammen gesehen hätte. Ich dachte an meinen Vater, der dieses Arschloch an meiner Stelle umgehend vor die Tür gesetzt hätte, was ich auch hätte tun sollen, aber bedauerlicherweise bin ich so, wie ich bin:

Ich begann aus der Flasche zu trinken.

Wir gingen wieder ins Bett. Ich ließ ihn in mich eindringen, obwohl es wehtat, obwohl ich mich in seinen Händen schnell in Eine-der-was-fehlt verwandelte, was in Anbetracht meines Zustands tatsächlich ausgesprochen hilfreich gewesen wäre.

Am Morgen tat ich so, als würde ich schlafen. Ich ließ den Mann zur Tür hinausschleichen, während ich mir selbst das VERSPRECHEN gab, ein wenig aufzuräumen, wie es anständige Frauen tun würden, wenn sie in meinen Schuhen steckten.

An diesem Morgen beschloss ich, ein neues Leben anzufangen.

Ich beschloss, dem Mann einen Besuch bei sich ZU HAUSE abzustatten.

Am darauffolgenden Samstag stieg ich in den Regionalzug und fuhr 50 Kilometer in Richtung Osten. Dann ging ich fünf Kilometer durch die eisige Kälte, geleitet vom Navigationssystem meines Handys.

Gehen Sie einen Kilometer geradeaus und biegen Sie links ab, und ich bog ab, *gehen Sie fünfhundert Meter geradeaus und biegen Sie rechts ab*, und ich bog ab, obwohl ich kurz davor war umzudrehen, bis ich schließlich bei einem Einfamilienhaus mit einer weißen Ziegelfassade ankam.

Der Schnee war mit geometrischer Präzision geräumt worden. Hatte dieser abstoßende Mann seine Frau in allem Ernst dazu gezwungen, die Wege mit einem Besen freizuräumen und noch dazu die Ränder der Schneewehen mit einem Handfeger zu säubern? Ich kenne mich mit Schnee aus, und dieser Schnee sah nicht geschippt aus, sondern gefegt, und ich kannte diesen Mann, ich konnte ihn mir mit einer Schaufel in der Hand vorstellen, aber niemals mit einem Besen.

Ich ging zur Veranda und klingelte an der Tür.

Die Tür wurde geöffnet von einer schönen, dunkelhaarigen Frau in einem BLAU-ROTEN Wickelkleid, das eng und freizügig geschnitten war. Die Frau war schlank, ihr Brustkorb flach und durchtrainiert. Am Hals trug sie eine DURCHSICHTIGE Kette aus Glasperlen, die ich sofort als ein Mitbringsel aus New York erkannte. Auch ich hatte von ihrem Mann Schmuck der Geschwister Sent aus Muranoglas bekommen, nur keine Glasperlenkette, sondern Glasperlenohrringe, die, wie ich später herausfand, 65 Dollar weniger kosteten als die Halskette und für mich zudem vollkommen nutzlos waren, da ich keine Ohrlöcher habe, was diesem Idioten nicht aufgefallen war, während er mich vögelte.

In diesem Moment hätte ich alles dafür gegeben, dass wie durch Zauberhand LÖCHER in meinen Ohren erschienen wären und die Glasperlen in den LÖCHERN.

»Hallo«, sagte ich, so ruhig ich konnte, zu der Frau in der Tür. »Ich bin gekommen, um Ihnen zu sagen, dass Ihr Mann mich vögelt.«

Ich hatte keinen Gedanken daran verschwendet, was danach geschehen würde. Ich wollte einen Betrüger entlarven und mich selbst, woraufhin ich bereit gewesen wäre, zurück zur Haltestelle zu stapfen, in den nächsten Zug zu steigen und endlich erwachsen zu werden.

Die Frau sah mich unverwandt an. »Mikael«, rief sie, ohne den Kopf zu drehen, »würdest du bitte zur Tür kommen?«

Der Mann, der vor fünf Tagen bei mir übernachtet hatte, stellte sich neben seine Frau und legte seine Hand auf ihre Schulter, die Hand, mit der er millionenfach meine Muschi gerieben hatte.

»Mikael, diese Frau behauptet, dass ihr ein Verhältnis habt.«

»Das stimmt nicht«, sagte der Mann zu seiner Frau und sah mich gelassen an. »Sie arbeitet in einer PR-Agentur. Sie ist zuständig für die Visualisierung unserer PR-Strategie. Sie hat ernsthafte psychische Probleme.«

»Das ist nicht wahr«, sagte ich betont ruhig, als hätte ich im Namen einer anderen Frau gesprochen. »Ich habe Ihren Mann vor zwei Jahren bei einer Unternehmensveranstaltung kennengelernt. Seitdem vögelt er mich regelmäßig.«

Daraufhin entspann sich folgender Dialog:

»Diese Frau lügt.«

»Ihr Mann lügt.«

»Diese Frau ist komplett verwirrt.«

»Ihr Mann betrügt Sie.«

»Diese Frau leidet unter Zwangsvorstellungen. Ich bin

nicht der Einzige in der Firma, mit dem sie das gemacht hat.«

»Ihr Mann hat mir Schmuck von Marina und Susanna Sent aus New York mitgebracht, wo er vor zwei Monaten auf Dienstreise war.«

»Bettina, Liebste, das ist eine Stalkerin. Ich habe bei der Polizei Anzeige erstattet.«

Die Stimme des Mannes war so weich wie Samt. Er wandte seinen Blick keine Sekunde von mir ab. Er zog seine Frau zu sich heran, und dann, ganz plötzlich, erschien ein seltsames Lächeln, eine Art Schmollmund, auf dem ausdruckslosen Gesicht der Frau.

»Machen Sie eine Therapie«, sagte die Frau zu mir. »Die können Sie gebrauchen.«

Und dann fiel die Tür vor meiner Nase zu.

Nach dieser Episode nahm ich mir als einziges Grundgebot vor, ehrlich zu sein.

Nach mehreren jämmerlichen Therapeuten und einem Klinikaufenthalt habe ich Sie aufgesucht, um diese hohe Kunst zu erlernen.

9. FEBRUAR 2018
Ihre Freundin Natalia

Zu unserem fünften Termin kam Natalia mit einem kleinen Tonbandgerät. »Ich habe eine Idee«, juchzte sie. »Lassen Sie uns alles aufzeichnen, *Vittu*!«

Es war das erste, aber wahrhaftig nicht das letzte Mal, dass Natalia in meinem Beisein dieses vulgäre Wort aus reiner Lust am Fluchen verwendete. Kraftausdrücke sind auch mir nicht fremd, ich selbst bevorzuge jedoch sanftere, kultiviertere Flüche, und meiner Meinung nach passte das *Vittu* überhaupt nicht zu Natalia. Es war sozusagen nicht ihr Wort.

Wollte Natalia mit ihrer Wortwahl etwas Bestimmtes provozieren? Vielleicht hatte es mit dem Brief zu tun, den Natalia aus irgendeinem Grund als »Ihre Freundin« unterschrieben hatte. Dieses winzige Pronomen ließ das damit verbundene Substantiv auffallend frech wirken, denn es suggerierte etwas, was Natalias inflationär verwendete Anrede »Doktor.« nicht suggerierte.

Außerdem hatte Natalia mich erwiesermaßen zum ersten Mal angelogen. Am Ende ihres Briefs behauptete sie, in einer Klinik behandelt worden zu sein, was ich leicht überprüfen konnte. Es bestätigte sich, was ich vermutet hatte: Natalia hatte keinen einzigen Tag in der Psychiatrie verbracht.

Es konnte kein Zufall sein, dass sie in einem Atemzug mit dieser unverhohlenen Lüge verkündete, sie habe mich aufgesucht, um die »hohe Kunst« der Ehrlichkeit zu erlernen. Natalia forderte mich heraus, und sie hatte scharfe Munition geladen. Sie hatte mich vor ein Rätsel gestellt, für dessen Lösung sie mir als möglichen Schlüssel nun das Wort *Vittu* anbot.

Meine Hypothese wurde bestätigt, als ich später die Verwendungskontexte des Wortes überprüfte. Natalia verwendete den Vaginalfluch, als sie etwas von mir wollte und befürchtete, dass ich es ablehnen könnte, als ob das Wort *Vittu* auf irgendeine Weise mein Urteilsvermögen trüben und mich offener für neue Vorschläge machen würde, obwohl es in Wahrheit nur meine Ohren zum Klingeln brachte und mich die eigentliche Problematik vergessen ließ.

Andererseits muss ich zugeben, dass Natalia intuitiv auf der richtigen Fährte war, schließlich bezeichnete das von dem altschwedischen *Fitta* entlehnte und demnach mit dem deutschen *Fotze* verwandte Wort nicht nur die Genitalien einer Frau, die ein Kind zur Welt gebracht hatte, sondern auch eine Art Pforte, die Überlieferungen zufolge Ober- und Unterwelt voneinander trennte und von den Schamanen durchschritten werden musste, wenn diese mit den Geistern in Kontakt treten wollten.

Nebenbei bemerkt ist die finnische Sprache in dieser Hinsicht nicht besonders originell. Wir müssen im Schwedischen bzw. Altschwedischen, im Russischen oder in der Schatztruhe irgendeiner anderen großen Sprache herumkramen, um alle Nuancen eines Wortes zum Leuchten zu bringen. Anders ist es etwa im Französischen, einer Sprache, die zu ganz feinen Spielereien mit ihren eigenen Wortstämmen in der Lage ist. Ich habe kürzlich einen Essay des Schriftstellers Jean-Claude Arquette gelesen, der veranschaulicht, wie ›la confession‹ ganz unterschwellig die vulgäre Bezeichnung der weiblichen Genitalien, ›le con‹, in sich trägt. Das französische ›Vittu‹ ist vom Genus überraschenderweise männlich, aber wenn man es mit dem Konzept der Bekenntnis verbindet, wird es feminin. In seinem Essay behauptet Arquette, dass erst das Sakrament der Reue der Frau ihre Vagina zurückgibt und es dem männlichen Diskurs entzieht. Zu dem Wahrheitswert dieser provokanten Hypothese will ich mich nicht äußern, aber noch ergänzen, dass es unmöglich ist, so etwas in der finnischen Sprache auszudrücken. Die einzige Übersetzung, die mir für Arquettes Idee in den Sinn kam, war nicht einmal ein Wort, sondern ein morphologisches Monstrum, mit dem man nicht mal einen Satz zustande bringt.

Natalia legte eilig ihre Sachen ab – Jacke, Schuhe, Schal und Fäustlinge –, während sie mir atemlos erklärte, wie sehr es an ihr nage, dass unsere Gespräche sich »in Luft aufgelöst« hätten. Obwohl es bereits reichlich geschriebenes Material gab, war da noch mehr gesprochenes. Aber wo war es nun? Nirgends!

Nie zuvor hatte Natalia vor Beginn unserer Stunde gesprochen. Die therapeutische Arbeit begann üblicherweise damit, dass sie auf der Couch Platz nahm, aber jetzt war Natalia zu aufgebracht. Sie ging auf dem Teppich auf und ab und fuhr sich durch die Haare. Schließlich reichte sie mir die Hand, setzte sich auf die Couch, nahm den Wecker auf ihren Schoß und stellte die Handtasche neben sich. Noch war sie nicht bereit, sich hinzulegen.

»Als ich anfing, den Brief an Sie zu schreiben, habe ich begriffen, dass wir ein Problem haben«, fuhr Natalia fort und überraschte mich mit ihrem Verweis auf ein Thema, über das sie sich bisher geweigert hatte zu sprechen. »Ihnen ist sicher aufgefallen, dass ich auch Ihre Hilfswörter benutzt habe. Ich habe darüber nachgedacht, was Sie bei unserer ersten Stunde alles zu mir gesagt haben. Und konnte mich an nichts erinnern. Wenn wir so schlau gewesen wären, unsere Gespräche aufzuzeichnen, hätten wir jetzt Stunden an Material. Stellen Sie sich das mal vor!«

Es war mir schleierhaft, worauf Natalia hinauswollte. Egal wie sehr ich mich anstrengte, ich war nicht in der Lage herauszufinden, wie die merkwürdigen Elemente am Ende des Briefes, die sonderbare Eröffnung unserer Therapiestunde und der soeben geäußerte Wunsch alles aufzuzeichnen, miteinander zusammenhingen.

Außerdem waren Aufzeichnungen in der Schichtungstherapie nicht vorgesehen, außer für wissenschaftliche Zwecke. Natürlich mache ich mir immer Notizen, schließlich gehören Stift und Papier zu jeder Therapie, wie Schraubenzieher und Inbusschlüssel zu jeder Baustelle. Am Ende sind alle anderen Werkzeuge der Wahrheit des Notizblocks untergeordnet. Ich wage sogar zu behaupten, dass ich die Kunst des Notizenmachens mit den Jahren perfektioniert habe. Ich kann ohne Weiteres meinen Patienten zuhören und gleichzeitig die wichtigsten Punkte herauspicken, inklusive Details und Digressionen in der Sprechweise. Dies gehört zu den Fertigkeiten, die ich im Rahmen meiner Arbeit erworben habe.

»Willkommen zu unserer fünften Stunde, Natalia«, begann ich und ging darüber hinweg, dass sie sich noch immer nicht hingelegt hatte. »Heute widmen wir uns intensiven Erfahrungen aus Ihrer Zeit als Erwachsene. Möchten Sie trotzdem zuerst noch etwas über die Aufzeichnungen sagen?«

Natalia schlenkerte mit den Beinen und begann zu sprechen.

»Es überrascht Sie sicher nicht, wenn ich Ihnen sage, dass ich für unsere Treffen keine Mühen scheue. Und ich möchte gleich betonen, dass das kein Problem ist. Im Gegenteil, ich fühle mich seit langer Zeit wieder lebendig! Die Wochen sind nicht mehr so bedrückend eintönig, die Tage nicht mehr bedeutungslos, die Nächte nicht mehr schmerzhaft. Die Therapie zeigt Wirkung.«

Natalia strich sich eine widerspenstige Strähne hinter das Ohr und senkte ihre Stimme. Mit anderen Worten, sie ging vom luftigen Brötchen zum blutigen Fleisch über, dem schwierigen Thema, wollte man ihre Darbietung anhand des klassischen Hamburgerschemas veranschaulichen.

»Ich habe ein kurzes Gedicht verfasst und ein paar längere Texte. Ich habe einen Penis gezeichnet. Ich habe sogar einen Brief an Sie geschrieben, und das war gut so; ich habe einfach keine Kraft, über jede nach Schwanz riechende Scheiße zu reden. Wenn ich zu Hause über meinen Aufgaben sitze, bin ich glücklich, und wenn ich zu Ihnen fahre, bin ich zufrieden. Aber jedes Mal, wenn unsere Stunde vorbei ist, überkommt mich ein Gefühl der Enttäuschung. Ich habe mir den Kopf zerbrochen, woher diese

Enttäuschung kommt, und ich glaube, die Antwort gefunden zu haben.«

Natalia machte eine dramatische Pause und drehte ihren Kopf zu mir: »Das, was ich sage, und vor allem, wie ich es sage, verschwindet spurlos. Das Gleiche gilt für Ihre Kommentare. Unsere Gespräche existieren nicht mehr.«

In diesem Moment drängte sich mir eine mögliche und, kurz gesagt, entsetzliche Erklärung für Natalias Ausruf »Lassen Sie uns alles aufzeichnen, *Vittu*« auf. War Natalia mit dem Tonbandgerät in meine Praxis gekommen, um mich eines Berufsverstoßes zu überführen? In unserer Zunft kursieren Gerüchte von Menschen, deren einzige Motivation für eine Therapie darin liegt, einen öffentlichen Skandal heraufzubeschwören. Bis jetzt hatte ich solche Geschichten für urbane Legenden gehalten.

Ich konnte mich schmerzhaft genau daran erinnern, wie ich mich vor ein paar Wochen neben die weinende Natalia gesetzt hatte, was ich natürlich nicht hätte tun dürfen, und wie ich sie leicht berührt und für sie gesungen hatte. Ich gebe offen zu, dass ich nach dieser Episode ernsthaft in Erwägung gezogen hatte, meine Praxis zu schließen und in Frührente zu gehen, aber mein geschätzter Mentor brachte mich wieder zur Vernunft. Er riet mir zu Vorsicht im Umgang mit Natalia, erinnerte mich aber gleichzeitig daran, dass ich endlich die Patientin hatte, die ich mir während meiner Promotion erträumt hatte. Kein Wunder, dass ich etwas zu enthusiastisch gewesen war. Diesen Enthusiasmus musste ich zukünftig in noch schärfere Beobachtungen übersetzen.

Also setzte ich mein Pokerface auf. Ich sagte Natalia, dass der freie Dialog in der Schichtungstherapie, wie auch in jeder anderen Psychotherapie, entscheidend sei. Es geht im Wesentlichen darum, dass unter dem Schutz der Professionalität ein vertrauensvoller Dialog stattfinden kann, der nicht von Moralvorstellungen oder Konventionen gefesselt wird, nicht von Perfektionismus oder Erfolgsdruck. Die einzige vertraglich vereinbarte Fessel, die für die Genesung des Patienten von großer Bedeutung ist, ist die Zeit: die 45 bezahlten Minuten, die den sicheren Rahmen der Therapiestunde bilden.

»Aber Sie machen sich Sorgen, dass dieses Material verloren geht«, fuhr ich fort, denn ich wollte die Diskussion über das Tonbandgerät möglichst schnell hinter mich bringen. »Sie wissen, dass ich mir die ganze Zeit Notizen mache?«

Natürlich wusste Natalia das. Sie hatte meinen Notizblock gesehen – ich versuchte in keiner Weise, ihn vor meinen Patienten zu verbergen – und die Spitze meines Stifts hinter sich auf dem Papier kratzen hören. Aber meine Aufzeichnungen waren in ihren Augen offenbar nicht genug.

»Jeder Mensch hat irgendwo Notizen herumliegen«, sagte Natalia verächtlich und zog aus ihrer Tasche eine Plastikhülle hervor, in der sich ein dicker Stapel Papier zu befinden schien. »Ich habe auch immer Schmierzettel bei mir. Auf diesen hier habe ich meine Gedanken über Pornografie gekritzelt. Erinnern Sie sich noch? Erinnern Sie sich an die Geschichten über Löcher, die ich vor einigen Wochen erzählt habe? Das ist noch so ein Problem: Ich kann die Zettel einfach nicht vernichten, aber ich weiß auch nicht, was ich mit ihnen anfangen soll.«

Natalia wedelte mit der Plastikhülle herum. »Kann ich Ihnen die Notizen geben? Sie können darauf zurückkommen und damit arbeiten, wenn Sie Lust haben, Sie waren ja auch dabei«, sagte sie, als sei meine Anwesenheit während der Therapiestunden nichts als ein glücklicher Zufall gewesen.

Ich nahm die Plastikhülle verdutzt entgegen. Wir hatten nie darüber gesprochen, was mit den Resultaten der Übungen geschehen würde. In meiner Doktorarbeit schreibe ich, dass die Texte der Patienten aus therapeutischer Sicht nebensächlich sind, denn alles Entscheidende passiert auf der Couch.

Ich begriff, dass ich umgehend auf Natalias letzten Satz eingehen musste, sobald unsere Stunde offiziell begonnen hatte. In dem Moment, in dem sich Natalia ordnungsgemäß auf die Couch legen würde, müsste ich sagen: »Selbstverständlich kann ich Ihre Notizen aufbewahren. Ich würde aber gerne hören, wie ich Ihrer Meinung nach damit arbeiten soll.«

Ich hatte keine Zeit, den Gedanken weiter zu verfolgen, da Natalia bereits wieder mit ihrer Tasche zugange war. Diesmal zog sie ein kleines Diktiergerät hervor, das mich an ein altes Nokia 2110 erinnerte, sagte zum dritten Mal in meinem Beisein »TA-DAA« und reichte mir das Gerät. Dann stellte sie ihre Tasche auf den Boden, legte sich übertrieben langsam, beinahe feierlich, auf die Couch und stellte den Wecker auf ihren Bauch.

Ich kenne mich gut mit Diktiergeräten aus, immerhin hatte ich Hunderte von Therapiestunden für meine Doktorarbeit aufgezeichnet. Die Transkription des Materials hat mehrere Jahre meines Lebens in Anspruch genommen, ganz zu schweigen von der Analyse. Doch Natalias Knochen wirkte geradezu antik im Vergleich zu dem digitalen Gerät, das ich verwendet hatte. Ich war mir sicher, dass die Magnetbänder rasseln würden, während das Gerät lief, nicht besonders laut, aber laut genug, dass man sie hören würde.

»Nun, sollen wir anfangen?«, sagte ich und stellte das Diktafon vorsichtig auf den kleinen Tisch neben mir. »Sie wollen also unsere Sitzungen aufnehmen. Würden Sie mir freundlicherweise erklären, wozu?«

Natalia schwieg. Vielleicht suchte sie nach Worten. Vielleicht überlegte sie, ob in meiner Stimme ein Hauch von Tadel mitschwang. Oder wartete sie darauf – dieser unerträgliche Gedanke drängte sich mir plötzlich auf –, dass ich die Aufnahme startete? Wollte sie von mir, dass ich mit der Aufzeichnung begann?

Ich spürte, wie meine Kräfte schwanden. Es fühlte sich an, als würde ich auf dem mandelgrünen Sessel zerfließen, wie eine zähflüssige Masse, die nicht in das Polster eindrang und verschwand, sondern sich wie Gelee auf dem Stoff sammelte. War dies also die Bedeutung von Natalias energischem Ausruf »Lassen Sie uns alles aufzeichnen, *Vittu*«? Das Aufzeichnen von absolut allem, selbst der Diskussion darüber, ob wir alles aufzeichnen oder nicht? Starrsinniges Schweigen, sobald Stop- oder Pauseknopf eingerastet waren?

Gott sei Dank war dem nicht so, aber so viel sei gesagt: Hätte Natalia beschlossen zu schweigen, bis mein Finger den Rec-Knopf betätigte, wären wir in der Bredouille gewesen. Ich lasse mich nämlich nicht erpressen, weder mit Worten noch mit Wortlosigkeit. Die therapeutischen Maßnahmen finden in dem Rahmen statt, auf den wir uns verständigt haben. Unter keinen Umständen hätte ich das Diktafon in Betrieb genommen, ohne ausführlich darüber gesprochen zu haben. Nicht einmal für Natalia.

Meine Erleichterung war unermesslich, als Natalia endlich den Mund öffnete: »Ja, ich wünsche mir, dass wir alle weiteren Stunden aufnehmen.« Nach kurzem Zögern fügte sie leise hinzu: »Wenn das für Sie in Ordnung ist, Doktor.«

Damit begann unsere Diskussion, die ich nun mit Begriffen aus dem Tennis beschreiben werde, ein klassischer Vergleich nach dem Motto »Möge das beste Argument gewinnen«. Den ersten Aufschlag spielte Natalia: »Ich halte mich nicht für einen Sonderfall, das müssen Sie mir glauben. Genau deshalb bin ich überzeugt, dass es irgendwo eine Person gibt, die genauso leidet wie ich. Es könnte eine Person sein, die lange nach mir lebt, wenn es mich schon seit Jahrzehnten nicht mehr gibt. Oder Jahrhunderten! Trotzdem möchte ich dieser Person sagen können, wer auch immer sie ist: ›Du bist nicht allein, meine Schwester, mein Bruder.‹ Verstehen Sie? Wenn ich nur für mich kämpfen würde, käme mir all das hier verflucht sinnlos vor.«

Ich muss zugeben, dass ich Natalias Gedankengang nicht ganz folgen konnte. Es ist vollkommen normal, dass

Menschen für sich selbst eine Therapie machen. Jeder hat das Recht, etwas für sein Wohlbefinden zu tun. Außerdem finde ich, dass jeder Mensch ein Lied wert ist, oder vielmehr ist er selbst das Lied, ein ganzer Liederzyklus, Schuberts *Winterreise*. Gibt es etwas Schöneres auf der Welt, als menschliches Potential voll auszuschöpfen? Einen aufblühenden, von seinen Fesseln befreiten Menschen?

Ich verschwendete keine Zeit damit, Natalia davon zu überzeugen, wie einzigartig und wertvoll sie war, sondern machte mich umgehend daran, ihr den Ball zurückzuspielen. Um ehrlich zu sein, war ich froh darüber, dass die Unterhaltung diese Richtung eingeschlagen hatte, Natalias Richtung. Dort mussten wir bleiben. Der Schlag war fest, ich war selbst überrascht, wie fest: »Sie wollen also Ihr Leiden publik machen? Vielleicht haben Sie sogar vor, ein Buch darüber zu schreiben?«

Natalia geriet nicht aus der Fassung, sondert spielte den Ball mit Effet zurück. »Nein, nicht ich. Aber ein Profi. Zum Beispiel Sie! Aber nur wenn das Thema Ihrer Meinung nach für ein breites Publikum relevant ist. Ich brenne nicht darauf, im Rampenlicht zu stehen. Ich bin eine private Person. Aber als ich mich schlecht zu fühlen begann, sehnte ich mich nach der Geschichte von einer Frau wie mir. Eine Geschichte, die ich lesen konnte und die mir zu verstehen gab: Ich bin nicht allein auf dieser Welt.«

Ich bemerkte, dass Natalia nicht präzisiert hatte, was sie mit einer »Frau wie mir« meinte. Eine Frau, die ständig an Sex dachte?

Ich improvisierte eilig meinen nächsten Zug, denn ich

gehörte der Schule des *Carpe Diem* an, oder zumindest wollte ich das. Mein Ziel war es, aus Natalia herauszubekommen, was für ein Buch ihrer Meinung nach auf dieser Welt fehlte.

»Ich nehme an, Sie haben von A bis Z alles gelesen, was mit weiblicher Sexualität zu tun hat?«, fragte ich mit betont neutraler Stimme. »Sie haben *Madame Bovary* gelesen, *Geschichte der O, Venus im Pelz*?« Für mich war und ist das eine ganz sachliche Frage. In meinem Kopf schwirrte eine mögliche Übung umher: Natalia könnte den Plot eines literarischen Klassikers auf Grundlage ihrer eigenen Erfahrungen neu schreiben.

Der Ball, der sich in meiner Vorstellung so vielversprechend in Bewegung gesetzt hatte, landete geradewegs im Netz. Natalia richtete sich ein wenig auf und drehte sich mit einem Ausdruck von Aversion im Gesicht zu mir um. Dann lehnte sie sich wieder zurück und stieß kurz und kraftvoll Luft durch ihre Lippen, als ob das Aufrichten, das Drehen und der feindselige Blick nicht genug Verachtung signalisiert hätten.

Es war das erste Mal, dass ich in Natalias Beisein Scham verspürte. Und noch im gleichen Moment schämte ich mich für meine Scham. Ich wünschte, ich hätte die Frage anders formuliert, und rügte mich umgehend dafür, mir dies zu wünschen. Diese überzogene Selbstreflexion ist eine Berufskrankheit, von der wir bedauerlicherweise nicht einmal in Gesellschaft unserer Freunde, geschweige denn unserer Patienten, Urlaub nehmen können.

Innerhalb weniger Sekunden hatte ich mich selbst ins

Aus befördert. Ich hatte mich selbst in den Sumpf der Reue katapultiert. Ich kannte diesen Ort, so wie alle dunklen und stinkenden Orte, aber ich verspürte keine Notwendigkeit, mich in negativen Vorstellungen zu suhlen. Also begann ich mir einen Weg aus dem Sumpf zu bahnen. Ich fragte mich selbst, nicht Natalia, was ich falsch gemacht hatte. Hatte ich die Beispiele falsch gewählt? War die Reaktion meiner Patientin eine Projektion? Ein als Arroganz getarnter Eigensinn? Und warum gerade an diesem Punkt? Warum in Verbindung mit den Büchern? Immerhin waren die von mir genannten Werke alles andere als zweitklassig. Wenn ich von irgendeinem Schundroman gesprochen hätte … von verbalem Abfall … dann hätte ich Natalias Empörung verstehen können. Doch ich hatte Musterexemplare des Kanons ausgesucht, weshalb der Schuh hier nicht drücken konnte. Außerdem hatte sich Natalia zuvor voller Enthusiasmus den Gedichtband zur Brust genommen, den ich ihr zusammen mit anderen Büchern gegeben hatte, und dort ihre Schlagringe und Faustverkehr eingebaut. Was also war das Problem? Hatte sie vielleicht mehr für Lyrik übrig als für Prosa?

Natalia unterbrach meine Selbstreflexion. Sie holte mich zurück auf den harten Boden der Tatsachen, hob den Ball neben dem Netz auf und spielte ihn sicher zurück. »Ich möchte an meine Genesung glauben«, beteuerte sie und wich meiner Frage aus. In ihrer Stimme lag nicht die geringste Spur von Verachtung. »Und ich glaube an Ihre Methode, Doktor. Ich genieße das hier! Und wenn man etwas mag, kann es nicht falsch sein. So ist es doch?«

Ohne meine Antwort abzuwarten, servierte mir Natalia ihren Vorschlag: »Angenommen, ich werde gesund, angenommen, in meinem Leben gibt es mehr als diese ermüdenden Gedanken an Sex, wäre es gut, auf die eine oder andere Weise zu berichten, wie meine Genesung erfolgt ist. Gegenseitige Unterstützung kann es in dieser Welt ja nie genug geben, oder? Sollen wir eine vorläufige Vereinbarung treffen?«

»Ich kann Ihnen kein Buch versprechen, Natalia«, sagte ich nach kurzem Überlegen. »Aber von mir aus können wir das Material für die Zukunft aufbewahren. Unter einer Bedingung: Ich will kein analoges Tonbandgerät verwenden, das in unserem Beisein Geräusche macht. Ich habe ein hochwertiges digitales Aufnahmegerät, das keine Geräusche von sich gibt und unsere Gespräche nicht stört. Sind Sie damit einverstanden?«

»Einverstanden«, rief Natalia erleichtert.

»Noch eine Sache, Doktor«, fügte sie hinzu, und ihre Stimme wurde dabei plötzlich dünn, fast schon ängstlich. »Ich habe mir zu Hause Gedanken zu unserer heutigen Übung gemacht. Über meine Erfahrungen als Erwachsene. Das war erschreckend einfach. Mir sind massenhaft Bilder in den Sinn gekommen, die wahr sind, und Gedanken, die ebenfalls wahr sind. Ich wollte sofort jemandem davon erzählen. Aber wem hätte ich davon erzählen sollen? Wer hätte mir zugehört? Verstehen Sie, ich konnte diesen Dienstag kaum abwarten!«

Natalia nahm all ihren Mut zusammen und rückte mit der Sprache heraus.

»Also bin ich los und habe dieses Tonbandgerät besorgt. Und habe etwas getan, was ich vielleicht nicht hätte tun sollen. Ich habe die Übung zu Hause vorab aufgezeichnet.«

Natalia war heiser vor Aufregung. Beim letzten Satz war sie so angespannt, dass ihre Stimme brach wie bei einem kleinen Jungen. Sie hörte sich an wie ein krächzender Hahn: Sicher kennen Sie dieses unterdrückte Gekrähe.

Die Anspannung, die meine Schultern unbemerkt hatte versteifen lassen, fiel von mir ab. Ich schnaufte erleichtert. Deshalb hatte Natalia also das Gerät mit in die Praxis gebracht; das hatte ihr zügelloses *Vittu* also zu bedeuten. Um die Stille zu füllen, stellte ich eine Frage, deren Antwort ich bereits kannte: »Und die Aufzeichnung ist hier auf dem Diktiergerät?«

Natürlich, dort war sie, bereit, abgespielt zu werden. Eine Geschichte, gefolgt von zwei Bonusgeschichten, insgesamt drei Erinnerungen. Jede davon hatte Natalia immer eifriger mit den von ihr gewählten Hilfsmitteln ausgeschmückt.

»Ich würde mir wünschen«, flüsterte Natalia, »dass wir uns jetzt die erste Aufnahme anhören. Und die anderen beiden vielleicht beim nächsten Mal. Wäre das möglich?«

Ich griff nach dem Diktiergerät auf dem Tisch und ließ meinen Finger über die schwarzen Knöpfe gleiten. Als mein Zeigefinger das eingeprägte Dreieck ertastet hatte, drückte ich auf Start.

REHABILITATIONSPROGRAMM WOCHEN 5-6-7

Unvergessliche Erfahrungen aus dem Erwachsenenalter
Vorgabe: Nutzen Sie für die Übung ein Hilfsmittel, welches o. g. Erfahrung wiedergibt. Machen Sie damit, was Sie wollen.

Herr Diametralhoden & Hermeneutik

Einer meiner Geliebten hatte einen Diametralhoden. Er litt seit seiner Geburt an Kryptorchismus, das heißt, sein linker Hoden war nicht in den Hodensack abgestiegen, sondern versteckte sich im Inneren der Beckenhöhle und stand in seiner Position somit diametral zu dem rechten Hoden, der sich dort befand, wo er sein sollte. Der Mann war von Beruf Urologe. Er hatte sein Leiden zu seinem Beruf gemacht, so wie es alle tun, bei deren Leiden SCHAM im Spiel ist und den Ton angibt. Ich studierte Kunstgeschichte, weil ich schon früh verstanden hatte, dass ein Kunstwerk für sich existiert, sei es ein Ölgemälde, ein Aquarell, ein Tintenstrahldruck, ein chromogener Farbabzug, eine Arbeit aus Pastell, Sepiatusche, Bleistift oder auch Asphaltlack auf einer begrenzten Fläche, egal aus welchem Material, Jute, Acryl, Wellblech, PVC, sandgestrahltem Glas, japanischem Wachspapier, Transparentpapier; man kann es mit einem Blick erfassen und sich einprägen, man kann immer wieder darauf zurückkommen und es betrachten, mit Ausnahme von *Mundohr*, das ich nach dem Herbst 1995 nicht mehr betrachten konnte. Ja, ich verstand schon in der Oberstufe, dass man die DINGE, die man großschreiben muss – wie die SCHAM, die ich zu meinem besten Freund machen wollte –, einrahmen muss, und nicht nur einrahmen, sondern auch zur Schau stellen, um ihnen täglich zu begegnen. Dann nutzt sich das Elend der Heimlichtuerei ab. Ich habe also Kunstgeschichte studiert und auch gelegentlich von einem Dasein als Künstlerin geträumt, aber während ich im Hörsaal Dias von all den Rembrandts, Giorgiones, Michelangelos, Tizians, Dürers und Botticellis betrachtete, begriff ich ziemlich schnell, dass meine Fähigkeiten dazu nicht ausreichten, dass sie nicht hervorstachen, wo sie hervorstechen sollten, selbst wenn ich mich sechzehn Jahre lang in einer Hütte im *No Man's Land* eingeschlossen und gemalt hätte. Ich begriff, dass ich besser dran war, wenn ich las und betrachtete, wenn ich meine Augen und meinen Intellekt trainierte und meine Hand für andere Arbeiten aufsparte, zum Beispiel Liebesarbeiten. Und so habe ich es dem Urologen besorgt. Ich habe ihm einen runtergeholt, hingebungsvoll, ohne meine Kräfte zu schonen. Denn abgesehen von seinem Diametralhoden, für den er sich schämte, hatte er auch große Probleme, Frauen zu penetrieren, beispielsweise mich. Sein Glied *an sich* war ziemlich groß, es war munter, kraftvoll und von Adern durchzogen, bis zu dem Moment, in dem er es in Richtung meiner Scheide führte, denn sobald seine Eichel etwas von mir berührte, wurde sein Penis klein, jämmerlich, faltig, weich und unbrauchbar. In seiner Vorstellung hatte ich eine *Vagina dentata*. Und sein Glied erschlaffte. Jedes Mal. Warum in aller Welt war er kein Gynäkologe geworden? Statt sich im Studium mit seinem Diametralhoden und seinem in Gegenwart von Frauen erschlaffenden Penis zu beschäftigen, hätte er sich mit der Anatomie der Frau vertraut machen sollen. Hätte er empirisches Wissen über Hunderte und Tausende von Muschis ausgegraben, hätte er sich davon überzeugen können, dass es in einer Frau nichts gab, das seinem Schwanz Schaden zufügen könnte. Natürlich kann eine Vagina einen Krampf bekommen, und das männliche Glied für einen Moment in der Muschi stecken bleiben, und für einen Mann kann es sich sogar anfühlen, als würde die Muschi sein Glied in sich aufsaugen. Aber keine einzige Muschi der Weltgeschichte hat jemals einen Penis zerquetscht, und kein einziger Penis ist jemals für immer in den Untiefen einer Muschi verschwunden. Natürlich spuckt eine krampfende Muschi den Penis am Ende aus, dazu noch reichlich Schleim, und für einen Moment kann er empfindlich sein und im wahrsten Sinne des Wortes aufgerieben. Nach einigen Stunden oder spätestens nach einer erholsamen Nacht ist er wieder zu gebrauchen. Mein Urologe war ein schlauer Mann und wusste das alles, aber sein Penis war dumm und wusste überhaupt nichts. Deshalb habe ich meine Hand bei ihm so lange verwendet, bis ich fast eine Sehnenscheidenentzündung hatte. Ich habe die SCHAM, die seine SCHAM in mir aufkommen ließ, bewusst verdrängt und endlos gerubbelt. Ich sagte mir, *es ist menschlich, so menschlich*, und rubbelte. Sie verstehen doch, dass ich es ihm besorgen musste? Mir gefällt diese Arbeit, aber bis dahin hatte ich mir immer vorgestellt, dass es nur Vorspiel war, der Auftakt einer bekannten Abfolge von Ereignissen, ein Aufwärmen, das ausnahmslos dazu führte, dass man in mich eindrang und früher oder später in mir abspritzte. Nun musste ich also lernen, dass mein innerster Raum in dieser kurz währenden Lieblingsbeziehung meine mit Gleitgel eingecremte Hand war, die keine Zähne hatte, im Gegensatz zu meinem Mund und meiner Muschi. Wir waren ebenbürtig darin, uns Liebe zu geben, wir lagen Kopf an Kopf. Und damit das Bild nicht zu schlicht ist, füge ich hinzu, dass zu dieser Liebe eine herzzerreißende Schwermut gehörte, die vitaler Bestandteil unseres privaten Vergnügens wurde. Meinem Urologen kamen oft die Tränen. Er gab sich der Schwermut hin, die seine Unfähigkeit, in mich einzudringen, in ihm erzeugte. Er schluchzte in meine Haare und ejakulierte in meine Hand. Von meinem Urologen lernte ich neue Dinge über die SCHAM, zum Beispiel, dass man sie in Tränen ertränken kann. Mein Urologe erzählte mir, dass die SCHAM ein Produkt des späten Silurs sei, ein tausendfüßiges Fossil, das Millionen synonymer Geschwister hat. Sie alle sind zur gleichen Zeit entstanden, jedes einzelne kam aus der gleichen *Ur*-Muschi, dem gleichen *Ur*-Anus, der gleichen *Ur*-Nüster und dem gleichen *Ur*-Mund wie wir und unser

Ur-Kot, *Ur*-Urin, *Ur*-Blut und *Ur*-Schleim. Mein Urologe beschäftigte sich auch mit Hermeneutik, die er seinerzeit als Ergänzung zu seinem Diametralhodens als Nebenfach gewählt hatte. Schon bald begann auch ich zu verstehen, dass man vor jedes erdenkliche Wort die Zaubersilbe *Ur*-kleben konnte, und dann musste man nichts mehr erklären. Sehen Sie, Doktor, wir kommen endlich zur SACHE! Zum *Ding Dong an sich*! Ich konnte das Hermeneutikhobby meines Urologen nicht ernst nehmen. Mein Urologe war nämlich ein geborener Dozent. Reden brachte ihn in Fahrt. Er versank in Gedanken und hörte auf, mir in die Augen zu sehen, was das Abstoßendste an ihm war. Aber ich ließ sein Geplapper über mich ergehen, weil er mit seiner Zunge umzugehen wusste. Ich dachte mir, wenn ich es ertrug, ihm geduldig zuzuhören, würde er mich zum Höhepunkt lecken. Und das tat er. Unser Sex war alles andere als einzigartig, bei Weitem nicht, aber er war sehr lehrreich. Mein Urologe half mir, meine Genitalien mit neuen Augen zu sehen. Ich begann zum ersten Mal die Macht meiner Muschi zu begreifen. Es machte mir beinahe Angst. Was für alberne Gedichte waren über dieses Organ geschrieben worden, wie daneben diese Schöngeister doch lagen! Hätten sie meinem Urologen zugehört, hätten sie spannendere Vergleiche zur Hand gehabt als ihre abgegriffenen Bilder. Unter dem Schlüpfer wartet kein Porzellan, kein Garten, keine Miezekatze, keine Muschel. Darunter wartet ein brutaler Rächer, ein umgedrehter Handschuh, ein schwitziger Mörder. Die *Ur*-Muschi, die man unmöglich ficken kann. Zu oft wurde gerufen: *Ein Wolf! Der Wolf kommt!* Und so konnte sie sich im Schutz der Schamhaare einen Satz Reißzähne wachsen lassen. Der Penis meines Urologen war trotz seiner Dummheit der weltbeste Erzähler von Gruselgeschichten. Und ich war ein dankbares Publikum. Aufgrund früherer Erfahrungen war ich es gewohnt anzunehmen, dass meine Muschi ein *Piece of cake* sei und sich bei jedem, der sie aß, nur die Sorte veränderte. Für den einen war es Omas einfacher Marmorkuchen, für den anderen ein langsam zu genießender Kühlschrankkuchen, für den dritten ein traditioneller Erdbeerkuchen, mit dem man seinen Appetit nach Süßem stillen konnte. Für eine Falle hatte ich meine Weiblichkeit nicht gehalten, aber jetzt fing ich an, auch diese Möglichkeit zu sehen. Ich versetzte mich also voll und ganz in die Muschiphobie meines Urologen und trocknete aus, bis ich netterweise wieder benetzt wurde. Auch darin lag unsere Ebenbürtigkeit. Und damit es hier kein Missverständnis gibt, muss ich hinzufügen, dass ich meinen Diametralhodengeliebten trotz aller Schwierigkeiten und der übertriebenen sowie ermüdenden Hermeneutik außerordentlich schätzte. Er hatte schon als Teenager beschlossen, nicht den Befehlen seiner SCHAM zu gehorchen, was bewundernswert ist. Er holte sich nicht das Lapplandmesser seines Vaters, um sich damit das Becken aufzuschlitzen und aus seinem darin versteckten Hoden Matsch zu machen, obwohl seine SCHAM ihm genau dies befahl. Er wurde Urologe, zähmte seine SCHAM und eröffnete eine Praxis in meiner Straße. Wir trafen uns auf der Straße, zufällig, und waren für eine Weile Geliebte. Meine Hand machte Liebe mit seinem Penis, der hingebungsvoll auf mein Laken ejakulierte, sodass es klebte. Meine Ohren lauschten einer Vorlesung über Gadamer, während mein Hirn sich innerlich auf den Orgasmus vorbereitete. Meine Klitoris machte Liebe mit seiner Zunge, ich schwitzte am ganzen Körper. Diese Liebe hielt vier Monate. Die Beziehung endete schmerzlos, als er mit seiner Praxis von meiner Straße ans andere Ende der Stadt zog.

[10 Minuten 57 Sekunden]

Frau Frotteefetisch & die zarten Knöpfe

Nach meinem wehleidigen Urologen sehnte ich mich nach einer anderen Erfahrung, und ich bekam, was ich wollte. Voll in die Fresse. Danach sehnte ich mich wiederum nach zarter, einfühlsamer Berührung. Und, Doktor, ich versuche nun darüber zu sprechen, mit einer Sprechweise, die nicht meine eigene ist. Ich fürchte mich zu Tode, dass Sie genervt sein könnten, wenn Sie nicht wie ich mit der tantrischen Lebenseinstellung vertraut sind. Wenn ich nicht so schlecht im Imitieren wäre, würde ich jetzt die Sprechweise des Gurus Tirumalai Sivananda nachahmen, aber das kann ich nicht. Ich werde mir eine Sprechweise ausdenken und hoffe von Herzen, dass Sie bei meiner Geschichte nicht einschlafen. Los geht's. Das ist die Geschichte von Frau Frotteefetisch, die ich vor fünf Jahren kennengelernt habe. Sie hatte einen weiten Weg hinter sich, und dabei die Weichheit zu lieben gelernt. Äääääääh, Weichheit ist das falsche

Wort! Aber ich benutze es jetzt, weil mir kein Besseres einfällt, okay? Sie werden bald verstehen, warum. Vor fünf Jahren saß ich steif in einem Eckzimmer, die Fenster waren groß und öffneten sich in zwei Richtungen, aber nirgends gab es eine Tür. *Checken Sie das?* Ich saß da allein rum und schaute zu, wie mein Leben an mir vorbeigurkte. Eine meiner Scheißbeziehungen war gerade vorbei, und ich hab erst mal entschleunigt, und dann kam diese Schnitte in mein Leben, was für eine Frau. Sie war ganz und gar eins mit sich, Geist und Körper. Aber hey, ich erzähl erst mal die Hintergründe, damit Sie's kapieren. Die Schnecke stand ursprünglich auf BDSM, hat sie mir erzählt, aber ein bisschen aus den falschen Gründen. Sie wurde mal missbraucht, und das ist so ein fucking Klischee, dass wir beide lachen mussten, als wir darüber gesprochen haben. Wenn man auf BDSM steht, heißt das ja nicht unbedingt, dass man irgendwann mal befummelt wurde, als man klein war. Aber sie ist mit 13 oder um den Dreh an ihren kranken Onkel geraten, Sie wissen schon. Und dann hat sie sich irgendwie in den Kopf gesetzt, dass der Schmerz weggeht, wenn sie sich hart rannehmen lässt. Sie hat sich total hingegeben und ist eine richtige Painslut geworden. Sie wollte Narben und gerne ein bisschen Blut. Diese Schlangenzungen aus Velours, mit denen man soft den Hintern versohlt bekommt, waren also überhaupt nicht ihr Ding. Sie stand eher auf diese Lederpeitschen mit Pferdehaaren, die nicht mal ein erfahrener Dom hundertprozentig unter Kontrolle hat. Okay, hab ich mir beim Zuhören gedacht, keine Ahnung, wovon sie da redet. Aber diese Schnitte wusste echt nur Gutes über ihre BDSM-Freunde zu berichten. Sie hat ausschließlich süße Darklings getroffen, wie sie gesagt hat. Manche davon waren ein bisschen autistisch. Sehen Sie, wenn es strikte Regeln gibt, ist es für die einfacher zu ficken, dann müssen die nicht die ganze Zeit alles deuten. Und dann ist da noch die Sache, dass man zu diesen Treffen gehen kann, so wie man ist, mit all seinen Wunden und Kinks. Aber das war halt ihr Problem. Sie ist da nicht hingegangen, so wie sie war. Sie ist da als die verstörte, zusammengekauerte 13-jährige hin. Ein bisschen, als wäre sie mit einer Gummimuschi zum Gynäkologen gegangen. Oder als hätte sie Plastikkacke aus dem Scherzartikelladen geschissen. Und dann is' sie zusammengeklappt, obwohl alles nach den Spielregeln lief und niemand etwas anderes gemacht hat als vereinbart. Dann hat sie versucht, sich umzubringen. Sie hat ernsthaft versucht, sich umzubringen, und ist nur wegen einem neugierigen Passanten noch am Leben. An der Stelle hab ich mir gedacht, wow, sicher hab ich auch oft dran gedacht, mir das Leben zu nehmen, aber eben nur dran gedacht. Ich hab mir überlegt, Strick oder Hochhaus oder Autobahn oder Zug, aber dann hatte ich immer einen Kloß im Hals. Es ist doch ein ziemlich großer JUMP zwischen Denken und Machen, oder, hab ich sie gefragt, aber sie meinte, bei ihr nich', ihr ist das so in den Sinn gekommen, und sie hat es einfach gemacht. Weil es ihr so scheiße ging. Und ich hab einfach nicht begriffen, wie das geht. Beschließen zu sterben und dann fast zu sterben, ohne dass einem die berühmten Second Thoughts einen Strich durch die Rechnung machen.

Aber die Möglichkeit zu sterben hat sie am Ende gerettet. Das war dann der Wendepunkt, und danach hat sie ihr Leben selbst in die Hand genommen. Als Erstes hat sie ihren Pervofreunden CIAO gesagt. Sie hat Rotz und Wasser geheult, weil sie die Leute echt mochte, aber es war einfach an der Zeit, in eine andere Richtung zu gehen. Sie ist aufs Land gefahren, hat aufs Grab ihres abgefuckten Onkels gepisst und allen erzählt, was er mit ihr gemacht hat. Am Ende hat sie sich bei ihrer Mutti ausgekotzt und sie gefragt, ob die ernsthaft nix gecheckt hat, sie hätte sich doch um ihren Bruder kümmern können. Und dann haben sie sich gezofft. Sie haben geheult und geschrien, sich gegenseitig entschuldigt und vergeben, und das war der erste Schritt auf dem Weg zur Besserung. Aber damit war es nicht getan. Diese krasse Frau hat angefangen zu meditieren. Und dann hat sie Tantra entdeckt. Sehen Sie, die hat gecheckt, dass man Geist und Körper zusammenkriegen muss. By the way, leichter gesagt als getan! Die hat kapiert, dass Meditation allein nicht reicht, weil das nur obenrum passiert, und dass Sex allein nicht reicht, weil das nur untenrum passiert. Aber Tantra bringt beides sozusagen an einen Tisch. Und ich dachte mir damals, vor fünf Jahren, hey, das ist nicht blöd. Ich hab ihr gesagt, das interessiert mich auch, ich schlag immer mit dem Kopf gegen die Wand, wenn ich mit anderen intim werde. Und wissen Sie was? Dann hat sie gesagt, hey, komm einfach mit! Sie war schon bei Hippietreffen auf der ganzen Welt, und als wir uns begegnet sind, war sie gerade auf dem Weg nach Eskilstuna. Komm mit, hat sie gesagt, da ist das größte Tantrafestival in ganz

Nordeuropa. Ich trau mich nicht, hab ich rumgeheult, aber sie so, ach was, und ob du dich traust. Denken Sie mal, wir kannten uns knapp eine Woche. Die war da aber schon so weit, dass sie mir mit ihren bernsteinfarbenen Augen ins Gesicht schauen konnte und vollkommen überzeugend sagte: und ob du dich traust. Und dann hat sich dieses Vertrauen aus ihrem Blick voll so auf mich übertragen. Und ich hab kapiert, dass ich mich traue. Ich bin raus aus meinem muffigen Eckzimmer, und wir haben die Fenster zerschmettert. Und ich bin mit in ihre Bude, weil ich kein eigenes Zuhause mehr hatte. Dieses Kein-eigenes-Zuhause ist auch nur eine Metapher, ich war nicht wirklich obdachlos. Aber eins stimmt: Ich bin mit zu ihr, und da lag auf dem Nachttisch das Buch WAKING THE TIGER – HEALING TRAUMA. Auch das hier stimmt: Wir haben uns sofort verpuppt wie zwei Schmetterlinge. Im Bett hat sie mir ihren Bauch gezeigt. WE ARE HUMAN BEINGS NOT DOINGS stand darauf tätowiert, und ich habe die Buchstaben auf ihrem Unterbauch einen nach dem anderen geküsst. Um den Bauchnabel hatte sie eine Triskele tätowiert, als Erinnerung an ihre BDSM-Zeit. Die hab ich auch geküsst. Sie war so empfindsam, dass die Tantra-Atmung bei ihr ganz von selbst gekommen ist. Wissen Sie, dabei atmet man wie beim Ashtanga Yoga zuerst ein, tief durch die Nase, aber dann muss die Luft durch den Mund raus, mit viel Getöse. Ich war total schockiert, als sie plötzlich diese Geräusche gemacht hat. Voll so, OMG, kriegt die jetzt 'nen Orgasmus, weil ich ihren Bauch küsse? Aber wissen Sie, dieses Geräusch, vor dem ich mich so erschreckt hab, hat dann auch meine Kundalini-Energien zum Fließen gebracht. Ich spürte auf einmal so ein Pulsieren in meiner Muschi. Und der Puls war plötzlich überall in meinem Körper, und ich begann zu zittern. Und wir küssten uns. Sie hat ihre Handfläche sanft wie eine Feder auf meine Vulva gelegt und ganz leicht die Finger bewegt, da kam ich schon. Das ist danach nicht mehr so schnell passiert. Aber wir hatten diesen gemeinsamen Moment. Ich hab zu ihr gesagt, dass ich sie liebe, und damit meinte ich, dass ich alle liebe, und das hat sie voll kapiert. Und dann sind wir nach Eskilstuna. Überall Räucherstäbchen, Klampfenmusik und Leute, die herumstanden wie Statuen und sich minutenlang umarmten. Natürlich hab ich gecheckt, dass die sich alle kennen, die gehören zur gleichen Tantrafamilie und mit mir war nix falsch, aber ich hatte das Gefühl zu zerbrechen, weil keiner mich so lang umarmt hat. Wissen Sie, ich war so hungrig, als ich da hin bin. Ich wollte bis an mein Lebensende umarmt werden. Zum Glück hat meine neue Freundin gut auf mich aufgepasst. Sie hat mir ins Ohr geflüstert: Ich bin deine Doula, hier kannst du als die geboren werden, die du wirklich bist. Dann haben wir, begleitet von Gitarre und Laute und Flöte und Maracas, I'M BEAUTIFUL gesungen und uns an den Händen gehalten. Und hatten eine Loveshower nach der anderen. Dabei kommen dir Blessings wie Regentropfen aus den Fingern, wie Geflüster aus dem Mund, und weil wir so um die hundert waren, plus/minus, hatte das echt Wirkung. Man muss schon aus Beton sein, um das alles zynisch zu sehen. Während der ganzen Sache hab ich total viele wichtige Sachen gelernt, zum Beispiel, dass man nicht um Liebe betteln darf, und dass Leidenschaft ein einziges Ziehen und Schieben ist, und dass beides in Balance sein muss. Aber fuck, jetzt hab ich alles vergessen. Ich hab diese Skills nicht trainiert, und diese Attitude muss man aktiv pflegen, das ist ein Lifetime-Job, BE TRUE TO YOUR HEART, wissen Sie, ich hab das sofort die Schüssel runtergespült, als ich nach Hause gekommen bin. Und dann hab ich wieder mit so einem Troglodyten rumgemacht, un-fucking-believable. Dieser beschissene Ganzkörperschwanz hat im Handumdrehen meine ganze Tantraweisheit abgezapft, und ich verdammte Ziege hab es über mich ergehen lassen. Ich hab komplett vergessen, dass wir mit unserem Atem ins Universum eindringen können, wissen Sie, ich wollte einfach nur Schwanz, Schwanz und noch mehr Schwanz. Aber das ist ’ne andere Geschichte. Ich komm langsam zum aktuellen Hilfsmittel, den zarten Knöpfen. Die haben wir am letzten Tag bei so einem Ritual bekommen, und hey, das sind nicht irgendwelche Knöpfe, wie man sie an Klamotten hat, sondern Zauberpillen. Ich komm jetzt zurück zur Weichheit, was in dem Kontext immer noch das falsche Wort ist, und ich komm auch gleich dazu, warum meine Freundin so einen unfassbaren Kick von Frottee bekommen hat. Sie hatte im Camp so ein weißes Frotteehandtuch dabei, und an sich ist da nix Komisches bei, die besten Handtücher sind aus Frottee. Aber sehen Sie, das hat sie nicht nur benutzt, um sich abzutrocknen, oder für Ölmassagen, sondern sie wollte durchs Frottee genommen werden, Tantrastyle. Ich hab das am vorletzten Abend gecheckt, in der Lovelounge nach der Kakaozeremonie. Das war ein einziges Bacchanal, und ich bin von einer Gruppe zur anderen, hab hier mal gefummelt und da mal geknutscht, aber ich war nicht richtig bei der Sache, weil ich eigentlich im Dunkeln nach meiner Freundin gesucht habe. Ich sehnte mich nach was Bekanntem. Am Ende hab ich sie gefunden. Sie steckte mitten in so einem Haufen, ein Bein hier, das andere da, krasses Petting, Oralsex und Penetration waren hier totally forbidden, Sie wissen schon, Safersex und so. Ich hab mich neben sie gelegt, sodass unsere Köpfe nebeneinander lagen. Zwischen ihren Beinen ging es gerade voll zur Sache und sie war 1hundert% nomind, aber dann ist sie plötzlich aufgewacht, hat mich mit ihren genialen Bernsteinaugen angeschaut und mir auf Finnisch zugeflüstert, und außer uns waren da sonst keine Finnen, Liebes, würdest du mir einen Gefallen tun? Sie sagte: Magst du mir mein Handtuch von da drüben holen und über mir ausbreiten? Danach fragte sie mich: Magst du dich dann auf mich legen, wenn das okay für dich ist? In dem Moment war ich so, ööön, Hautkontakt ist ja eigentlich das A und O bei der ganzen Sache, aber ich hab gemacht, was sie wollte. Die Pettingtypen haben Platz gemacht und sich stöhnend in die anderen Ecke der Matratze verkrümelt. Dann flüsterte meine Freundin, dass sie gerade so sensibel ist, dass sie die Flaumnoppen vom Frottee, diese Wunderschlingen, die da rausstehen, total heftig auf der Haut spürt. Sie hat erzählt, dass sie manchmal für Stunden allein mit ihren Fingern übers Frottee fährt, gegen den Strich, und dann langsam die Hand drauflegt, sie weiterbewegt, und mit der anderen Hand das Handtuch zwischen Zeigefinger und Daumen an der Schlaufe festhält. Dann zieht sie die Schlaufe langsam in die andere Richtung, da, wo die andere Hand unterwegs ist. Da ist dann Spannung und Reibung, die Festigkeit der Schlaufe und die Weichheit der Noppen. Aber diese Weichheit ist nicht wie bei Federn oder Daunen, nicht wie Baum- oder Schurwolle, da ist trotzdem noch eine Resthärte, verstehen Sie? Das ist so ein ganzheitliches Gefühl. Ich hab mich jedenfalls auf sie gelegt, und sie hat mich in die Arme genommen wie ein Cello und auf mir gespielt. Mit ganz kleinen Bewegungen, ich hab gerade so etwas gespürt, aber sie war in 'nem Zustand von o-o-o-overwhelming desire, und abso-fucking-lutely bei der Sache. Dann wollte sie, dass ich ihr Wasser aus einer Flasche über die Muschi kippe, was ich gemacht hab, und dann is das Wasser langsam durch den Stoff auf ihre Vulva gesickert und von da in ihren Schlitz, und dann hat sie angefangen zu stöhnen, mich wieder auf sich gezogen und am Nacken gepackt, ihre Lippen auf meine gelegt und dann voll in meinen Mund reingebrüllt. Da sind unsere Shaktis und Shivas eins geworden, dass die ganze Matratze gebebt hat. Und dann waren da noch die zarten Knöpfe. Das war am letzten Tag. Wir haben uns alle zu so einer Art Abschlusszeremonie versammelt, die ganze gemeinsame Energy gebündelt und einen Spiral Dance getanzt, bei dem sich alle gegenüberstanden, Auge in Auge. Und nach dem Tanzen haben wir die zarten Knöpfe gegessen. Eine winzige weiße Pille, die man sich in den Mund steckt, und danach denkt man an die ganze Wahrheit, die sich einem im Camp offenbart hat, die Wahrheit, die alle mit nach Hause nehmen wollen. Daran dachten wir beim Runterschlucken, und dann drehten wir uns alle um und sagten der Person neben uns, woran wir gedacht hatten. Jetzt kehre ich zu meiner eigenen Sprechweise zurück, Doktor, weil ich mit meiner Geschichte und meiner Kraft fast am Ende bin. Neben mir stand ein Isländer, den ich bei einem Massage-Workshop zwei paar Tage zuvor mit einem Glas Kokosöl eingerieben hatte. Ich schluckte meinen zarten Knopf, nahm die Hände dieses wildfremden Mannes und blickte tief in seine gleichgültigen Augen. Ich sagte ihm auf Finnisch etwas, das ich danach niemandem mehr gesagt habe. Nicht einmal Ihnen.

[17 Minuten 58 Sekunden]

Herr Trostpflaster & Robin Gayle Wright Penn

Kurz nachdem ich aus dem Tantra-Camp zurückgekehrt war, fand ich einen neuen Geliebten, der dachte, er sei mein Trostpflaster, aber das war er nicht. Doch er glaubte nichts von dem, was ich ihm sagte, sondern verkehrte alles ins Gegenteil. Er war groß und wuschelig, und es fiel mir schwer, vorsichtig zu bleiben, zunächst wollte ich das nicht einmal, weil es angenehm war, in etwas Großem und Wuscheligem zu versinken; dort war es so warm wie in einem Schafsfell, bis es zu heiß wurde. Natürlich wusste ich, dass ein Geliebter, der mir jedes meiner Worte im Mund verdrehte, gefährlich war, aber ich kümmerte mich nicht darum. Ich hatte auch eine Freundin, die Betonung liegt auf ›hatte‹, die diese verkehrten Worte zu übersetzen wusste. Sie brachte die Worte wieder zurück an ihren Platz, zurück zu dem, was ich ursprünglich gesagt und gemeint hatte, sodass ich sie wieder verstand. Aber ihre übersetzten Worte blieben nicht lange an Ort und Stelle. Sie wollten schnellstmöglich wieder in ihre Verdrehung, weil ihnen alles andere zu langweilig war. Einmal wies mich meine Freundin zurecht: »Sieh mal, Natalia, wenn du ihm zusäuselst, *Schatz, lass uns gemeinsam ins Spa gehen und unter einem Wasserfall küssen, und er ruft, putz dir die Zähne, du Schlampe, putz sie noch mal und noch mal und noch mal*, gibt es keine Grundlage für eine Beziehung. Ihr lebt nicht in der gleichen Welt. Es lohnt sich nicht, dass du dich dafür kaputt machst. Das ist kein Geliebter wert, nicht einmal er. Komm, wir gehen am Strand spazieren, das Wasser ist noch warm, wir springen ins Meer und essen danach Pfannkuchen mit Lachs, Soulfood. Du musst lernen, allein zurechtzukommen. Du musst lernen, dir den Genuss selbst auf deine Haut zu legen und die Süßigkeiten in deinen Mund. Du darfst nichts von anderen erwarten!« Aber an dem Punkt hörte mein Verständnis auf. Die zurechtgedrehten Wörter kehrten sich wieder um, und ich hörte nur noch meine eigene Stimme und die meines Geliebten, und unsere Stimmen wurden in meinem Kopf zu einer Endlosschleife. Ich beschloss, mich selbst, aus eigener Kraft, aus der Gefahr zu befreien. Ich hatte gehört, dass Literatur einem dabei helfen könne, ein besseres Leben zu leben, und so ging ich in eine Bibliothek und lieh mir ein Buch aus. Es war schwarz, der Schutzumschlag fehlte, der Name des Autors stand in weißen Lettern auf dem Rücken, der Titel des Buches war blau. Der Titel bestand aus einem einzigen Wort, was mir sehr gefiel, und sieben Buchstaben, was mir ebenfalls gefiel. Er hatte gleichzeitig etwas Abstraktes und etwas Konkretes, also konnte ich daraus nicht schließen, was ich darin finden würde, und das war meiner Meinung nach ein gutes Zeichen: Das Buch könnte mich überraschen. Ich beschloss also, dem Buch die Chance zu geben, mir zu helfen. Und es begann vielsprechend. Ich las, ich war begeistert, ich hatte für einen Moment alles andere vergessen, ich hatte meine Libido vergessen, meine sexuellen Vorlieben, das Brennen und den schneidenden, stromartigen Schmerz, für den es keine Worte gab, über den ich auf einer Skala von eins bis zehn immer ZEHN gesagt hätte, selbst wenn das nicht der Wahrheit entsprach, aber ansonsten wäre ich mir noch viel dümmer vorgekommen. Ich las das Buch so, wie gesunde Menschen Bücher lesen. Sie verlieren sich in fremden Welten und begeistern sich für sie, sie sind überrascht, allein aus dem Grund, dass die Welt, die sich vor ihnen eröffnet, so anders ist als ihre eigene, sie nähren sich an sorgsam gestalteten Beobachtungen, die sie selbst nie und nimmer machen könnten, weil ihre Zeit gelebte Zeit ist, nicht geschriebene Zeit. Aber lesen können sie, großer Gott, sind das alles gute Leser! Sie haben ihre Bücher bei sich, wohin sie auch gehen, tragen sie in ihren Taschen, ziehen sie in der Straßenbahn hervor und versinken darin, und ich folgte ihrem Beispiel, plötzlich war ich eine gesunde Person, die in der Straßenbahn saß und in einem Buch versank. Ich verspürte großes Glück, weil die fremden Worte mich forttrugen, so wie sie andere Menschen forttragen, die besser sind als ich. Ich genoss die Art, wie mein Interesse, dieses unförmige, zügellose Ding, dem Text unermüdlich von einer Zeile zur nächsten folgte. Aber ich hatte mich zu früh gefreut. Meine größte Schwäche. Ich zähle die Küken immer, bevor sie geschlüpft sind. Ich halte den flüchtigen Augenblick für die endgültige Wahrheit und freue mich darüber. Ich bin mir sicher, dass ich bis an mein Lebensende überglücklich sein werde, ich bin überzeugt, dass der Kummer mich dauerhaft gebrochen hat, ich denke, dass alles, was ich spüre, real ist, obwohl es nur ein kurzes Aufflackern ist, und nur das Schreiben lässt es real werden. Ich las also ein Buch und war ekstatisch, weil ich plötzlich meinen eigenen Körper verlassen hatte, ich hatte mich in eine Leserin verwandelt, deren Gedanken bewegt wurden, bis, ohne jegliche Vorwarnung, ein Satz kam, ein Satz, der alles zum Erliegen brachte: *Schlag mich, und ich schlage ein paar Mal zurück, wenn du mir nicht glaubst.* In dem magischen Moment, als ich diese Worte las, warf mich der schneidende, stromartige Schmerz plötzlich aus der Bahn, auf der ich mich langsam, aber sicher in Richtung eines BEDEUTSAMEN und VOLLEN Lebens bewegte, eines, wie es andere Menschen lebten, die glatter und vollkommener waren als ich. Sie waren im Laufe der Jahrzehnte immer weiter gewachsen in ihren gesunden, langweiligen Beziehungen, sie beherrschten es, sich ebenso mühelos an andere zu schmiegen und von anderen zu lösen, wie ich es beherrsche, die morschen Hängebrücken meiner zwischenmenschlichen Beziehungen niederzubrennen; sie sind stets hoffnungsvoll auf der Reise irgendwohin, nach vorn, zu ihren Bestimmungsorten und Zielen, sie sitzen in Straßenbahnen, Bussen, Zügen, Schiffen, Flugzeugen, auf Rückbänken oder Beifahrersitzen in Autos und lesen Bücher, bis ihre Augen trocken sind und jucken. Ich war so neidisch! Am liebsten hätte ich ihnen eine Rasierklinge ins Augenweiß gedrückt! Es war natürlich nicht ihre Schuld, dass mein persönliches Vorankommen von einer Steinmauer gebremst wurde, von dem Satz *Schlag mich, und ich schlage ein paar Mal zurück, wenn du mir nicht glaubst*, mit dem sich Herr Trostpflaster – der kein Pflaster war, aber glaubte, eines zu sein – in seiner vollen Größe und Wuscheligkeit in meine Gedanken drängte. Ich zitterte von Kopf bis Fuß. Ich musste das Buch weglegen, weil ich so zitterte. Ich stieg aus der Straßenbahn aus, weil ich umgehend Hilfe brauchte. Ich beschloss, die Telefonseelsorge anzurufen, und dieses Telefonat konnte ich nicht im Beisein anderer Menschen führen. Dort stand ich, der Spätsommer war kurz vor seinem Höhepunkt, obwohl, das rief ich mir prompt in Erinnerung, es um nichts anderes ging als den Tod: Jeder Sommer bietet uns auf sadistische Weise seinen schönen Körper an, nur wegen *memento mori* und so weiter. Ich stand also an der Haltestelle und tippte die Nummer ein, eine Frauenstimme antwortete: »Sie sprechen mit der Telefonseelsorge, wie kann ich Ihnen helfen?« Weil es sich um eine Frauenstimme handelte, stellte ich mir, dumm, wie ich bin, vor, dass wir beide eine Realität teilten. Dass wir die gleichen Bücher gelesen hatten, die gleichen Filme gesehen, die gleichen Lieder gehört, die gleichen Ausstellungen besucht, die gleichen Menschen geliebt, uns von den gleichen Menschen verletzen ließen, denn wieso sollte sie sonst bei der Telefonseelsorge arbeiten, wenn sie nicht so war wie ich? Ich vermutete trotzdem, oder mein Verstand vermutete, dass sie in keinem Fall so sein konnte wie ich, deshalb begann ich meine Beichte nicht damit, von dem großen, wuscheligen Mann zu erzählen, der mich nicht in Ruhe ließ, sondern sich an den merkwürdigsten Orten in meine Gedanken drängte. Ich begann ihr von Sean Penns Ex-Frau zu erzählen, die Robin Gayle Wright Penn hieß und seit der Scheidung nur noch Robin Gayle Wright. Verstehen Sie, sagte ich der Telefonseelsorge, Robin entfernte Penn von ihrem Namen und sich selbst, was hätte sie mit Penn machen sollen, was machte sie überhaupt mit dem Mann oder dem Namen des Mannes, war ihr der eigene Name nicht genug? Ich erzählte der Telefonseelsorge von dem Film *Mißbrauchte Liebe*, in dem Sean Penn und seine damalige Frau Robin die Hauptrollen spielten. Tatsächlich war Sean Penn (der zweite Name in den Credits) damals ein so großer Star, dass sein Name und sein Gesicht es auf die Filmplakate schafften, obwohl sein seltsamer Auftritt zu Beginn des hundertminütigen Streifens lediglich fünf Minuten und ein paar Sekunden dauert. Der gebrochene Mann, den Sean Penn mimt, faselt etwas davon, dass wir Menschen angeblich Magneten seien, Magneten, die nebeneinandergestellt wurden, wiederholt er und bittet um Hilfe, aber ihm ist nicht zu helfen, kein Wunder, denn er redet einen einzigen Mist, der besonders tiefgründig wirken soll. Sein Elend lässt sich weder mit Geld noch Umarmungen beheben, beides bekommt er von einem Staatsanwalt, der von William Hurt (der erste Name in den Credits) gespielt wird und dessen Warmherzigkeit gegenüber Fremden und seelisch Beeinträchtigten den Zuschauern damit veranschaulicht werden soll. Erinnern Sie sich, fragte ich die Telefonseelsorge, an das andere gebrochene Herz in dem Film, an Seans Frau Robin in der Rolle von Hedda? In dem Film weint Robin-Hedda (der zwölfte Name in den Credits), sie lächelt, schwimmt, redet und stapft barfuß wie ein Wildfang durch Los Angeles. Als der Film in die Kinos kam, waren Robin und Sean ein knappes Jahr verheiratet. Nach 14 Jahren Ehe würden sie sich trennen. Ich fragte die Frau von der Telefonseelsorge nicht, ob sie *Mißbrauchte Liebe* gesehen hatte, das kam mir nicht einmal in den Sinn, weil ich annahm, dass alle Frauen, die im Jahr 1997 auf der Welt gewesen waren, dieses skandalöse Gerichtsdrama gesehen hatten. Und dass jede von ihnen an Sean Penns vorherige Ehe mit Madonna denken musste, während sie *Mißbrauchte Liebe* schaute. Erinnern Sie sich an den Baseballschläger, fragte ich die Telefonseelsorge, erinnern Sie sich an die Spitznamen Poison Penns und S&M? Erinnern Sie sich an die Lampe, an das Kabel, mit dem die Sängerin gefesselt wurde, erinnern Sie sich an den Knebel, mit dem ihr der Mund gestopft wurde, erinnern Sie sich an die Polizeistreife, die zu dem Haus in Malibu gerufen wurde?

Erinnern Sie sich, fuhr ich fort, wie Robin Gayle Wright Penns Hedda im Gerichtssaal aufsteht und ihren gewalttätigen Ex-Mann verteidigt, der von Anthony Lucero (der vierte Name in den Credits) gespielt wird? Erinnern Sie sich an Heddas Ausbruch? *He is my arm. He is my leg. Are you over your arm? Are you over your leg? I don't want to be over my arm! I don't want to be over my leg!* Ich wiederholte für die Telefonseelsorge Heddas Worte, die sie unter Tränen gegenüber ihrer Juristenschwester ausspricht und die sich mir 1997 auf ewig eingeprägt haben, als ich noch keine eigenen Erfahrungen mit gefährlichen Liebhabern gesammelt hatte. Anstelle von Robins Gesicht sah ich Madonnas Gesicht und dann Robins Gesicht anstelle von Madonnas Gesicht, hintereinander, so wie man bei der Hase-Ente-Illusion abwechselnd einen Hasen und eine Ente sieht. Genauer gesagt sah ich die Madonna aus der Zeit von *Something to Remember* und hörte in Gedanken das Stück »Live to Tell« von besagtem Album, während Hedda-Robin-Madonna auf der Leinwand unter Eid behauptete, dass zu keinem Zeitpunkt Gefahr bestanden habe, weil der Mann ihr das Kissen so aufs Gesicht gedrückt hätte, dass ihr noch genug Luft zum Atmen geblieben sei. Die Telefonseelsorge hörte freundlich zu, so wie es sich gehört, wenn man einem wildfremden Menschen zuhört, der Hilfe benötigt. Ich war gerade dabei, zum Wesentlichen zu kommen, zu dem Satz *Schlag mich, und ich hau ein paar Mal zurück, wenn du mir nicht glaubst*, und dem schneidenden, stromartigen Schmerz, den er verursachte und der mich in eine prickelnde Liebeslosigkeit schleudern ließ, als plötzlich der Akku meines Telefons leer war.

So viel dazu.

[13 Minuten 41 Sekunden]

Natalias Probleme waren nicht außergewöhnlich, aber die Art, wie sie mit ihrem Schmerz umging, begann mir zunehmend Sorgen zu machen. Wir hatten uns ganze drei Wochen mit ihren Aufnahmen beschäftigt, und schließlich packte sie das Tonbandgerät brav in ihre Tasche, wie vereinbart. Die Minikassetten des Typs Philips 0005, insgesamt drei Stück, überreichte sie mir.

Beim Anhören der Bänder verstand ich allmählich, wohin Natalias Reise ging, obwohl sie sich reichlich Mühe gab, das Offensichtliche zu verbergen. Mir fiel auf, dass Natalia essenzielle Hinweise in ihren Geschichten versteckte und diese als tragikomische Kuriositäten darstellte. Sie redete an der Sache vorbei und offenbarte auf diese Weise, bewusst oder unbewusst, ihre schmerzhafteste Wunde. In ihre Diametralhoden-Erzählung ließ sie das Thema *Vagina dentata* einfließen, das in der post-jungianischen Tradition auf die »schreckliche Mutter« verweist, in deren Scheide ein scharfzähniger Fisch lebt. In ihre Frotteefetisch-Erzählung hatte sie einen inzestuös motivierten Mutter-Tochter-Konflikt eingebaut, den sie jedoch als Teil der Lebensgeschichte ihrer Tantra-Freundin verkaufte. Und natürlich war mir auch klar, zu wem Natalia eigentlich Kontakt aufnehmen wollte, als sie im Zuge der Trostpflaster-Erzählung bei der Telefonseelsorge anrief.

Hatte Natalia diese Hinweise bewusst gesät, sprich, stellte sie meine Berufsfähigkeiten auf die Probe, oder sprachen diese Mythen und Archetypen durch sie hindurch? Wenn letzteres zutraf, wie mir allmählich dämmerte, lag auf meiner Couch eine Sensation, deren Behandlung einen eigenen Artikel verdiente, wenn nicht gar ein eigenes Buch.

Als ich das erkannte, wurde ich von einer beinahe euphorischen Freude erfüllt, die ich zuletzt in der Anfangsphase meiner Promotion verspürt hatte, als noch alles möglich war. Der Gedanke an die Aufarbeitung des Materials, die mir Natalia so selbstbewusst vorgeschlagen hatte, bevor wir uns den kleinen Hörübungen widmeten, erschien mir nicht länger ausgeschlossen.

Ich begann auch, Natalias zuvor absolvierte Übungen in dem neuen Licht dieser Erkenntnis zu sehen. Als Natalia den weiblichen Körper in Mund, Kopf und Torso zerstückelte, erwähnte sie nicht, wessen Körper sie in Wirklichkeit verstümmelte. Natalias Obsession, Sex mit Gewalt zu verknüpfen, hatte vielleicht gar nichts mit Beziehungsgewalt zu tun, wie ich angenommen hatte, sondern mit einer Mordlust, die sie in eine ganz andere Richtung driften ließ. In der Tat, wir näherten uns mit atemberaubendem Tempo dem Ursprung aller Traumata, dem ungelösten Ödipuskonflikt, einer Bühne, auf deren Brettern die *mētēr āmētōr* steht: die Mutter, die keine Mutter ist. Dorthin also ging Natalias Reise, und das machte ihr offensichtlich Angst, weshalb sie alles mit absurdester Fiktion glasierte.

Sie wundern sich vielleicht, wie ich es wagen kann, in dieser frühen Phase so weitreichende Schlussfolgerungen zu ziehen. Transparenz gehört zu meinem Berufsethos, weshalb ich meine Überlegungen gerne darlege. Die Schichtungstherapie ist insofern eine dankbare Therapieform, als sie schneller Wirkung zeigt als traditionelle Psychotherapien. Sieben Schichtungsstunden entsprechen vierzehn gewöhnlichen Therapiesitzungen, eine Tatsache, für die meine Dissertation unwiderlegbare Daten liefert.

Außerdem stützt sich meine Intuition auf jahrelange klinische Arbeit, bei der ich Folgendes gelernt habe: Je emanzipierter eine Frau ist, desto stärker ist sie geneigt, die Öffnung zu ihrem innersten Selbst mit phallischen Präventivmitteln zu vernähen. Dadurch ist die Frau in der Lage, den unbewussten Schmerz aus dem ungelösten Dreiecksdrama ihrer Kindheit zu ertragen. Natalias frühe Fixierung auf Schwulenpornos war diesbezüglich besonders aufschlussreich. Das gleiche Problem versteckt sich hinter der überhöhten Idealisierung ihres Vaters, in der Natalia ein ums andere Mal Zuflucht suchte. Sie sprach von dem aureolenhaften Glanz ihres Vaters, als sie von dem Rätsel um das vergrabene Pornoheft erzählte, und die moralische Überlegenheit ihres Vaters untermauerte sie mit der Epistel, in der sie über den untreuen Ehemann schrieb, der seine Geliebten mit Glasschmuck der Geschwister Sent bestach. Das Tonbandgerät mitzubringen, war ebenfalls eine phallische Geste *per se*, aber Natalia wäre nicht Natalia gewesen, hätte sie das Diktiergerät nicht umgehend kastriert, indem sie ihre Vagina mit einer Aalfalle verglich. An dieser Stelle offenbart sich die Genialität der Schichtungstherapie: Sie treibt die Verwandlung der Dinge in etwas anderes voran und beschleunigt so die Enthüllung symbiotischer

Relationen, für die eine traditionelle Therapie Jahre benötigen würde.

Genügen meine Belege, um Ihre Zweifel zu zerstreuen?

Darf ich Sie nun mit auf die Reise nehmen, zu der die arme Natalia aufgebrochen war?

»Natalia«, sagte ich, so sanft ich konnte, und startete das mit acht Gigabyte internem Speicher ausgestattete Aufnahmegerät von Olympus, das ich von zu Hause mitgebracht und anstelle von Natalias Tonbandgerät auf die Tischdecke aus Spitze gestellt hatte. »Danke Ihnen auch für die letzte Geschichte. Erlauben Sie mir, einen Satz vorzulesen, den ich mir beim Anhören notiert habe. Sie haben erzählt, dass eine Freundin Ihnen folgenden Rat gab: *Du musst lernen, dir den Genuss selbst auf deine Haut zu legen und die Süßigkeiten in deinen Mund.* Das sind weise Worte. Ich denke, dieses Zitat Ihrer Freundin ist ein Schlüssel zu Ihrer Lebensgeschichte. Ich glaube, dass wir uns allmählich dem harten Kern nähern. Es kann unglaublich schwer sein, sich selbst zu genießen, wenn man nicht von klein auf darin unterstützt wurde.«

In meinem Körper spürte ich eine Anspannung, die sich plötzlich im gesamten Zimmer ausbreitete. Natalia, die noch einen Moment zuvor entspannt auf der Couch gefläzt hatte wie eine Robbe in der Sommersonne, war mit einem Mal gespannt wie eine Geigensaite.

Ich fuhr fort und befreite mich von meiner lange vorbereiteten Fragensammlung: »Fühlten Sie sich als Kind darin unterstützt, sich selbst zu lieben? Liebte Ihre Mutter sich selbst? Respektierte sie ihren eigenen Körper? Wurden Sie jemals von ihr liebevoll berührt? Wurden Sie von ihr wohlwollend angesehen?«

Meist gebe ich meinen Patienten hier und da Raum, damit sie die eine oder andere Assoziation aufgreifen können, aber nun versuchte ich es mit einer anderen Taktik. Die Übung, die Natalia aufgreifen sollte, erforderte eine gewisse Vorbereitung, und deshalb lüftete ich schon an dieser Stelle ein wenig den schweren Samtvorhang vor unserer Bühne: »Als Sie in Ihrer letzten Erzählung bei der Telefonseelsorge anriefen, wen wollten Sie in Wirklichkeit anrufen?«

Natalia schwieg eine Weile. Als sie schließlich den Mund öffnete, klang ihre Stimme gedämpft, gewürzt mit einer Prise unterdrücktem Hass, als würde sie vom Grund eines vor Urzeiten ausgetrockneten Brunnens sprechen.

»Meine Mutter hasste meine Sexualität«, flüsterte Natalia. »Deshalb bin ich als Jugendliche zu meiner Großmutter gezogen. Ich habe nämlich schnell begriffen, dass ich in meinem Elternhaus niemals meine Jungfräulichkeit verlieren würde. Dass ich als alte Jungfer sterben würde, wenn ich bleibe.«

Ich brachte es nicht übers Herz, Natalia zu sagen, dass nur wenige von uns ihre Jungfräulichkeit im Kinderzimmer verloren hatten, besonders wenn die Eltern da waren. Ich gab Natalia die Möglichkeit, sich weiter zu öffnen.

»So wie alle anderen wollte ich in dem Alter mit dem Daten beginnen«, sagte Natalia. »Ich wollte auch meine ersten Freunde mit nach Hause bringen. Und das habe ich auch getan! Ich schmuggelte sie in mein Zimmer, also auf den Dachboden, so wie es jede meiner Klassenkameradinnen getan hätte. Nun raten Sie mal, Doktor, was meine liebe Mutter machte! Sie ließ sich immer albernere Vorwände einfallen, um die Treppe hochzuschleichen, um noch ein paar Stufen weiter zu gehen, mit vorgestrecktem Hals, und noch ein paar Stufen, bis sie plötzlich direkt vor meiner Zimmertür stand. Solch eine magnetische Anziehung ging von mir und meinen ersten Freunden aus.«

Es konnte kein Zufall sein, dass Natalia den Magnet-Vergleich anstrengte, den sie in der Aufnahme kurz zuvor noch als Geschwafel von Sean Penns Filmfigur abgetan hatte. Nun klang Natalias von Hass gedämpfte Stimme jedoch so unschuldig, dass es sich keineswegs um Selbstironie handeln konnte. Glaubte Natalia also doch, dass wir Menschen wie nebeneinander gestellte Magnete waren?

Was die erblühende Lust junger Liebender betrifft, würde ich aus eigener Erfahrung sagen, dass die Sache mit den Magneten sich nur in ihren Köpfen abspielt. Uns ältere bringt das eher zum Schmunzeln. In unserer Kultur wird junge Liebe idealisiert, und das wird sich auch nicht ändern, weil es alle so wollen. Sie ist zart wie Puder, frisch wie Zahnpasta, faszinierend wie Walgesang. Sie ist so plastisch wie die View-Master-Bildscheiben über das Leben Jesu: Das Wasser weicht, die Menschen steigen in den Himmel auf, aber für den Moment des Zweifels ist kein einziges stereoskopisches Bild vorgesehen.

»Nein, so war meine Mutter nicht«, sagte Natalia nach kurzer Überlegung. »Sie war dermaßen deprimiert wegen meines Sexlebens, dass sie auf keiner einzigen Stufe innehielt. Sie sprang die Treppe regelrecht nach oben. Sie riss die Tür sofort auf, nachdem sie geklopft hatte, ohne die Antwort abzuwarten. Sie überraschte mich und meinen Freund mit Kakao. Genau das tat sie. Da stand sie also mit einem Tablett in der Hand und zwei dampfenden Tassen darauf …«

Natalias Stimme schallte nicht mehr wie vom Grund eines ausgetrockneten Brunnens. Die Worte waren wie glühend heiße Lava, die Natalia schwallartig hervorstieß, mit der Kraft ihres ganzen vor Wut bebenden Körpers.

»Meine Mutter betritt das Zimmer. Ich höre auf mit dem Blowjob und strecke meinen Kopf unter der Decke hervor. Der Junge ist geschockt, er schnappt sich ein Kissen, um sein Gesicht zu verbergen. Ich bin zwischen seinen Beinen und sehe meine Mutter an. Mein Kopf ist komplett leer. Ich erinnere mich an das angespannte Lächeln meiner Mutter. Ich erinnere mich an ihr Gesicht, das sie zwanghaft zu einem Grinsen verzog. Es hätte nur noch gefehlt, dass sie uns zuzwinkert. Dass sie sagt, hehe, wir sitzen im gleichen Boot! Als ich so alt war wie du, jaja. Das wird schon, öhö, Zwinker-Zwinker. Nur langsam, Kinder, trinkt erst mal eine Tasse heiße Schokolade!«

Natalia atmete schwer und machte sich mit dem Gedanken vertraut, der gerade aufkam. Konnte er wahr sein? Sie beschloss, dass er es war, und legte los.

»Meine Mutter wollte mir mein aufblühendes Sexualleben ruinieren. So einfach ist das. Einmal sagte sie, dass sie Angst habe, ich würde mich mit irgendwas anstecken oder schwanger werden. Sie sprach nicht über Kondome, wie es eine normale Mutter angesichts dieser Themen gemacht hätte. Sie sprach über ihre Ängste. Sie sagte, sie versuche einfühlsam und ehrlich zu sein! Sie war nichts davon! Wenn sie ehrlich gewesen wäre, hätte sie zugeben müssen, dass sie sich nur vor einer Sache fürchtete: davor, dass ich Sex womöglich mehr genoss als sie. Und das tat ich auch! Ich blühte auf. Ich wuchs zu einer Frau heran, und meine Mutter schrumpfte zu einer lügenden Vogelscheuche. Deshalb zog ich zu meiner Großmutter in die Stadt, sobald ich alt genug war.«

Natalia schwieg, aber nur für einen Augenblick. Sie wollte ihre Erinnerung versiegeln, um nie wieder mit Worten darin herumstochern zu müssen. Mit ihrem letzten Satz schien sie mein Gesicht, nicht das ihrer Mutter, auf die Matte zu drücken: »So sieht mütterliche Liebe aus, Doktor!«

Ich war hellauf begeistert. Meine Methode funktionierte besser, als ich jemals zu hoffen gewagt hatte. Wir waren an einer Schlüsselstelle der Therapie angelangt, beim harten Kern der Gefühlsübertragung, dem Moment, den ich nicht vermasseln durfte. Meine Aufgabe bestand nun darin, Natalia behutsam, aber bestimmt zur nächsten Übung zu führen, bei der sie selbst erzählen dürfte, wofür ihre Mutter letzten Endes die Schuld trug.

»Ich habe eine Idee«, sagte ich und begann den Boden zu bereiten, von dem ich hoffte, dass Natalia ihn betreten würde. »In Ihrer Frotteefetisch-Geschichte sagten Sie, dass Sie schlecht im Imitieren seien. Das glaube ich Ihnen nicht.

Ich vermute sogar, dass Sie großen Gefallen am Imitieren finden. Mir ist aufgefallen, dass Sie sich stark von Kunstwerken inspirieren lassen. Sie lieben Malerei, Film, Literatur, so wie ich. Ich schlage also vor, dass Sie sich ein Kunstwerk aussuchen, das für Sie von Bedeutung ist, und damit experimentieren. Als würden Sie selbst darin eintauchen und Ihr eigenes Werk daraus machen. Im buchstäblichen Sinn.«

REHABILITATIONSPROGRAMM
WOCHE 8

Vorgabe: Imitieren Sie ein Idol Ihrer Wahl.
Fokussieren Sie sich dabei auf die mütterliche Liebe.

»Heute werde ich über das 1994 von Niki de Saint Phalle geschaffene Werk *My Men* sprechen. Niki war damals 64, ich hingegen noch jung, knapp 50 Jahre jünger als sie, und hatte noch nie von ihr gehört. Das Werk ist ein Siebdruck aus der Serie *Californian Diary*, und als ich es im Jahr 2014 zum ersten Mal sah, war ich zutiefst erschüttert, denn ich hatte exakt 20 Jahre zuvor, also im selben Jahr wie Niki, ganz ähnliche Drucke angefertigt. Natürlich war ich nicht so versiert wie Niki, sie hatte genug Zeit gehabt, um über alles nachzudenken, um die Striche und Farben zu finden, um geliebt und betrogen zu werden. Mir würde das erst viel später widerfahren. Meine Männer, sofern man sie überhaupt als Männer bezeichnen kann, traten erst in mein Leben, als die wer-weiß-wievielte Welle des Feminismus spurlos über mich hinweggeschwappt und der Diskurs schon wieder weitergezogen war, so wie immer, und als das, worüber ich vielleicht gerne gesprochen hätte, längst einen Platz im Museum bekommen hatte. Ich stand also in einem

Museum, wir schrieben das Jahr 2014, und ich starrte auf diesen Druck aus dem *Californian Diary* mit dem Titel *My Men*. Mir war plötzlich schwindlig und zum Heulen zumute, denn seit dem Jahr 1994 waren zwanzig Jahre vergangen, und vor zwanzig Jahren hatte ich Unglückliche, ohne jemals von Niki gehört zu haben, niki-eske Drucke im Wohnzimmer meiner Großmutter angefertigt, weil mein Bedürfnis, mich auszudrücken, unersättlich war, und ich mir einbildete, Künstlerin zu werden. Das von Niki de Saint Phalle – die inzwischen gestorben war – gezeichnete, gefärbte und vor allem geschriebene *My Men* hing in einem Museum, so wie Niki selbst musealisiert worden war, und um meinen Schock zu überwinden, ist mir nichts Besseres eingefallen, als auf einem Blatt Papier Nikis handgeschriebene Geschichte zu kopieren, die zunächst einmal überhaupt keine Geschichte ist, sondern ein mäandernder Strom aus fast schon koketten Äußerungen, umgeben von allerlei naiven Abbildungen. Genau so etwas hatte ich 1994 auch gemacht! Aber ich war in keinem Museum ausgestellt worden, natürlich nicht, ich war als Gast in diesem Museum, ich stand neben Nikis Werk, weinte leise und beschloss, mich an Niki für ihr Können zu rächen und dafür, dass ich 1994 nicht sie war, indem ich diese unsinnigen, unverblümten Worte mit meiner Hand auf meinen Zettel übertrug. Nur hatte ich keinen. Und ich wollte auch nicht das Museum nach einem Blatt Papier fragen, denn hätten sie eines gehabt, wäre es sicher das falsche gewesen, möglicherweise mit dem Logo des Museums oder liniert, und ich benötigte ein weißes Blatt Papier. Deshalb kehrte ich am nächsten Tag in das Museum zurück. Ich kam morgens um zehn, als das Museum aufmachte. In dem Saal, in dem das *Californian Diary* hing, war niemand außer mir, wie ich gehofft hatte. Ich hatte ein Papier in demselben Format wie *My Men* bei mir und dazu ein passendes Stück Pappe, das mir als Unterlage diente. Und ich hatte verschiedene Farben, genauer gesagt Buntstifte, mit denen ich mich ans Kopieren machte. Ich werde Ihnen meine Arbeit gleich zeigen, und warne Sie jetzt schon, dass sie nicht identisch mit *My Men* ist, und das soll sie auch gar nicht sein. Es gibt nur eine Niki und eine Natalia, und zwischen beiden gibt es einen gewissen Unterschied, warum sollte ich das herunterspielen? Aber vorher noch etwas, das mich stört: Hätte ich einen Vater gehabt, der mich missbraucht, so wie Niki, die deshalb Bilder von Männern mit Dartpfeilen bewarf und sie ins Museum stellte, weil alle Männer in ihren Augen Väter waren, und die auf Gemälde und Skulpturen schoss, welche letzten Endes Männer und Väter waren, und nicht nur Männer und Väter, sondern auch Mütter und Nikis, all jene, die es geschehen haben lassen, und die ihre durchlöcherten Gemälde und Skulpturen ins Museum stellte und dazu noch Besucher einlud, ihre Werke mit Dartpfeilen zu bewerfen und zu beschießen, als handle es sich um ein groteskes Spiel, als könnten sich die Besucher wen auch immer als Ziel vorstellen, irgendeinen Mistkerl, jemanden, der die schießende oder werfende Person irgendwann tief verletzt hatte, obwohl das Ziel in Wirklichkeit niemand anderes war als Nikis Vater, der seine – nun muss ich meine Vorstellungkraft anstrengen, denn ich kenne keine abscheulichen Details und will auch keine kennen – elfjährige Tochter unter irgendeinem Vorwand entblößte und wenigstens seinen Zeigefinger in die trockene Scheide seines vorpubertären Kindes steckte; hätte ich jedenfalls so einen Vater gehabt, würde ich niemals voller Bewunderung über ein Monster namens Gilles de Rais sprechen. Aber Niki de Saint Phalle tat es. Ganz egal, was für ein großer Kriegsheld er war (so groß war er gar nicht: Er hatte im Hundertjährigen Krieg unter Jeanne d'Arc einen kleinen Trupp Männer angeführt), ganz egal, was für einen Titel er trug (adlig war er, aber das ist wirklich keine Leistung), er war in erster Linie ein Kinderschänder und Kindermörder, besonders sechsjährige Jungen hatten es ihm angetan. Außerdem war er mit Niki väterlicherseits verwandt. Und diese Kinderschändergene hatte ihr Vater offenbar von ihm geerbt. Man hätte also annehmen können, dass Niki mithilfe ihrer Kunst zusätzlich zu ihrem Vater, ihrer Mutter und sich selbst auch Gilles de Rais erschießen wollte, aber sie sagte schlicht, dass sie sich für Gilles de Rais *interessiere*. Dass Gilles de Rais als widersprüchliche Person *interessant* sei. Das widert mich an, und über Kinderschänder will ich Folgendes sagen: Sie sind einfach nur abartig. Als ich fünf Jahre alt war, hatte ich noch nie die Wörter ›pädophil‹ oder ›Inzucht‹ gehört, ganz zu schweigen davon, dass ich damals verstanden hätte, dass es auf der Welt Menschen gab, in der Regel Väter, die einem Kind solche Dinge antun konnten, die Niki de Saint Phalles Vater seiner Tochter antat. Doch ich wusste, obwohl ich erst fünf war, dass es, abgesehen von der Liebe zwischen Vater und Tochter, auch eine Kluft gibt, etwas, das es weder zwischen Mutter und Tochter gibt, noch zwischen Vater und Mutter. An einem Tag im Sommer kam ich mit meinem Vater aus der Stadt zurück. Wir hatten zusammen Essen eingekauft. Ich hatte unsere kleinen Einkäufe mit der Systematik einer Fünfjährigen in den Korb gelegt, holte auf Geheiß meines Vaters Waren von den Regalen und lernte dabei zu lesen. Ich las die Buchstaben EMMENTALER und legte den Emmentaler in den Korb und platzte beinahe vor lauter Stolz. Wir kauften nicht viel ein, nur so viel, dass wir den Einkauf auf unseren Fahrrädern transportieren konnten: genauer gesagt in dem Korb hinten auf seinem Gepäckträger, in den er die Milch legte, Käse, ein Brot sowie zwei Bier, eins für meine Mutter, das andere für ihn selbst, und in dem Korb an meiner Lenkerstange, in den ich die größte aller Köstlichkeiten legte, den ukrainischen Salat, der gleichzeitig sauer, salzig, bitter und süß war. Wir fuhren nebeneinander nach Hause, mein Vater auf der Straße, weil er erwachsen war, und ich auf dem Fußgängerweg, weil ich ein Kind war. Und ich rief meinem Vater zu: ›Schau, Papa, wir fahren Brust an Brust!‹ Mein Rad hatte seit Beginn des Sommers keine Stützräder mehr, ich konnte selbstständig fahren, und so fuhr ich neben meinem Vater, wie bereits gesagt. Aber als ich diese Worte ausgesprochen hatte, *wir fahren Brust an Brust*, wurde ich schneller, weil ich mit ihm mithalten wollte, und trat mit aller Kraft in die Pedale, und dann, plötzlich, riss mein Lenker herum. Ich verlor die Kontrolle über mein Rad. Der ukrainische Salat flog in hohem Bogen über meinen Lenker auf den Asphalt, wo das Einmachglas zerbrach, und auch ich flog im hohen Bogen über den Lenker, landete mit dem Kinn voran auf dem Asphalt, wo mein linker Handrücken und meine rechte Handfläche gleichzeitig aufschlugen. Weil ich so viel Schwung hatte, kam ich nicht sofort wie an einer Mauer zum Halten, sondern schleifte einige Zentimeter über den Boden, mein Blut spritzte und ich hatte Schürfwunden am Kinn und beiden Händen. Ich schrie wie am Spieß, ich dachte, ich würde sterben, der Schmerz war so groß, dass ich sterben wollte. Mein Vater stellte unsere Räder ab und nahm mich auf den Arm. Er beruhigte mich, während er mich in seinen starken Armen trug, bis nach Hause war es nicht weit. Mutter lief uns auf der Straße entgegen. Sie hatte mein Gebrüll bis drinnen gehört, meine Stimme war laut, die lauteste im Dorf, und alle wussten immer, wo ich war, selbst die Krähen hatten vor meinem Lachen Angst. Meine Mutter desinfizierte die Wunden und sah nach, ob ich noch alle Zähne hatte. Mein Vater ging zurück, um die Räder und den Einkauf zu holen. Den ukrainischen Salat und die Glasscherben packte er in eine Plastiktüte, für gewisse Zeit war der Salat bei uns tabu. Ich bin mir nicht ganz sicher, wann ich es begriffen habe; ob es in dem Moment geschah, als ich mit blutigem Kinn auf dem Asphalt lag, als ich durch die Luft flog, oder erst als ich zu Hause war, ganz egal, ich begriff mit der Bewusstseinsschärfe einer Fünfjährigen, dass ich hingefallen war, weil ich zu meinem Vater gesagt hatte, *wir fahren Brust an Brust*. Ich hatte eine unsichtbare Grenze überschritten, eine Grenze, die zwischen Vater und Tochter errichtet worden war und dort bleiben musste, andernfalls würde man sich im Bereich des Kriminellen bewegen. Ich hatte in Gegenwart meines Vaters von *Brüsten* gesprochen, und wir beide hatten welche, ich hatte Brüste, mein Vater hatte Brüste, aber nur meine Mutter hatte Brüste, die von Bedeutung waren, die Art von Brüsten, die ich unwissentlich gemeint hatte, als ich davon sprach, Brust an Brust zu fahren. Meine Mutter hatte große Titten, aus denen ich fünf Jahre zuvor Milch getrunken hatte, aber nun gehörten mir diese Brüste nicht mehr. Als ich und mein Vater Brust an Brust gefahren waren und ich das ausgesprochen hatte, beging ich mehrere Verstöße, für die ich mich schämen und hinfallen musste. Ich hatte die Brust meiner Mutter, die einzige erwähnenswerte Brust in unserer kleinen Familie, zwischen mich und meinen Vater gestellt; indem ich rief, *wir fahren Brust an Brust*, hatte ich meinen Vater zu meiner Mutter gemacht und aus meiner Mutter ein Fortbewegungsmittel. Ich hatte meinen Vater zu etwas gemacht, das er nicht war und niemals sein würde, ich hatte meinen Vater in eine gigantische Drüse verwandelt, aus der fettige, weiße Milch tropfte, und ich war breitbeinig auf dieser Drüse geritten wie Baron von Münchhausen auf seiner Kanonenkugel. Kein Wunder, dass ich stürzte! Deshalb möchte ich behaupten, dass schon ein kleines Kind von Niki de Saint Phalle verlangen könnte, Gilles de Rais ohne Wenn und Aber zu verurteilen, ihren Großgroßgroßgroßgroßgroßvater oder was auch immer, anstatt mit stolzer Stimme zu verkünden, Gilles de Rais sei interessant. Jetzt zeige ich Ihnen meine Version von *My Men*. So sieht sie aus:

Liebes Tagebuch,

(1) Ich habe mir stets Männer
ausgesucht, die mich am Ende
betrügen wie mein Vater

Du bist ein komischer Vogel
Sexy Schlangen

(2) Ich wollte immer wieder
betrogen werden, um zu beweisen,
dass Männer immer betrügen

(3) Ich habe mir interessante,
oftmals geniale Männer
ausgesucht, allesamt Frauenhelden.
Ich fühlte mich angezogen von
augenscheinlicher Stärke, Selbst-
sicherheit, Freiheit, sogar von ihren
schnellen Ausziehtechniken,
die mir dabei halfen, mich zu befreien.
Wenn man in einem Kloster erzogen
wurde, fällt es schwer, nicht über-
trieben bescheiden und verklemmt zu sein.

④ Wovon waren sie abhängig?
Der Anerkennung anderer Männer für ihre unzähligen Frauen?? Ihrer Mutter? Ihrer Angst vor Frauen? Einem schwachen Ego? Konkurrenzdenken? Wie torhungrige Fußballspieler? Verlangen nach Kontrolle?
(Ja) NON

⑤ Diese Männer liebten mich, regten meinen Verstand an, inspirierten mich, aber ich habe mich ihnen nie ganz offenbart. Ich blieb ein Rätsel. Meine Arbeit kam an erster Stelle. Mein Schutz, meine Unabhängigkeit, meine chère innere Freude, nichts von dem, was sie mir bieten konnten, reichte daran heran. Meine Männer (diese Monster) waren meine Musen. Das von ihnen verursachte Leid und meine Rache nährten viele Jahre meine Kunst.
Ich danke ihnen.

Ich bin süchtig nach Humor.
Ich vergebe alles, wenn man mich
zum Lachen bringt.

DRINGEND Ruf mich sofort
an oder ich töte
dich

Kalifornische
Berge

Ich hatte letzte
Nacht einen seltsamen
Traum du warst ein Gorilla

In meinen
Werken
stelle ich Männer oft als Tiere dar.

Warum?

Friss oder (und)
werde gefressen.

Flieg mit mir davon.

MERCI MEINE
MÄNNER MEINE
TIERE OUI

Ich mag
Schildkröten

Ja
Vielleicht?

Personal

Ich träumte, ich sei
Lady Godiva

Worum geht es eigentlich?

(6) Meine Rache an diesen Männern
Verlassen ich setzte den Beziehungen
ein Ende plötzlich kannte ich
keine Gnade. AUF WIEDERSEHEN!

Desolée salaud
ordure je me vengerais Danke
Hör auf in jedes Bett zu für die Blumen
springen du dummes Känguru
Du erinnerst mich
an eine Kuh, nicht an einen
Bullen

HILFE! Du? Ich? Ich
Wer ist der Bär? Ich? Du? Dummkopf
Wer ist die Robbe?

(7) Gott sei Dank fühle ich mich zu
diesem Typ Mann nicht länger
hingezogen. Endlich Rettung!
Jetzt weiß ich, dass ich jemanden
bevorzuge, der sich beim Ausziehen
Zeit lässt ...

Was sagen Sie dazu, Doktor? Mein Vater war komplett anders als Niki de Saint Phalles Monstervater, und auch meine Geliebten waren sicher andere Kaliber als Nikis Geliebte. Vielleicht war einer der Männer in meinem Leben ein vollblütiger ›Womanizer‹, aber nur einer – ich finde, das ist ziemlich wenig. Ich kann mich nicht mit Nikis Leben identifizieren, nur mit ihrer Handschrift, die meiner eigenen verblüffend ähnlich ist, die im Teenageralter größer und immer schnörkeliger, wilder und zügelloser wurde, weshalb ich vielleicht den unwiderstehlichen Wunsch verspürte, Nikis Gekritzel zu kopieren. Genau, kopieren. Einfach so. Sagen Sie, Doktor, warum will ich die Sätze nicht umkehren? Warum verspüre ich nicht das geringste Bedürfnis, zu schreiben, *Ich habe mir nie Männer ausgesucht, die mich betrügen*, was zum Teil der Wahrheit entspricht, sofern man Betrug als Untreue definiert. Warum muss ich krampfhaft schreiben, *Ich habe mir stets Männer ausgesucht, die mich am Ende betrügen,* und warum in aller Welt ziehe ich, um Niki zu kopieren, meinen eigenen, guten und redlichen Vater in diese Sache hinein und stelle ihn in eine Reihe mit diesen Betrügern? Ich möchte schreiben, wieder und wieder und wieder, *die mich am Ende betrügen wie mein Vater*, weil er sich nicht für mich, sondern für meine großbusige Mutter entschieden hatte, was vollkommen normal ist, so soll es sein. Und meine Mutter hatte sich für ihn entschieden, selbstverständlich, meine großbusige, redliche Mutter, die tagsüber bereit gewesen wäre, für mich zu sterben. Aber nur tagsüber. Nachts wäre sie bereit gewesen, mich zu töten. Ich glaube, wenn ich jetzt von Ihrer Couch aufspringe, rausgehe und Passanten frage, ›War Ihre Kindheit glücklich oder unglücklich‹, würde der Großteil der Antworten etwa so lauten: ›In meiner Kindheit gab es sowohl glückliche als auch unglückliche Tage.‹ Großer Gott, wie genial wäre es, wenn ich so antworten könnte! Dass es ganze Tage gab, die vor Glück überquollen, vollkommene Glückstage. Cumuluswolkentage, Zitroneneistage, Waldabenteuertage, Käsebrot-in-Wachspapier-Tage. Aber die Tage meiner Kindheit waren nur zur Hälfte mit Glück gefüllt. Die andere Hälfte floss über vor Sorgen. Nur die Tage, an denen mein Vater auf Reisen war, waren voller Glück, aber auch dieses Glück wurde von einer verstimmten Traurigkeit getrübt, weil ich meinen Vater schrecklich vermisste und zur selben Zeit seine Rückkehr fürchtete. Ich liebte ihn jeden Tag meines Lebens mit jeder Faser meines Körpers! An den Tagen, an denen er auf Reisen war, legte ich meine Liebe in eine mit Watte ausgelegte Streichholzschachtel. Die winzige Glasperle, in die ich imaginär die ganze Liebe für meinen Vater übertrug, die Glasperle, die mein Vater mir als Andenken von einer seiner Reisen mitgebracht hatte, war glatt und kalt, und wenn man sie sich zwischen Daumen und Zeigefinger vor die Augen hielt, wie ich es oft tat, wenn ich allein mit meiner Mutter war, wurde ich ins Weltall geschleudert, zwischen Sternenstaub und ferne Galaxien, denn das ganze Universum steckte in dieser Glasperle. *Ich wollte immer wieder betrogen werden, um zu beweisen, dass Männer immer betrügen*, schrieb Niki, und ich tat es ihr gleich, und ich wusste schon als Kind, oder zumindest wusste mein vernünftiges Ich, dass mein Vater es nicht mit Absicht tat, er hatte mich nicht mit Absicht auf Platz zwei hinter meine Mutter gestellt. Er konnte nichts dafür! Er konnte ebenso wenig dafür, dass ich nachts nicht einschlief, wenn er zu Hause war. Aber ich konnte auch nichts dafür. Und am allerwenigsten konnte meine emsige Mutter etwas dafür, deren unerschütterlicher Sinn für Gerechtigkeit zu später Stunde erste Risse bekam, was nicht verwunderlich ist, denn ich war einfach unmöglich. Ich brüllte sie in zehnminütigen Intervallen mit verheulter Stimme an mein Bett und war am Ende selbst erschöpft davon, aber ich musste einfach brüllen, denn hätte ich nur fünfzehn Minuten den Mund gehalten oder so getan, als ob ich schlief, hätten sie meine Zimmertür geschlossen, und meine Welt wäre unwiederbringlich in sich zusammengestürzt, so wie es bereits viele Male geschehen war. Spätestens um sieben Uhr abends begannen meine Eltern, meine Vernichtung vorzubereiten, und hörten Schritt für Schritt auf, meine Eltern zu sein. Um sieben Uhr erhob einer von beiden die Stimme, in der Regel meine Mutter, um mir zu signalisieren, dass es für mich langsam an der Zeit war, unter der Bettdecke zu verschwinden und zu sterben. Sie sprach von Abendbrot, Zähneputzen und Pyjama, und weil meine Mutter, wie auch mein Vater, wussten, dass ich mit diesen drei Dingen Stunden vertrödeln konnte, fingen sie immer früher an, davon zu sprechen. Ich erinnere mich genau an den Winter, in dem sie anfingen, mich erst um acht ins Bett zu treiben. Aber vergebens. Mein Vater, der tagsüber der beste Vater der Welt war, hatte sich vor dem Fernseher verschanzt, während meine Mutter ununterbrochen wiederholte, ich solle ins Bett gehen. Mein Vater, den ich im Vorbeigehen herausfordernd ansah, während ich langsam mein allabendliches Programm abspulte, tat so, als würde er nicht verstehen, worum es bei dem ganzen Theater überhaupt ging. Er wartete nur auf den Moment, in dem er mir seinen todbringenden Gutenachtkuss geben könnte, dessen Zweck es war, mich zu betäuben, so wie man einen Schmetterling mit Chloroform betäubt; damit sie meine angelehnte Zimmertür schließen könnten und er Es meiner Mutter machen oder sie dazu bringen könnte, Es ihm zu machen, was meine Mutter im Grunde nicht mochte, aber was mein Vater sie mit seinem Zauber zu mögen brachte. Wenn ich also schreibe, *ich habe mir stets Männer ausgesucht, die mich am Ende betrügen wie mein Vater*, wie Niki schrieb, und wie ich es ihr gleichtat, dann liegt der Betrug genau darin, in dem Zauber, der von meinem Vater ausging, aber nicht aus Bosheit, sondern weil er nicht anders konnte. Im Bann des Zaubers verlor meine Mutter all ihren Verstand, all ihren Stolz. Wenn meine Mutter verzaubert war, glaubte sie, unter meinem Vater liegen und von ihm gerammelt werden zu wollen. Manchmal glaubte sie, auf meinen Vater klettern und fliegender Schwan oder wühlender Maulwurf spielen zu wollen. Da stand ich dann in der Tür zu ihrem Schlafzimmer und starrte auf das dunkle Bett, in dem sich zwei Gestalten bewegten und

Laute von sich gaben, bis ich begriff, dass nur mein Vater Laute von sich gab. Er keuchte. Meine Mutter hatte vor langer Zeit tatsächlich allen erzählt, dass sie während meiner Geburt nicht geschrien hatte, im Gegensatz zu den anderen Frauen auf der Station; dass sie ohne jegliche Geräusche presste, im Gegensatz zu den anderen Frauen, die vor Schmerzen heulten, brüllten, kreischten, gurgelten und lallten. Sie schrien in einer Sprache, die nicht einmal Gott verstehen konnte. Das Ganze musste meine Mutter vor, während und nach meiner Geburt über sich ergehen lassen, die ganze Zeit, während sie auf der Station war. Und schon am ersten Tag beschloss sie, von Wehen geplagt, dass sie im Stillen gebären würde. Ich bahnte mir klammheimlich meinen Weg auf die Welt, ohne die Kraft des Luftholens und Ausatmens, und begann selbst zu atmen, natürlich nicht ohne zu schreien, aber die Regel meiner Mutter galt immerhin nicht für Neugeborene. Und selbst als ich größer wurde, hörte ich nicht auf zu schreien, ich sagte ja bereits, dass ich die lauteste Stimme im Dorf hatte. In dieser Beziehung waren meine Mutter und ich ziemlich unterschiedlich. Wenn ich ein Baby aus meiner Mumu herausschieben sollte, dann nicht, ohne zu schreien. Das wusste ich schon als Fünfjährige. Babys sind so viel größer als Mumus, oder zumindest war meine Mumu kleiner als das kleinste Frühchen. Das war die eine Sache, die ich nicht begreifen konnte. Und wenn jemand seinen Pimmel in meine Mumu geschoben hätte, so wie es mein Vater mit meiner Mutter tat, wäre ich mit Sicherheit nicht still geblieben. Der Pimmel meines Vaters war ebenfalls größer als meine Mumu. Das war die andere Sache, die ich nicht begreifen konnte. Natürlich ging ich davon aus, dass bei einem heranwachsenden Mädchen auch die Mumu mitwächst: Vielleicht wird sie tiefer, so wie die Arme und Beine sichtbar länger und stärker werden. Aber war in meiner Mutter genug Platz? Das glaubte ich nicht. Und trotzdem blieb sie still. Meiner Meinung nach hätte es genau andersherum sein müssen: Mein Vater hätte still bleiben müssen, nicht meine Mutter, aber so war es nicht. Und außerdem ergab sich daraus ein neues Dilemma. Ich konnte nicht in mein Bett zurück, wenn ich schon da stand. Wäre ich in mein Bett zurückgegangen, um darauf zu warten, dass Es vorbei ist – denn ich kapierte, dass Es, auf die eine oder andere Weise, irgendwann vorbei sein würde –, hätte ich die ganze Sache akzeptiert. Aber ich akzeptierte es nicht! Deshalb drang ich ins Bett meiner Eltern ein und brachte sie damit aus der Fassung. Ich tat es widerwillig. Vor meinen Eltern hatte ich keine Angst, aber wie ich bereits Millionen Mal gesagt habe, diese zwei umhertobenden Gestalten, von denen eine keuchte, waren nicht meine Eltern. Sie hatten freiwillig aufgehört, meine Eltern zu sein. Ich konnte nicht verstehen, weshalb. Nein, jetzt rede ich wieder Unfug. Natürlich verstand ich damals als Fünfjährige, dass diese abstoßende Handlung für meinen Vater, wie für alle Väter auf der Welt, *essenziell* war, wohingegen sie für meine Mutter, wie für alle Mütter auf der Welt nicht essenziell war, sondern *schädlich*, oder zumindest *unnötig*. Und trotzdem gab sich meine Mutter dem Zauber hin und ließ sich in seinen Bann ziehen. Das war die dritte Sache, die ich nicht begreifen konnte. Ich konnte nicht begreifen, warum meine Mutter, die um sieben noch weitestgehend meine Mutter war und eine Art Restwillen besaß, mich ins Bett scheuchte, während mein Vater konzentriert fernsah. Meine Mutter war also bereits teilweise verzaubert worden, und dies ließ sie so ungeduldig mit mir sein. Aber an welchem Punkt war das passiert? Ich konnte meinen Vater nie auf frischer Tat ertappen. Er war stets entspannt, fröhlich und unkompliziert, außer wenn er wütend wurde, aber das ist eine andere Geschichte. Und weil ich keinen Einfluss auf diese Situation hatte, die abends ab sieben Uhr ihren Lauf nahm, weil ich meiner Mutter, die mich ins Bett brachte, nicht hinterherbrüllen konnte, *lass es diese Nacht nicht geschehen*, obwohl ich Lust dazu hatte, blieb mir nur eine Alternative: Es durfte niemals Nacht werden. Ich rief meine Mutter also zum hundertsten Mal an mein Bett und stammelte ›ich kann nicht schlafen‹, ›ich will trinken‹, ›ich muss Pipi‹, ›mir ist heiß‹, ›mir ist kalt‹ und was auch immer mir in den Sinn kam, als ich nach meiner Mutter gerufen hatte und ihre schweren Schritte vor der Tür hörte. Meine Mutter konnte mich nicht töten, selbst wenn sie wollte, sondern musste ein ums andere Mal wiederholen: ›Kindchen, was hält dich wach, warum schläfst du denn nicht?‹

So war meine Kindheit, Doktor. Jeder einzelne Tag voll Glück und jeder Abend voll Sorgen, abgesehen von den Tagen, an denen mein Vater auf Reisen war.«

Spätestens jetzt musste ich zugeben, dass es eine geniale Idee von Natalia gewesen war, das Aufnahmegerät mitzubringen. Die Präsenz des Geräts half ihr dabei zu entspannen. Auch in dieser Beziehung war Natalia anders als der Großteil der Menschen, die ich kannte. Viele erschaudern allein bei dem bloßen Gedanken, ihre eigene Stimme zu hören. Unsere Stimme klingt so anders, so fremd und doch seltsam vertraut, wenn sie von außerhalb unseres Schädels kommt. Ich selbst musste während meiner Promotion lernen, den Klang meiner Stimme auf Band zu ertragen. In meinen Ohren hörte sie sich an wie Blöken, wie das verlogene Gerede eines übereifrigen Laienpredigers. Ich sah mich gezwungen, meinen Mentor zu fragen, wie meine Stimme in seinen Ohren klang. Seiner Meinung nach war sie wie gemacht für die therapeutische Arbeit, ruhig und klar, und damit musste ich mich zufriedengeben, auch wenn meine Ohren etwas anderes sagten.

Natalia hingegen schien den Klang ihrer eigenen Stimme zu lieben, egal ob sie aus ihrem Mund kam oder vom Band. Und sie musste sich auch keine Sorgen mehr darüber machen, dass unsere Gespräche sich in Luft auflösten. Die Melodien ihrer Erzählungen, selbst die kleinsten Schwankungen in ihrer Stimme, blieben für die Nachwelt erhalten. Nun konnte sie sich dem Flow hingeben und ihre Eltern aus den Augen einer enttäuschten Fünfjährigen betrachten.

Ich war begeistert: Die Saint-Phalle-Geschichte hatte meine Hypothese bestätigt. Natalias chronisches Verlangen nach Männern entsprang exakt dort, wo ich angenommen hatte. Es war eine Wiederholung kindlichen Schmerzes, der Versuch, die furchteinflößenden Zauberkünste heraufzubeschwören, die Natalia im Besitz des männlichen Geschlechts vermutete. Aus diesem Grund war sie bereit, ihren Körper jedem zu überlassen, der sie darum bat.

Aus Sicht der Schichtungstherapie befand sich Natalias Libido in einem sklerotischen Zustand. Trotz vermeintlicher Aktivitäten überwinterte ihre Libido wie ein Mutterkornpilz, der ein Getreidekorn besetzt hat und nach Expansion strebt, mit dem Ziel, seinen Wirt zu zerstören. Die Frage ist, wer gewinnt: der parasitäre Schlauchpilz oder das nährende Getreide? Selbstzerstörerische Kopulation nach dem Schema *in and out* oder liebevolle Vereinigung?

Es war nun an Natalia, den *pater omnipotens* entschlossen von der Bühne und die *mētēr āmētōr* aus dem Rampenlicht zu stoßen. Natalia musste den Mut finden, die Kulisse zu verlassen und auf die Bühne zu treten, in das gleißende Licht, in den magischen Punkt, an dem sie sich selbst genügte.

»Ich habe einen Vorschlag«, sagte ich, als unsere Stunde sich dem Ende näherte. »Wir befinden uns meiner Ansicht nach, in einer Phase, in der wir vorsichtig Ihr Innerstes untersuchen können, Ihre persönliche Lust. In aller Ruhe.«

Ich hielt kurz inne, aber da Natalia nicht reagierte, fuhr ich fort. »Zu Beginn der Therapie haben Sie eine eindrucksvolle Zeichnung von einem erigierten Penis angefertigt. Wie wäre es, wenn Sie für unsere nächste Stunde eine Zeichnung Ihrer Schatztruhe anfertigen, zum Beispiel mithilfe eines Handspiegels? Und eine Geschichte darum herumbauen? Sie kennen doch die Vagina-Monologe? Etwas in die Richtung, aber ganz anders. Etwas, das sich für Sie natürlich anfühlt.«

Natalias Probleme lagen selbstverständlich nicht in ihrer Scheide, aber ich kannte sie bereits so gut, dass ich schon jetzt den Nutzen, ja, sogar das Durchbruchspotenzial dieser Übung sah. Zeichnen ist die meditative Verbindung von Hand und Verstand, und Natalia hatte dringenden Bedarf an Übungen, die solche Verbindungen stärkten. Indem sie die Worte von Niki de Saint Phalle in ihrer eigenen Sprache und ihrer eigenen Handschrift kopierte, war sie endlich frei genug geworden, um die zentrale Frage zu stellen, die sich jedes Kind stellt: »Weshalb habt ihr mich gemacht, um mich dann zu verstoßen?« Wie tief würde Natalia graben, wenn sie ihre Genitalien zeichnete, Stück für Stück, ohne auf die Zeit zu achten? Welche Fragen würde sie ihrer von Falten verhängten Öffnung stellen, dem Ort, auf den prüde Amerikanerinnen mit dem Wortpaar *down there* verweisen und den keine Frau mit eigenen Augen sehen kann, außer sie benutzt ein Hilfsmittel?

»Selbstverständlich müssen Sie mir die Zeichnung nicht zeigen«, sagte ich, denn Natalia antwortete weiterhin mit Stillschweigen auf meinen Vorschlag. »Es wäre Ihre ganz persönliche Zeichnung, Ihr Geheimnis. Wir können uns auf die Gedanken konzentrieren, die durch diesen Prozess geweckt werden.«

Fand Natalia, die in Bezug auf freizügige Geschichten keinerlei Hemmungen zu haben schien, während sie diese im Liegen auf meiner Couch erzählte, dass die Übung, die ich ihr vorgeschlagen hatte, plötzlich unpassend, geradezu obszön war?

Natalias Reaktion überraschte mich einmal mehr.

»Sie wollen also, dass ich meine Muschi zeichne? Daran hatte ich noch gar nicht gedacht. Lassen Sie mich kurz nachdenken.«

Natalia wickelte eine Strähne um ihre Finger und begann damit herumzuspielen, als ob diese Bewegung es ihr leichter machen würde, meinen Vorschlag zu eruieren. »Ihre Idee ist gar nicht so schlecht«, sagte sie schließlich mit einer merkwürdig sachlichen Stimme. »Darf ich es mir noch überlegen?«

Ich hatte noch nicht einmal meinen Mund geöffnet, um ihr zu sagen, dass sie selbstverständlich so lange überlegen konnte, wie sie wollte, als sie mir bereits einen Gegenvorschlag unterbreitete.

»Sie kennen noch nicht alle Seiten von mir«, setzte Natalia an, worauf ich gerne gesagt hätte, natürlich nicht, nicht einmal sie selbst tat das, und deshalb war sie ja zu mir gekommen, damit sie sich mit all ihren Seiten vertraut machte und lernte, mit ihnen zu leben. »Passt es Ihnen«, fragte Natalia zaghaft, »wenn ich nächstes Mal Veronica mitbringe? Und wir die Übung komplett ausfallen lassen?«

Mit diesem Zug hatte ich nicht gerechnet. War Veronica eine neue Freundin von ihr? Warum in aller Welt wollte sie eine Freundin mitbringen? Wollte sie, dass ihre Freundin mir etwas erzählte, das sie selbst nicht erzählen konnte oder wollte? Aber Natalia hatte doch keine Freunde mehr, oder zumindest behauptete sie das. Wer also war diese Veronica?

Oder meinte Natalia damit, dass sie selbst als Veronica kommen würde, und wenn ja, was hieße das dann? Und warum sagte sie es nicht einfach, sollte dem so sein: »Passt es Ihnen, wenn ich nächstes Mal als Veronica komme?«

»Wer ist Veronica?«, fragte ich.

»Veronica ist Veronica«, antwortete Natalia in einem Ton, aus dem ich sofort heraushörte, dass sie nicht weiter darauf eingehen würde.

Ich war gerade dabei zu sagen, dass es leider nicht möglich sei, Außenstehende mit zur Therapie zu bringen, als Natalia von der Couch aufsprang und aufschrie: »Oh nein, fast hätte ich es vergessen!« Sie sammelte fluchend ihre Sachen zusammen, huschte in den Flur, um sich ihre Straßenkleidung anzuziehen, und kehrte schließlich zur Tür zurück, um zu erklären:

»Ich habe aus Versehen einen Zahnarzttermin gleich nach der Stunde ausgemacht. Ich habe vergessen, dass ich mit dem Rad unterwegs bin!«

Dann verschwand Natalia aus dem Zimmer, ohne sich zu verabschieden.

Eine Woche später lag Veronica samt Wecker auf der Couch. Wie ich erwartet hatte. Offenbar genügte Natalia eine gigantische schwarze Perücke und ein lächerliches Outfit, damit sie sich von einer Fee in einen Vamp verwandelte, von einer Heiligen in ein Flittchen. Mit exakt diesen Worten erklärte sie mir ihre Verwandlung: »Heute bin ich Vamp und Flittchen. Keine Fee und garantiert keine Heilige!«

Es fiel mir schwer, mir Natalia als Fee vorzustellen, denn sie war ein gutes Stück größer als ich; im Grunde war sie in jeder Hinsicht, in der Breite wie in der Höhe, größer als ich. Natürlich war es möglich, dass sie sich in einer anderen Umgebung, im Verhältnis zu einer anderen Person, selbst als feenhaft empfand. Der Gedanke an Natalia als Heilige war jedoch absurd. Für meinen Begriff sind Heilige körperlich fragil, aber geistig stark wie ein Bär. Ihr Geist ist auf einen klaren Punkt ausgerichtet, auf Gott, und Gott trägt Sorge um ihren Geist, und deshalb geraten ihre Gedanken auch nicht auf Abwege. Natalia hingegen war wohlgenährt und energisch, aber ihr armer Geist verloren. Tugendhaftigkeit im religiösen Sinne legte sie mit ihrem Verhalten genauso wenig an den Tag wie mit ihren Gedanken, weshalb es sich bei ihrer Stichelei um nichts anderes als bitteren Sarkasmus handeln konnte.

Dies ging mir durch den Kopf, als Veronica plötzlich den Wecker schnappte, ihn neben sich an die Wand stellte und sich auf den Bauch drehte. Sie hob den Hintern, stützte sich auf ihre Ellbogen, wandte mir das Gesicht zu und starrte mir in die Augen.

Das hatte bisher niemand getan. Niemals. Es war vollkommen unangemessen. Und erst der Anfang.

Ich sah Veronica an und sagte kein Wort, obwohl ich die Situation natürlich hätte unterbrechen müssen. Ich hätte ihr freundlich aber bestimmt sagen müssen: »Natalia, drehen Sie sich bitte zurück auf den Rücken. Wir bewegen uns hier mithilfe von Sprache fort, indem wir reden, indem wir unsere Empfindungen verbalisieren. Drehen Sie sich also bitte auf den Rücken.«

Aber ich sagte kein Wort.

Hatte mich meine Neugier in diesem Moment in den Schwitzkasten genommen? Wollte ich wirklich wissen, was es unter diesen Umständen bedeutete, »Vamp« und »Flittchen« zu sein? Brachten mich die Perücke und die sonderbare Kleidung aus dem Konzept – bildete ich mir etwa ein, in einem Theaterstück zu sein? Ich bin im Nachhinein unzählige Male zu der Situation zurückgekehrt. Meine vorläufige Hypothese lautet, dass die Schichtungstherapie das Risiko der Immersionsverirrung mit sich bringt, mit einfachen Worten, die therapeutische Neigung, der Erzählung eines Patienten zu verfallen, mitunter darin zu versinken. Ich glaube, dass das Phänomen, sofern es überhaupt existiert, von der *Gegenübertragung* zu unterscheiden ist, schließlich ist die Immersion organisch mit dem künstlerischen Potenzial der Übungen eines Patienten verwoben. Ich erwog diese Prämisse auch für mein Buch, an dem ich fleißig in meiner Freizeit arbeitete.

Veronica war sich offensichtlich bewusst, dass sie die Grenzen überschritt, denn sie sagte: »Ich kann hierfür ein bisschen mehr bezahlen –« (ihre Stimme ließ keineswegs darauf schließen, dass sie um Entschuldigung bat, weshalb ich den Eindruck hatte, dass sie nicht wirklich bereit war, mehr zu bezahlen) »aber hoffentlich verstehen Sie, dass das hier meine Genesung voranbringt.«

Was *das hier war*, wurde mir bald klar. Veronica schob ihre rechte Hand zwischen ihre Beine, nahm eine etwas stabilere Haltung auf ihrem linken Ellbogen ein und hob ihr Hinterteil an. Ihr Rock rutschte nach oben und mir fiel auf, dass das, was ich für eine Strumpfhose gehalten hatte, in Wirklichkeit Strümpfe samt Strumpfhalter waren, und dass sie keine Unterhose trug. Ihre Pobacken waren weiß wie Elfenbein.

Dann ließ Veronica einen Finger in sich gleiten. Sie bewegte den Finger, so vermute ich, auf ihrer Klitoris und in ihrer Scheide, obwohl ich natürlich nichts davon sehen konnte, ich sah lediglich ihr Gesicht und die Hand, die bisweilen verschwand, und ich sah ihr langsam kreisendes Hinterteil.

Veronica begann zu reden. Murmelnd, aber ohne zu zögern, ohne nach Worten zu suchen, so als hätte sie alles vorab geprobt, und vielleicht hatte sie das auch.

»Das hier ist in Wirklichkeit ein ganz kurzer Moment, und ich versuche ihn jetzt genau zu beschreiben … es ist, was die Menschen im Allgemeinen als Heterosexualität bezeichnen … das hier ist ein Beispiel dafür. Ich habe Menschen alles Mögliche über Sex sagen hören, aber mir fällt es letzten Endes schwer, ob Sie mir glauben oder nicht, ich brauche diesen Ort, diesen bezahlten Moment, damit ich mich zu reden traue … Also fangen wir an.«

Veronica machte eine kurze Pause. Sie suchte nach etwas, bewegte sich einen Tick schneller und wurde fündig, so deutete ich es zumindest, denn sie stöhnte laut und ließ ihr Hinterteil nach unten sinken.

Dann setzte sie die Geschichte und ihre Bewegungen fort.

»Ich bin auf ihm, er ist in mir. Das, was in mir ist, das, was zwischenzeitlich zu seinem Willen geworden ist, schwillt mit unseren Bewegungen zu voller Größe an und füllt mich vollständig aus. Die starken Hände greifen mich, meinen Hintern, sie heben mich, senken mich, bewegen mich, so wie man etwas bewegt, das auf einem ist, vor und zurück, hoch und runter … Und hier will ich kurz innehalten. Wenn ich daran denke, bin ich von dieser Bewegung verblüfft, und mir wird schwindlig. Normalerweise bewegt man Dinge von einem Ort zu einem anderen, nicht wahr? Man bewegt Gegenstände von A nach B, Menschen bewegen sich von A nach B, das ist ganz normal, das ist, was Menschen als ›Tun‹ bezeichnen oder auch als ›Organisieren‹ … ›Erledigen‹ … Aber diese Bewegung, die Hände um meinen Hintern, die mich heben und senken und bewegen, so wie man etwas bewegt, das auf einem ist, vor und zurück, hoch und runter … Worum geht es dabei letzten Endes?«

Veronica wartete meine Antwort nicht ab, sondern fuhr ohne Pause fort: »Ich versuchte einmal, ein Gespräch über das Thema zu beginnen. Mit dabei war eine Freundin, die ich damals noch für eine gute Freundin hielt und die stets bereit war, mir weise Beziehungsratschläge zu geben. Dabei war auch ihr Freund, der mir intelligent und vertrauenswürdig vorkam. Wir tranken Wein, sprachen über intime Dinge und ich fasste den Mut, die beiden zu fragen, was sie von genau diesem Bewegungsablauf hielten, von diesem wundersamen Hoch-runter-vor-zurück, das auch ihnen bekannt sein musste. Es folgte Schweigen. Sie sahen einander auf eine Weise an, die mich sofort bereuen ließ, etwas gesagt zu haben. Meine Freundin lachte auf, was mich sehr verletzte, und ihr Mann reagierte mit Lachen auf das Gelächter – offenbar herrschte solch ein einvernehmliches Verständnis zwischen ihnen … Dann schaute meine Freundin mich an und sagte: ›Liebste, das ist halt Ficken!‹ So hat sie es gesagt, können Sie das glauben? *Das ist halt Ficken!*«

Veronica spuckte den letzten Satz geradezu aus, voller Ekel, als würde sie Ficken verachten, als wäre Ficken das Schlimmste, was sie sich jemals vorstellen konnte. Dennoch wartete sie auch diesmal nicht meine Reaktion ab, sondern fuhr an der Stelle fort, an der das Gespräch zwischen ihrer damals besten Freundin und deren Partner ins Stocken geraten war.

»In Wirklichkeit hat diese Bewegung etwas Übernatürliches, etwas Unbeschreibliches. Eine Energie, die sich kein Mensch zu eigen machen kann … Sie ist in jeder Hinsicht sinnlos, reine Verschwendung … die starken Hände, die nicht um Erlaubnis bitten, sondern einen bewegen, vor-zurück, vor–zurück, vor-zurück …«

Spätestens an dieser Stelle hätte ich sie unterbrechen müssen, denn sie redete Unfug, und das ärgerte mich. Wieso Verschwendung? Wieso sinnlos? Eine Energie, die sich kein Mensch zu eigen machen kann … Wo hatte sie das nur aufgeschnappt? Genauso findet Befruchtung statt, daran gab es nichts Mystisches. Auch Kopulation, die nicht den Zweck der Fortpflanzung erfüllt, verläuft so, und zwar seit Urzeiten. Ich konnte Gedankengänge, in denen die Penetration in irgendwelche übernatürlichen Sphären gehoben wird, noch nie nachvollziehen. Den Bewegungsablauf kann man natürlich auch anders umschreiben als mit dem Wort ›Ficken‹, wobei dessen Wahl aus all den möglichen Worten, die diesen Prozess beschreiben, äußerst vielsagend ist. Mein Bauchgefühl sagt mir, dass darin eine Portion Brutalität steckt, es ist ein überspitztes *Understatement*, wenn ich mir dieses kleine Oxymoron erlauben darf. Ich hätte auch sagen können, dass ähnliche Bewegungsabläufe auch in anderen Gebieten als der Sexualität zu finden waren, zum Beispiel in der Technik, was Veronica mit Sicherheit genauso gut wusste wie ich. Oder hatte die Bewegung eines Kolbens etwas Mystisches, etwas Sinnloses?

Ich blieb dennoch still und ließ sie fortfahren.

»Und dann kommt er … das, zu dem er geworden ist, sein vorübergehender, flüssiger Willen ergießt sich in mir mit aller Kraft … die starken Hände reißen meinen Hintern ein letztes Mal nach unten … Und in diesem Moment ist meine Kernerfahrung … das Gehalten- und Gefülltwerden … Und ich kann nichts dagegen tun, dass ich mich dafür schäme, wie gut es sich anfühlt … Sein Moment, der auch zu meinem Moment wird … Ich schäme mich noch mehr, jetzt, wo ich darüber spreche … Und ich verstehe nicht, woher diese Scham kommt, und ob es letzten Endes überhaupt Scham ist … oder etwas ganz anderes … Dieses Gefühl fährt mit der gleichen Kraft in mich wie das letzte Reißen, das Nach-unten-Ziehen, nachdem alles, wirklich alles, vorbei ist … und dennoch, trotz der Scham, trotz der Tatsache, dass ich aufgehört habe, an die Liebe zu glauben … kann ich dieses Gefühl in mir immer noch zurückholen … allein die Erinnerung an das Gehalten- und Gefülltwerden lässt meine Vagina zucken …«

Nachdem Veronica das gesagt hatte, brachte sie sich vor meinen Augen zum Höhepunkt. Sie krümmte sich, schnaufte und sackte schließlich auf ihren Armen zusammen, wobei sie in einem Tonfall stöhnte, wie Frauen in solchen Momenten zu stöhnen gelernt haben. Als verspürte sie nicht einmal einen Hauch von Scham.

Aus dieser Position, mit dem zusammengekrümmten Körper, dem schweren Atem und dem klebrigen Schweiß, stützte sich Veronica auf ihre Ellbogen und blickte mir in die Augen, und ihr Gesicht war so leer, so ausdruckslos, dass ich Angst bekam.

»Das Traurigste bei alldem ist, dass es, jetzt, da ich darüber rede, da ich Ihnen dies erzähle, nicht anstößig ist, nicht vulgär, nicht erregend. Es ist nichts, was wir beide teilen können. Es ist einfach nur plump, fad und betäubend, und das Sinnloseste daran: Es ist trotzdem wahr und auf den Punkt gebracht. Doktor, erklären Sie mir das bitte!«

Sie riss sich die Perücke vom Kopf, schwang sich auf den Rücken und vergrub ihr Gesicht in den Händen. Sie begann zu weinen, und ich kann immer noch nicht sagen, ob ihre Tränen echt waren oder nicht. War das ihr *moneyshot*, der Höhepunkt, auf den sie die ganze Darbietung ausgerichtet hatte?

Ich reichte Natalia ein Papiertaschentuch, sie riss es mir aus der Hand und putzte sich die Nase. Ich blickte zur Uhr: Wir hatten noch reichlich Zeit. Dann kam mir eine Idee. Ich betrachtete Natalia und ihren gigantischen Wecker, den sie in die Ritze zwischen Couch und Wand geklemmt hatte, die sich durch Veronicas Bewegungen vergrößert hatte. Ich beschloss, das Risiko einzugehen und Veronica wieder einzuladen. Veronica verkehrte zweifellos in anderen Kreisen als Natalia, die einzig auf den dunklen Gängen ihrer Erinnerungen und Obsessionen umherirrte. Und auch Veronicas Name war ein Schlüssel, oder zumindest ein Dietrich, der mir in die Hände gefallen war: *vera icon*, wahres Bild, ein Spiegelbild, mit mehr Wahrheitsgehalt als trügerische Worte. Ich glaubte, dass Natalia auf dem Weg zu der entscheidenden Katharsis war.

REHABILITATIONSPROGRAMM WOCHE 9

Vorgabe: Laden Sie Veronica zur Therapie ein.
Benutzen Sie die Gegenwartsform.
Schlüsselwort: Wermut.

Bei der Arbeit betrachte ich merkwürdige Handlungen meiner Patienten als überraschende Geschenke, ich nehme sie dankbar entgegen. Hierbei schließe ich mich Dąbrowskis Ausführungen über das Entwicklungspotenzial an, denen zufolge Störfälle etwas Positives sind, Bausteine einer kreativen Persönlichkeit. Das Therapiezimmer ist ein sicherer Ort, in dem wir gemeinsam säen, pflügen, schichten und das entstandene Material formen. Auf diese Weise schaffen wir allmählich eine resiliente Psyche, die sich nicht damit begnügt, sich zu kennen (*gnothi sauton*), sondern auch für sich selbst sorgen möchte (*epimelēsthai sautou*).

Natalia ließ sich mit großer Euphorie auf die von mir vorgeschlagene Übung ein. Das überraschte mich nicht. Hätte Natalia in Anbetracht meiner Idee die Nase gerümpft, hätte sie damit gleichzeitig gesagt, dass das Masturbieren vor meinen Augen sich nicht wesentlich davon unterschied, mit Gedanken zu jonglieren, was natürlich nicht der Wahrheit entsprach. Und das wusste Natalia. In ihr tobte ein kleines Kind, das die Perlenkette der Mutter zerreißen wollte, nur um zu sehen, ob die mütterliche Liebe in dem Moment endete, in dem die Perlen auf den Boden prasselten. Nein, dort endete sie nicht. Wir setzen uns damit auseinander. Wir sehen über die Faxen hinweg, wir sehen, dass dieses Verhalten in Wirklichkeit nichts anderes als ein Vertrauensbeweis ist. Wir halten unsere Gelassenheit hin wie ein Boxer sein Schlagpolster, auf das man mit voller Wucht einprügeln kann.

Ich habe erst ein einziges Mal eine Therapiebeziehung aufgrund des Verhaltens eines Patienten beendet. Dies geschah zu Beginn meiner Laufbahn, als ich noch unerfahren war und nicht wusste, wie man mit einem pathologischen Lügner umgeht. In meine Praxis kam ein smarter junger Mann, der mir erzählte, er leide unter Bindungsängsten. In den Erzählungen des jungen Manns wurden bereits bei unserem dritten Treffen fundamentale Widersprüche deutlich, die in keiner Weise zu erklären waren. Zunächst war der Vater meines Patienten angeblich ein Spitzel der Stasi, danach der Pfarrer von Kemijärvi. Das bewegt sich noch im Rahmen des Möglichen, alte Männer hatten in ihrem Leben genug Zeit, die Hemden mehrmals zu wechseln. Doch es ist nicht möglich, dass Mütter gleichzeitig tot sind und am Leben. Zuerst behauptete der Patient nämlich, dass seine Mutter in dem Jahr seines Abiturs an einer akuten, durch Alkoholmissbrauch hervorgerufenen Bauchspeicheldrüsenentzündung gestorben sei, doch schon bei unserem nächsten Treffen tauchte die betrunkene Mutter wieder auf, um ihrem Sohn zum Universitätsabschluss einen Strauß Blumen zu überreichen. »Das war meine Stiefmutter, aber ich nannte sie Mutter«, erklärte der Patient, ohne eine Miene zu verziehen, als ich nachhakte, offenbar hielt er mich für so dumm, drei unwahrscheinliche Behauptungen auf einmal zu schlucken: 1) dass der als Pfarrer dienende Ex-Spion zweimal eine Alkoholikerin zur Frau nahm, 2) dass irgendjemand auf der Welt seine Stiefmutter als Mutter bezeichnete und 3) dass dieser an Beziehungsangst leidende Mann seine offenkundig unberechenbare und für zahllose Enttäuschungen verantwortliche Stiefmutter als Mutter bezeichnete.

Ich schickte den Mann weg. Heute würde ich das nicht mehr tun, obwohl ich sehr wohl weiß, dass es unmöglich ist, einen pathologischen Lügner zu heilen. Mit meinem heutigen Wissen hätte ich ihn seine Erzählungen schichten lassen. Hatte er vor, erhobenen Hauptes auf dieser Welt zu bestehen, hätte er sich wenigstens auf seine eigenen Lügen einlassen sollen.

Wahrscheinlich hätte ich auch die Therapiebeziehung zu Natalia nach ihrer Veronica-Provokation abgebrochen, wenn ich nicht auf meine Doktorarbeit und meine dadurch vertiefte Menschenkenntnis hätte zurückgreifen können. In meinem Alter weiß ich darüber hinaus genau, dass es vollkommen unethisch gewesen wäre, Natalias Therapiebeziehung zu beenden, insbesondere, da ich selbst alles geschehen ließ. Ich allein war verantwortlich dafür. Dem ist nichts hinzuzufügen. Natalia vertraute meinem therapeutischen Urteil. Sie in dieser Situation vor die Tür zu setzen, wäre zweifellos ein schwerwiegender Fehler gewesen.

Was den schmalen Grat zwischen Wahrheit und Dichtung angeht, sei nur gesagt, dass dem faktischen Wahrheitswert der Übungen in der Schichtungstherapie keine große Bedeutung zukommt. Der Clou liegt darin, dass die Übungen mithilfe von Kunst die innere Realität der Patienten freilegen. War Natalias Krankenhausfantasie möglicherweise auch Teil dieser imaginierten Erfahrungswelt? Verlangte Natalia, als sie in dem Brief behauptete, dass sie in der Psychiatrie gewesen sei, von mir gar die Fürsorge, die ihr, ihrer Meinung nach, vorenthalten wurde? Ich hatte beschlossen, zu gegebener Zeit auf das Thema zurückzukommen, aber nun wollte ich die Fortschritte der Therapie nicht gefährden. Natalia könnte es als Beschuldigung auffassen, wenn ich ihre Lüge aufdeckte, und erneut in die Bremsen steigen.

Ich erholte mich schnell von dem Schock, in den Natalias Masturbieren und meine unfreiwillige voyeuristische Rolle mich versetzt hatten. Ich begriff, dass wir den vor uns liegenden Weg nun bis ans Ende gehen mussten. Das fehlerhafte Schraubgewinde, als das ich die Selbstbefriedigungsperformance in meinem Notizheft skizziert hatte, war letzten Endes ein vollkommen logischer Schritt nach den Saint-Phalle-Offenbarungen. Auf diese Weise machte sich Natalia die Urszene *après-coup* zu eigen.

Keine Angst, ich werde meine Hypothese belegen! Den in der Fachliteratur gängigen Terminus *Urszen*e versuche ich eigentlich zu vermeiden, weil ich sensibel gegenüber

Assoziationen bin, die bestimmte Wörter hervorrufen können. Bedauerlicherweise lässt mich dieser freudianische Begriff immer an eine stinkende, toxische Verbindung aus Urin und Arsen denken, weshalb ich bei internationalen Seminaren lieber auf die französische Übersetzung *scène primitive* zurückgreife, die ebenso etabliert ist wie der deutsche Ausdruck.

Was war beim letzten Mal also in diesem Zimmer geschehen? Die Antwort ist verblüffend einfach. Natalia errichtete mithilfe von Veronica ihre Bühne auf meiner Couch. Natalia inszenierte einen ihrer Geliebten als Sexpartner, aber die starken Hände, die ihren Hintern auf und ab bewegten, gehörten nicht zu ihm. In diesem spiralförmigen Spektakel aus Vergangenheit und Gegenwart traute sie sich endlich, sich mit ihrem ganzen Körper dem größten Kummer ihrer Kindheit zu stellen, nicht nur mit ihrem Frontallappen. Unter meinem schützenden Blick traute sie sich, wie ein Schwan zum Flug abzuheben, sich wie ein Maulwurf in die Erde zu vergraben. Als sie auf den Wogen der Lust schaukelte, wurde sie zu ihrer eigenen Mutter, und als sie mit ihrer Hand unter sich fasste, auch zu ihrem eigenen Vater. Sie war ein Vater-Mutter-Konglomerat, ihre gemeinsame, nicht auf Vermehrung ausgerichtete Lust, die sie vor Jahrzehnten auf die trostlose Umlaufbahn Melancholias katapultiert hatte.

Der Kern der Sache ließ sich wie folgt zusammenfassen: Die Nähte von Natalias Innenraum begannen sich zu lösen, und nun benötigte Natalia eine noch schärfere Schere.

Ich beschloss, die Schraube noch etwas enger zu ziehen.

Ich schlug Natalia vor, ihre Erinnerungen für einen Moment zu vergessen und sich voll und ganz auf das Jetzt zu konzentrieren. Ich schlug Natalia vor, bei der Übung die schamlose Veronica, Tochter der Sybariten, zu nutzen. Ich gab ihr ein einziges Schlüsselwort, *Vermutti* (Wermut), von dem ich wusste, dass es ein riskantes Substantiv war, welches aber gleichzeitig zahllose Möglichkeiten eröffnete. Das Wort bezeichnete nicht nur den bitteren Schlüssel zur Erkenntnis, also das aus dem gleichnamigen Kraut gefertigte Getränk, sondern implizierte auch gewisse Dinge, auf die Natalia eingehen würde, so hoffte ich. Auf Spanisch bedeutet das Verb *ver* ›sehen‹ und ›betrachten‹. Wie auch französisch *voir* und italienisch *vedere* geht *ver* auf den lateinischen Infinitiv Präsens *vidēre* zurück, der so viel bedeutet wie ›sehen‹, ›betrachten‹ und ›verstehen‹ und uns ganz nebenbei auch das Video geschenkt hat; schließlich heißt *videō* nichts anderes als ›ich sehe‹. Den zweiten Teil des Wortes muss ich wohl nicht erklären.

Ich gebe zu, dass ich hohe Erwartungen hegte, als Natalia die Praxis mit meinen Vorgaben verließ. Ich kann nicht sagen, dass ich überrascht war, als sie mich am nächsten Montag anrief und unseren Termin für Dienstag absagte. Natalia behauptete eine sogenannte *man flu* aufgeschnappt zu haben und flachzuliegen. Ihre Stimme war kein bisschen heiser, aber ich ließ mich auf das Spiel ein, weil ich wusste, dass sie zusätzliche Zeit für die Vorbereitungen benötigte.

Am darauffolgenden Montag rief Natalia erneut an, um unseren Termin für Dienstag abzusagen. Sie hatte sich angeblich nicht lange genug auskuriert und das Fieber war wieder gestiegen. Langsam machte ich mir Sorgen, aber ich beschloss, meine Unruhe für etwas Sinnvolles zu nutzen. Ich begann, die Gliederung meines Buches zu entwerfen.

Als Natalia nach einer zweiwöchigen Pause endlich wiederkam, erkannte ich sie kaum wieder. Sie hatte ihr blondes Haar schwarz gefärbt und trug eine gigantische Tolle auf dem Kopf. Weg war das neutrale Alltags-Makeup, mit dem sie die leichte Asymmetrie ihres Gesichts kaschierte. Ihre Haut war kalkweiß gepudert, und rund um die Wangenknochen hatte sie sich ein pfirsichfarbenes Rot aufgetragen, was in Verbindung mit der unnatürlichen Blässe nahezu clownesk wirkte. Natalia hatte dicke Striche auf ihren sich immerzu bewegenden Lidern gezogen, und ihre Wimpern waren so schwarz und dicht, dass es sich um künstliche handeln musste. Der Lippenstift war ähnlich hell wie ihre pfirsichroten Wangen, die Konturen jedoch etwas dunkler, kirschfarben. Natalia trug ein ausgestelltes Blumenkleid, das sie in der Taille mit einem Gürtel gerafft hatte. Die starre, spitz zulaufende Form des BHs ließ ihre Brüste konisch unter dem Kleid hervorstehen.

»Hallo«, sagte Natalia lächelnd und schwang die Hüfte, damit auch ich kapierte, wie außergewöhnlich die Situation war. Dann reichte sie mir ein Tablet.

»Machen Sie es an«, forderte sie mich auf.

Ich öffnete die dreiteilige Falthülle aus Kunstleder und stellte das Tablet auf den Tisch. Das Gerät verlangte nach einem Sicherheitscode. »Veronica hat Ihre Aufgabe absolviert«, gurrte Natalia.

»Veronica hat sich auf ein kleines Abenteuer begeben! Ich erzähle Ihnen, was geschehen ist, sobald das Video läuft.«

Natalia legte sich auf die Couch, winkelte die Beine an und platzierte den Wecker zwischen ihren Beinen auf dem Kleid. »Sind Sie bereit, Doktor?«, zwitscherte sie. »Der Sicherheitscode ist ein umgekehrtes Z.«

Ich musste kurz überlegen, was Natalia damit meinte. War es ein Spiegelbild des Buchstaben Z, oder ein umgekipptes Z, und demnach ein N bzw. ein gespiegeltes N? Ich beschloss es auszuprobieren. Mit meiner Vermutung lag ich richtig; auf dem Bildschirm erschien ein Video. Ich drückte auf das Dreieck am unteren Bildschirmrand.

Auf dem schwarzen Bildschirm erschien ein Buchstabe nach dem anderen: DIE ZWEI LEBEN DER VERONICA. Das langsame Erscheinen der Buchstaben war untermalt von Musik, die ich nicht erkannte. Eine Frau sang mit weicher, schnurrender Stimme über ihren toxischen Geliebten und darüber, wie sehr sie sein Gift liebe. »Das ist eine französisch-israelische Künstlerin namens Yaël Naïm«, erklärte Natalia eilig. »Das Lied wurde ursprünglich für Britney Spears geschrieben, aber diese Version gefällt mir viel besser.«

Der Film begann. In der ersten Szene stand Veronica vor einem Badezimmerspiegel. Die Handykamera war auf einem Stativ befestigt, das wiederum an einem Handtuchhalter befestigt war. Veronica trug mit einem großen Pinsel Färbemittel auf ihre Haare auf und summte dabei das Lied, das gerade so als das Geschnurre von eben zu erkennen war. »Wie Sie hören, treffe ich keinen Ton richtig«, scherzte Natalia, gefolgt von einem Lachen, mit dem sie sicherstellen wollte, dass ich nicht auf die Idee kam, sie würde diesbezüglich besonders hohe Erwartungen an sich selbst haben. »Ich habe Ihnen ja schon in unserer ersten Stunde gesagt, dass ich vollkommen unmusikalisch bin.«

Nachdem Veronica die Farbe sorgfältig aufgetragen hatte, bedeckte sie ihre Haare mit einem Plastikschutz, blickte durch den Spiegel in die Kamera und zwinkerte.

In der nächsten Szene saß Veronica telefonierend am Küchentisch. Der Tisch war bedeckt mit einem Wachstuch, auf dem stilisierte Feigen, Topinambur und Bananen abgebildet waren. Natalias Stimme war kaum zu hören wegen des Soundtracks, ein Discostück, das gleichzeitig bedrückend und ausgelassen war. »Das ist *Darker Times* von Soft Cell«, informierte mich Natalia. »Mein Ausgehsong. Ich höre ihn immer, wenn ich zu einem feuchtfröhlichen Abend aufbreche.«

In der Szene war Veronica noch auffälliger geschminkt als Natalia in dieser Stunde. Die schwarzen, katzenhaften Striche um ihre Lider waren dick und kantig. Sie verliefen steil und schräg nach oben und verbanden sich auf Höhe der Schläfen mit den penibel gezupften Brauen. Ihre Lippen hatte sich Veronica feuerrot geschminkt. Oberhalb der Lippe, auf der linken Seite des Perioralbereichs, trug sie einen kleinen runden Gesichtsschmuck, womöglich ein Aufkleber, denn zumindest jetzt hatte Natalia an dieser Stelle kein Piercing.

Veronicas schwarzes Haar schimmerte fast bläulich. Es

schien, als wären die Lampen im Zimmer extra arrangiert worden, um diesen Effekt zu erzielen. Einen Teil der Haare hatte Veronica so geföhnt, dass sie wie ein welliger, samtig schimmernder Vorhang über ihrem rechten Auge lagen. Diesen Peek-a-boo-Look rückte sie fortwährend mit dem Zeigefinger ihrer freien Hand zurecht.

Veronica beendete das Gespräch und legte das Telefon auf den Tisch. Sie hob ihre Hand, bildete mit Zeigefinger und Mittelfinger ein V und blickte in die Kamera. Sie hob ihr Kinn ein Stück und schielte etwas. Unterhalb ihres Schlafzimmerblicks hoben sich ihre Mundwinkel zu einem gestellten, leblosen Lächeln. Sie öffnete ihren Mund so weit, dass die Zähne zu sehen waren, und zwang dabei ihre Oberlippe beinahe gewaltsam nach oben. Mit dieser Miene fror ihr Gesicht ein.

Es vergingen einige Sekunden. Dann begann das Bild wie ein Stroboskop in grellen Farben zu flackern: zunächst gelb, dann türkis, pink, violett, blau, orange … »Andy Warhol«, seufzte Natalia auf der Couch, mit uferloser Zufriedenheit in ihrer Stimme.

Der Kommentar rührte mich. Welche Mühe Natalia sich mit ihrem Film gemacht haben musste! Nun folgte sie der Aufnahme lediglich anhand der Musik, denn sie konnte nichts sehen, aber begleitete das Bild mit einem exakt getimten Voice-Over, damit mir kein Detail entging.

Die dritte Szene war auf der Tanzfläche irgendeines Schuppens gefilmt worden. Veronica hatte das Smartphone in ihrer Hand, das Bild ruckelte und wackelte heftig. Die Kamera wechselte zwischen der tanzenden, brüllenden

Menge und Veronica selbst. Veronica wurde von einem großen Mann mit Pferdeschwanz belagert, dessen von Aknenarben bedecktes Gesicht immer dann zu sehen war, wenn er seinen Mund auf Veronicas Hals presste.

Im Hintergrund lief der Song *Marilyn* von Juice Leskinen, den ich natürlich sofort erkannte. Ich musste lachen, als Veronica die Kamera so nah an ihren Mund führte und im Takt der Musik flüsterte, *Ich spüre Lust auf deine zarte Brust*, so dass die Kameralinse beschlug.

Die vierte Szene setzte sich aus Standbildern und aggressiver Musik zusammen, die mir wieder unbekannt war. Das erste Bild zeigte eine volle Flasche Vermouth Bianco und vier leere Schnapsgläser, die in einem Halbkreis um die Flasche arrangiert waren. Im zweiten Bild waren alle Gläser gefüllt. Im dritten Bild waren die zwei Gläser links halbvoll und die zwei Gläser rechts leer. Im vierten Bild waren die zwei Gläser in der Mitte halb voll und die zwei Gläser am Rand leer. Halb voll, leer, halb voll, leer. Leer, halb voll, leer, halb voll. Ein Bild, in dem das Glas ganz links voll war; das nächste Glas war zu drei Vierteln gefüllt, das nächste zur Hälfte und das Glas ganz rechts war leer. Ein Bild, in dem die Gläser von rechts nach links zur Gänze gefüllt sind, zu drei Vierteln, zur Hälfte und leer. Im letzten Bild war die Flasche Vermouth leer und lag auf der Seite.

»Vielleicht kennen Sie das Lied nicht«, sagte Natalia. »Einstürzende Neubauten: *Was Ist Ist*. Aber das nächste kennen Sie, da bin ich mir sicher.«

Die fünfte Szene begann mit einer Musik, die ich selbstverständlich schon anhand der ersten Takte erkannte. Es war Sibelius' *Finlandia*, offenbar eine Konzertaufnahme, denn die Szene begann mit Applaus. Das Bild war anfangs vollkommen blau. Die Hörner dröhnten unheilvoll und die Pauken donnerten, als der blaue Seidenschal, der die Kamera bedeckt hatte, zur Seite gezogen wurde.

Vor meinen Augen erschien ein riesiges Bett. Hinter dem hölzernen Kopfteil schimmerte eine kupferfarbene Gardine wie ein Bühnenvorhang. Veronica saß auf der linken Bettkante, seitlich zur Kamera, und hinter ihr saß in der gleichen Pose ein dunkelhaariger Mann, den ich noch nie zuvor gesehen hatte. Auf der rechten Bettkante, wieder seitlich zur Kamera, saß eine rothaarige Frau, auch sie eine neue Bekanntschaft. Das statische Bild wurde gebrochen von dem Mann mit Pferdeschwanz, den ich bereits aus der Szene in der Bar kannte und der nun langsam mit dem blauen Seidenschal in der Hand zum Bett ging. Er drehte den rosafarbenen CD-Spieler auf dem Nachttisch zum Bett und erhöhte die Lautstärke der *Finlandia*. Dann stellte er sich vor die rothaarige Frau, legte ihr den Schal um den Hals und drückte sie rücklings auf das Bett. Alle vier waren nackt.

Der Mann mit dem Pferdeschwanz platzierte zwei pralle Kissen unter dem Kopf der Rothaarigen und kletterte auf sie. Er umschlang den Oberkörper der Frau mit seinen Schenkeln, als würde er ein Pferd antreiben wollen, und hielt dabei ihre Arme gegen ihren Bauch gedrückt. Die Frau nahm sein vollständig erigiertes Glied in den Mund und begann ihm einen zu blasen.

Nun legte sich auch der dunkelhaarige Mann auf der anderen Seite des Betts hin. Er legte sich hinter die Kissen der rothaarigen Frau, sein Gesicht verschwand von der Bildfläche. Veronica setzte sich auf ihn und begann, wie man bei dieser Stellung üblicherweise sagt, ihn zu reiten.

Streicher erklangen, das Schlagwerk donnerte. Veronica und der Mann mit dem Pferdeschwanz bewegten sich in ihren Positionen vor und zurück, mal langsamer, mal schneller, wie Spiegelbilder ihrer selbst. Sie reckten ihre Köpfe einander zu und packten sich gegenseitig am Nacken.

»Das ist die sogenannte Mannerheim-Suite eines gewissen Hotels«, erklärte Natalia. »Der Mann mit dem Pferdeschwanz heißt Rafael. Wir treffen uns selten, weil wir beide wissen, dass wir uns gegenseitig nicht gut tun. Aber manchmal muss ich lasterhafte Wege einschlagen, um angestauten Druck abzulassen. Dann helfen wir einander. Wie hier. In dieser Aufnahme.«

Natalia lachte. Veronica und Rafael begannen sich zu küssen.

»Rafael und ich hatten einen Plan geschmiedet, der folgendermaßen aussah: Ich würde mich um eine Unterkunft für die Nacht kümmern und eine Flasche Alkohol besorgen, aber nichts Stärkeres als Likör, damit wir handlungsfähig blieben. Ihr Schlüsselwort *Vermutti*, Wermut, passt also wunderbar in diesen Kontext. Wir würden in irgendeinen billigen Schuppen gehen, wo es neben lauter besoffenen Versagern auch junge, experimentierfreudige Menschen gab, solche, für die es morgens um zwei erst richtig losging. Unter diesen Leuten würden wir uns Spielfreunde suchen.«

Aus Natalias Stimme war herauszuhören, dass sie nicht zum ersten Mal Teil einer solchen Aktion war. Vielleicht gehörten auch die Aufnahmen zu den »lasterhaften« Wegen, wie sie sagte.

»Ich hatte uns ein Hotelzimmer gebucht, diesmal eine Suite, weil mir eine angemessene Kulisse für die letzte Szene des Films wichtig war«, fuhr Natalia fort. »Wir hatten vereinbart, dass der Sex unter vier klar definierten Bedingungen stattfinden sollte: 1) Rafael dürfte einzig und allein in die andere Frau eindringen, 2) der andere Mann dürfte einzig und allein in mich eindringen, 3) Rafael dürfte niemanden außer mich küssen, 4) ich dürfte niemanden außer ihn küssen.«

Nach einem Moment der Stille rief Natalia: »Begreifen Sie, Doktor? Das ist das Bild meines Sexuallebens in seiner reinsten Form!«

Während Natalia sprach, hatte Rafael die Stellung gewechselt. Er hatte die rothaarige Frau auf die Knie gedreht und bumste sie – ein besseres Verb fällt mir leider nicht ein, um diese monotone Bewegung zu beschreiben – von hinten. Veronica hatte sich wiederum auf das Gesicht des dunkelhaarigen Mannes gesetzt. Aus dieser *Cunnilingus*-Position wandte sie sich Rafael zu. Sie packten einander an den Armen und beugten sich schräg zueinander. Die Rothaarige berührte Natalia mit ihrem Scheitel. Als Rafael ein wenig den Kopf anwinkelte, schnappten Veronicas Lippen nach seinen. Ihre Oberkörper verharrten in dieser Stellung. Mit ihren Unterkörpern arbeiteten sie sich in immer schnellerem Tempo an ihrem jeweiligen Partner ab. Rafael bewegte seinen Penis in der rothaarigen Frau vor und zurück, vermutlich in ihrer Scheide. Er war so mühelos in sie eingedrungen, dass Analverkehr eigentlich nicht in Frage kam. Veronica rieb ihren Intimbereich gegen den Mund des dunkelhaarigen Mannes, bis sie innehielt, ihre Lippen von Rafaels Lippen löste und ein Stöhnen von sich gab, das fast wie ein Jodeln klang.

Plötzlich wurde das Bild schwarz.

Noch immer lief Sibelius im Hintergrund.

Gab es eine fünfte Person im Raum, die ein schwarzes Stück Stoff oder Pappe vor der Kamera platziert hatte? Wenn die Musik tatsächlich von dem CD-Spieler im Zimmer kam, was dadurch angedeutet wurde, dass der Mann mit dem Pferdeschwanz die Lautstärke hochgedreht hatte, überstieg das plötzliche Verdunkeln nach Veronicas Orgasmus meine Vorstellungskraft. Sofern es keine fünfte Person im Raum gab.

Eine andere Möglichkeit war, dass es sich bei dem CD-Spieler nur um eine Attrappe handelte und die *Finlandia* der Tonspur nachträglich hinzugefügt wurde. Dann hätte die Lautstärke jedoch im gleichen Moment erhöht werden müssen, in dem der Mann mit dem Pferdeschwanz den Lautstärkeregler des CD-Spielers betätigte. Auch das war möglich. Allerdings weiß ich nicht, ob es bei einem ordinären Heimvideo möglich ist, eine unabhängige Tonspur einzufügen. War es möglich, den Originalton der Aufnahme, für den ich Veronicas Ausbruch von Lust hielt, und eine Aufnahme der *Finlandia* in variierenden Lautstärken miteinander zu kombinieren? Natalia oder jemand, der von

Natalia beauftragt worden war, hatte sich reichlich Mühe mit den Effekten gegeben.

In der letzten Szene lehnte Veronica an der marmorgefliesten Wand eines Badezimmers. Das Makeup und der schimmernde Schmuck oberhalb der Lippe waren verschwunden. Veronica wirkte erschöpft und müde, als hätte sie alles gegeben. Irgendwo rauschte Wasser. Vielleicht ließen sie sich ein Schaumbad ein?

»Einen Abspann gibt es nicht«, flüsterte Veronica der Kamera zu. »Aber sagen Sie mir, Doktor, war *das* Ihrer Meinung nach auch nur ein kleines bisschen erregend?« Veronica schwieg, starrte einen Moment fragend in die Kamera und fügte hinzu: »Ist das etwas, das wir beide irgendwie teilen können?«

Nichts deutete darauf hin, dass das Gespräch, das ich im Anschluss an den Film mit Natalia führte, das letzte der Therapie bleiben würde. Ich legte das Tablet auf meinen Schoß und stellte Natalia eine Frage, meines Erachtens die eigentliche Frage nach dieser Bearbeitung der von mir gestellten Aufgabe: »Wissen Sie, weshalb Sie jemanden brauchen, der Ihre sexuellen Erfahrungen bezeugt, in diesem Fall ich?«

Natalia schwieg eine Weile, aber ich hatte Zeit, ihre Antwort abzuwarten. »Keine Ahnung«, erwiderte sie endlich. »Sie wissen es bestimmt. Sagen Sie es mir bitte.«

Erst später, als ich Natalias Sätze erneut auf Band hörte, fiel mir auf, dass ihre Stimme angespannt klang. Sie war brüsk auf eine Weise, die mir neu war. In Natalias Stimme lag unterdrückte Wut, die sie zu verbergen versuchte, indem sie ihre Worte besonders deutlich artikulierte. Zunächst schenkte ich diesem Umstand keinerlei Beachtung. Ich war durch und durch euphorisiert. Nachdem der Film vorbei war, hatte ich mich endgültig von dem unangenehmen Gefühl befreit, das Veronicas Debüt vor drei Wochen in mir geweckt hatte und das ich als »Immersionsverirrung« bezeichne. Außerdem hatte ich an dem Morgen erfahren, dass das Spracherkennungsprogramm, das ich aus den USA bestellt hatte, um es an mein Olympus-Aufnahmegerät anzuschließen, beim Zoll auf mich wartete. Auch darüber wollte ich mit Natalia sprechen.

Technische Innovationen sind mittlerweile auf einem viel höheren Niveau als noch zur Zeit meiner Promotion, als die unmittelbare Textverarbeitung vom gesprochenen Wort genauso ein Wunschtraum war wie heutzutage synthetisches Fleisch. Ich will gar nicht an die unfassbare Anzahl von Stunden denken, die ich mit dem Abtippen meiner Aufzeichnungen vergeudet habe. Ich hatte den ganzen Tag Patienten empfangen und fing abends an, meine Aufzeichnungen zu verschriftlichen. Die Textmasse wuchs und wuchs, die Zeilen wurden immer mehr, neue Dateien entstanden, in den Ordnern tauchten neue Unterordner auf, in denen ich neue Dateien speicherte, jede mit einem eigenen Namen, wie Maria.doc, maria_2.doc, Maria_15.doc, maria_vielleichtdazu.doc, Maria_Original.doc und so weiter. Irgendwie habe ich das überstanden, aber noch einmal mache ich es nicht. Dafür ist das Leben zu kurz.

Nun kannte ich meine Stärken. Meine Gedanken zu

dem neuen Buch hatten während Natalias zweiwöchiger Vorbereitungspause Form angenommen. Ich hatte sogar einen Titel: *Von der Liebe gebrochen*. Ich wollte unbedingt Natalias Meinung zu dem Titel hören, woraufhin ich ihr das vorläufige Inhaltsverzeichnis zeigen würde. Meiner Meinung nach war das Format sehr glaubwürdig, informativ, aber auch unterhaltsam. Es wäre kein Problem gewesen, dafür einen Verlag zu finden. Das Konzept des Buchs war in seiner Schlichtheit genial: Das Werk war einzig und allein von mir geschrieben und der Inhalt von Natalia zur Verfügung gestellt worden, natürlich unter dem Schutz eines Pseudonyms. Wir hätten uns baldmöglichst über gemeinsame Spielregeln verständigen müssen, aber Natalia gab mir dazu nicht die Möglichkeit.

Egal wie ich die Sache drehe und wende, mir kommt für die folgenden Ereignisse nur eine einzige Erklärung in den Sinn: Ich hatte Natalia zutiefst verletzt, indem ich mich nicht auf ihr Spiel einließ. Ich weigerte mich, auf die Frage zu antworten, die mir Veronica am Ende des Films gestellt hatte. Stattdessen begann ich, meine eigenen Schlüsse zu ziehen. Und das mit großem Eifer! Ich verspürte solch eine Freude beim Analysieren, dass ich davon ausging, die Freude würde bald auch Natalia anstecken.

Ich begann ihr zu erzählen, dass es bei ihrem sogenannten Exhibitionismus womöglich gar nicht um ihre Erfahrungen ging. Vielleicht wollte sie stattdessen, dass *ich* die Erfahrung machte und auf diese Weise ihre Geschichte von den Lastern befreite.

Natalia hörte still zu.

Ich fuhr fort. Ich erzählte ihr von meiner Hypothese, dass sie in intimen Situationen eine Art Persönlichkeitsspaltung durchlief. Der letzte Beweis hierfür war die strikte Trennung von Küssen und Penetration. Wenn Natalia sich ins Reich der Lüste begab, war sie nicht mehr in der Lage, das ganze Spektrum der menschlichen Existenz in ein und derselben Person zu vereinen, egal ob es um einen ihrer Geliebten oder um sie selbst ging. Sie fand nicht zu ihrer Mitte, nicht einmal zu einem erbärmlichen Abbild ihrer Mitte, wo sie ihre Gefühle und Empfindungen hätte weiterverarbeiten können. Aus diesem Grund portionierte sie ihre Erfahrungen, packte sie in Tüten und fror sie umgehend ein, in dem Zustand, in dem sie sich ihr zeigten. Sie riss sich auf wie ein Fisch, der bereit war, ausgeweidet zu werden, und verschwand, im metaphorischen Sinn, von der Bildfläche.

Natalia widersprach nicht.

»Aus diesem Grund brauchen Sie die Therapie«, fuhr ich fort. »Sie brauchen mich gerade, weil ich nicht einer Ihrer Geliebten bin.« Mit diesen Worten erinnerte ich Natalia an das Grundprinzip, das, unabhängig von der Herangehensweise, Ausgangspunkt jeder therapeutischen Arbeit ist.

Natalia schwieg.

»Für 85 Euro stehe ich Ihnen jede Woche fünfundvierzig Minuten zur Verfügung«, setzte ich meine Ausführungen fort, »das entspricht 1,90 Euro pro Minute und 0,03 Euro pro Sekunde.« Auf diese Zahlen greife ich auch bei Fortbildungen zurück, wenn ich einem Saal voller Therapeuten und angehender Therapeuten erkläre, dass eine einzige

Sekunde über das weitere Leben eines Menschen entscheiden kann. Eine Sekunde genügt für eine schmerzhafte Erkenntnis, eine erschreckende Offenbarung, berauschende Lust, Tod.

In diesem Spiegelkabinett, das wir Leben nennen, war ich für Natalia die einzige Person, in der sie sich nicht spiegelte. Und der Grund dafür war das Geld. Und die Zeit. Ich wollte, dass Natalia dies verinnerlichte.

»Letzten Endes ist es eine Frage der Zeit«, fuhr ich fort. »So funktioniert die Schichtungstherapie. Sie gibt den Patienten kompakte Zeitbrocken, wie Diamanten, die im Dunkel ihr phosphoreszierendes Licht abgeben. Ich gebe Ihnen einen Impuls, Sie schreiben, woraufhin wir unsere Gedanken austauschen. In unseren Gesprächen entsteht nach und nach eine gleißende Säule aus Sonnenlicht, eine vertikale Brücke, in deren Glanz Erfahrungen und die damit verbundenen Gedanken einander Stück für Stück annähern. Das Resultat ist eine sinnliche, süße Verbindung von Leben und Erkenntnis. Mit anderen Worten: Vergebung. Mit anderen Worten: Frieden.«

Natalia gab keinen Ton von sich.

Ich fuhr fort.

»Für unsere nächste Stunde könnte ich *Mundohr* zurück an seinen Platz hängen. Wären Sie bereit, sich dem Werk zu stellen? Ich habe nämlich das starke Gefühl, dass die Zeit dafür jetzt reif ist.«

Die Worte flossen ungefiltert aus meinem Mund. Ich musste sie nicht lenken, beschwören oder schimpfen, ich ließ sie kommen, und sie kamen und kamen und kamen.

»Wissen Sie, was es mit diesem wunderbaren Gemälde im Grunde auf sich hat? Der Name *Bouchoreille* bezieht sich auf einen Text des Dichters Paul Valéry, ein Text, in dem jedes einzelne Wort genial ist. Valéry schreibt: ›Puisque JE ME parle, c'est donc que JE sais ce que ME ne sait pas‹. Ich habe den Satz folgendermaßen übersetzt: Weil ICH zu mir SELBST spreche, weiß ICH etwas, das mein SELBST nicht weiß. Die Botschaft von Elise Watteauvilles Gemälde ist unwiderlegbar und klar. Die innere Sprache eines Menschen bleibt leicht im Gefilde des ›Mundohrs‹ hängen, im geschlossenen Raum des inneren Selbst. Valéry glaubte, wie ich und vielleicht auch Elise, dass es einen Ausweg aus diesem Kreislauf gibt: Schreiben, das Eingreifen der Hand, die der Stimme einen Körper gibt und sie auf diese Weise sichtbar macht. Diesen Gedanken Valérys habe ich mir zu Hause eingerahmt. Und zum Ausgangspunkt meiner Doktorarbeit gemacht. Diese Feststellung steht im Zentrum der Schichtungstherapie, und das kann mir niemand nehmen. Aus diesem Grund liebe ich *Mundohr*.«

Ich atmete tief ein und stellte Natalia meine letzte Frage, obwohl ich tief in meinem Inneren die Antwort bereits wusste. »Liebten Sie *Mundohr* aus demselben Grund?«

Natalia setzte sich auf.

»Mir ist schlecht«, sagte sie und sah wirklich krank aus. »Ich möchte mich nicht in Ihre Toilette übergeben, Doktor. Ich will nach Hause. Ich gehe jetzt.«

Natalia packte ihren Wecker ein, schnürte das Blumenkleid fester und stand auf. Die rechte Hand verbarg sie hinter ihrem Rücken und machte mir somit deutlich, dass wir uns diesmal nicht die Hände schütteln würden.

»Nächstes Mal bringe ich Ihnen die Vulva mit«, sagte sie und in ihrer Stimme war der vertraute provokante Ton, mit dem sie sich über mich zu erheben versuchte. »Die Konturen habe ich schon gezeichnet. Für das Schraffieren brauche ich nicht lange. Dann bis nächsten Dienstag. Tschüss!«

Natalia hielt ihr Versprechen. Eine Woche später kam sie wieder in meine Praxis, leider zum letzten Mal. Sie hatte die Zeichnung mitgebracht und einen Text in Dialogform, der mich nicht mehr zu Wort kommen ließ.

REHABILITATIONSPROGRAMM
WOCHE 10

Vorgabe: Zeichnen Sie Ihre Vulva
und lassen Sie sie sprechen.

»Nun denn, Doktor, hier sind wir endlich! Bei der *Vittu* bzw. *Fittan* bzw. *Fyttan* bzw. *votze* bzw. *Fotze* bzw. *futh*. Als Erstes möchte ich Sie mit auf eine Reise in die Vergangenheit nehmen, über das Finnische, Schwedische, Altnordische, Mittelhochdeutsche, Neuhochdeutsche, Schottische und Altisländische bis hin zur indoeuropäischen Ursprache, zum Wortstamm *pū*, der so viel bedeutet wie ›verfaulen‹, ›verrotten‹, ›verderben‹, ›riechen‹, ›stinken‹.

Hier sind wir also.

Ich warne Sie, Doktor: Heute werden meine Worte stinken. Der Körper meiner Worte ist ebenso ungewaschen wie die Anuschka aus meinen Erzählungen …

Bevor meine Vulva zu Wort kommt, möchte ich meine Sünden beichten. Ich weiß, dass ich Ihre Regeln gebrochen habe. *Mea culpa!* Ich kam nicht, wenn ich hätte kommen sollen. Ich habe Ihnen Einblicke in mein Sexualleben gegeben, die Sie vielleicht als verletzend empfunden haben. Ich hoffe, dass Sie mir eines Tages vergeben können. Ich hoffe auch, dass Sie verstehen, dass ein Hund so weit geht, wie die Leine es ihm erlaubt.

Ich möchte hinzufügen, dass ich Ihnen für immer dankbar sein werde. Die Arbeit mit Ihnen hat meine Unruhe gelindert. Ich verspüre nicht mehr immerzu den Drang zu ficken, ta-daa! Das habe ich nur Ihnen zu verdanken, Doktor, niemandem sonst.

So, ich glaube, meine Vulva möchte mich unterbrechen.

Spreche ich etwa undeutlich?

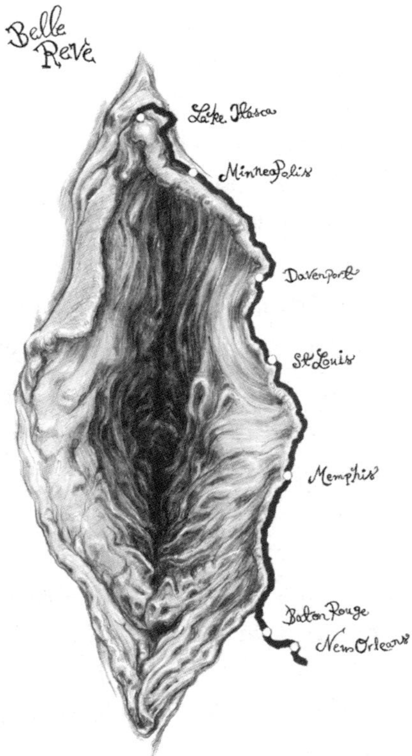

Die Perspektive meiner Herrin ist in dieser Angelegenheit recht beschränkt. Außerdem kann sie nur für sich selbst sprechen. Aber weil ich heute ausnahmsweise der Ehrengast bin und weil ich gebeten wurde, meine Sichtweise darzulegen, möchte ich Folgendes sagen:

Ich habe von Anfang an gehofft, dass Sie sich eines Tages von Ihrem Sessel erheben und neben mir Platz nehmen. Und es sich in mir bequem machen. Ich habe in meinem kleinen Versteck erwartungsfrohen Saft abgesondert, denn zu mehr bin ich nicht in der Lage. Alles, was ich kann, ist fließen.

Mein Problem ist, dass die Bekenntnisse meiner Herrin mich durch und durch feucht werden lassen. Allein, dass Sie ihr zuhören, lässt mich vor Freude zucken. In diesem stilvoll eingerichteten Zimmer passiert etwas, das meines Erachtens nicht passiert, wenn meine Herrin mit weiß Gott wem im Schlafzimmer herumtollt. Das fühlt sich auch gut an, aber nicht so.

Einmal, als meine Herrin wegen Mundohr *weinte, haben Sie sich tapfer zu mir gesetzt. So ein guter Mensch sind Sie, bereit, Regeln beim Anblick von Tränen zu brechen. Sie haben sie getröstet und das Richtige getan; meine Herrin brauchte ein Papiertaschentuch, keine Penetration.*

Aber es gibt auch andere Momente … zahllose andere Momente. Ich bin so weit geöffnet, wie es möglich ist, glitschig wie eine Auster. Ich fließe, schwitze, tropfe und höre nicht auf, ehe das Zucken aufhört.

Wenn Sie mir in dieser Angelegenheit nicht helfen können, Doktor, sollten Sie den orangefarbenen Bezug Ihrer Couch waschen und mich davonschicken, denn ich bin schlecht, schlecht, schlecht …

Wie Sie sehen, habe ich meine Genitalien *sotto in sù* gezeichnet. Ich habe mich hingekniet, meine Handykamera auf dem Boden zwischen meinen Beinen platziert und mehrere Fotos gemacht. Mit meinen Fingern habe ich meine inneren Schamlippen gehalten, sie geschlossen und wieder geöffnet, sie leicht zur Seite geschoben, zuerst nach links, dann nach rechts und dann wieder gerade, ich habe sie zwischen Zeige- und Mittelfinger einen schmalen Strich bilden lassen, um sie schließlich wieder weit zu öffnen.

Auf der Suche nach dem perfekten Bild habe ich einige faszinierende Beobachtungen gemacht. Etwa, dass man die Form der inneren Schamlippen verändern kann. Sie sind nicht wie Knetmasse, aber sie nehmen auch nicht wieder umgehend ihre ursprüngliche Position ein. Denn die gibt es nicht. Es gibt keine bestimmte Position, in die sie gehören. Die Schamlippen bleiben für einen Moment in der Position, die ich mit meinen Fingern vorgebe, ehe sie sich wieder zurechtrücken, wie sie wollen. Die inneren Schamlippen bezeichnet man auch als kleine Schamlippen, obwohl sie beileibe nicht immer klein sind. Manchmal sehen sie aus wie Dumbos Ohren, manchmal wie die schrumpeligen Lamellen auf der Unterseite von Pfifferlingen. Und bei jeder Frau sind sie einzigartig.

Ich wollte alle möglichen Formen sehen. Ich machte fünfzehn Fotos. Jedes Foto war anders, und ich verstand, dass die möglichen Metamorphosen endlos waren.

Ich weiß, dass Sie zeitgenössischer Lyrik skeptisch gegenüberstehen, aber auch dort stößt man auf weise Worte. Eine renommierte Lyrikerin schreibt in ihrem neuesten Gedichtband: ›Die *Vittu* ist ein zugiger Flur‹ und ›die Vulva das violette Wohnzimmer‹. Das ist ein großartiges Gedicht, es heißt *Die Namen*. Ich sehe es genauso: Die *Vittu* ist zum Gebären, die Vulva zum Genießen. Die *Vittu* ist ein Durchgangsort, in der Vulva hält man sich stattdessen auf.

Sie haben einmal gesagt, dass die Sprache alle Macht habe. Und Sie hatten recht. Wir sprechen nicht von den »äußeren Fortpflanzungsorganen«, wenn es nicht um Fortpflanzung geht, richtig? Und was für ein Fortpflanzungsorgan soll die Klitoris bitte sein? Ihre einzige Aufgabe besteht darin, der Frau Lust zu bereiten. Wir sprechen nicht vom Genitalbereich, außer wir wollen die Fotze zu Grabe tragen, denn das Wort geht zurück auf das lateinische *Genitus*, Perfektpartizip des Verbs *gignere*, und damit Bezeichnung von etwas, das gezeugt oder geboren hat, das alles getan und alles gegeben hat. Fehlt nur noch eine Grabrede. Das hier ist jedenfalls keine.

Während der Übung habe ich also viel Zeit damit verbracht, meine inneren Schamlippen zu berühren, was ich selten tue, außer ich bin erregt. Na ja, und natürlich, wenn ich meine Schamhaare rasiere, denn ich rasiere mich untenrum, obwohl eine andere renommierte Lyrikerin ein recht kritisches Gedicht zu dem Thema verfasst hat, an dessen Anfangsverse ich mich für immer erinnern werde:

Ich stutze meinen Wald nie. Er duftet und surrt.
Durch die Krone meiner gekräuselten Haare
reitet dein Schwanz herein, juchzend vor Glück.

Wie dem auch sei, sich beim Rasieren zu berühren, ist etwas anderes als beim Arrangieren eines Fotomotivs. Es ist eine praktische Angelegenheit, die Lippen beiseite zu schieben und dabei aufzupassen, dass die Klinge nicht an der falschen Stelle schneidet.

Als ich den Stift in die Hand nahm, fühlte ich etwas anderes.

Ich konnte mich nicht entscheiden, welches Foto ich als Vorlage für meine Zeichnung nehmen sollte. Ich sah die Serie der fünfzehn Bilder immer wieder durch, ich betrachtete jedes einzelne unzählige Male. Ich schlief eine Nacht darüber und begann dann aufs Neue mit dem Durchsehen und Betrachten. Schließlich sah ich meine Genitalien nicht länger als Teil meines Körpers. Der Körper ringsherum verschwand, und Georgia O'Keeffes unanständige Blumen begannen durchzuscheinen. Wissen Sie, was ich sah? Die unfassbare Schönheit meiner inneren Schamlippen eröffnete sich mir wie eine Apfel-Rose, Blütenblatt für Blütenblatt. In visueller Hinsicht ist die Öffnung der Vagina ein ziemlich langweiliger Ort. Trotz ihrer Feuchtigkeit ist die Scheide steril und anonym, so wie jede beliebige, von einer endoskopischen Kamera fotografierte Körperöffnung, Mund, Darm, Anus. Aber sehen Sie sich die Klitoris an! Sie ragt stolz hervor wie der Stempel einer weißen Kalla, nur in Rot. Und sehen Sie sich die äußeren

Schamlippen an. Hier kann man die prachtvollsten Exemplare der Pflanzenwelt wiedererkennen, Mohn, Hibiskus, *Plumeria pudica*.

Am Ende suchte ich mir ein beliebiges Bild aus.

Dann zeichnete ich eine Karte.

Ich heiße Belle Rêve. Weil Sie des Französischen mächtig sind, wissen Sie, dass der Name komplett verkorkst ist, und weil Sie Kunst lieben, werden Sie verstehen, warum das so ist. I've outstayed my welcome, wie man so schön sagt, deshalb ist es nun an der Zeit, dass ich meine Reise fortsetze.

Durch mich hindurch fließt der Mississippi, den meine Herrin in jungen Jahren als Pissymissy bezeichnete. Ich fühlte mich dem Ort umgehend verbunden, immerhin hat das Flussdelta eine ganz ähnliche Form wie ich, und der Spitzname gefiel mir, schließlich besteht meine Hauptaufgabe darin, Urin fließen zu lassen. Meiner Meinung nach ist das die beste Art, einen Reiseplan zu zeichnen: eine neue Form auf einer existierenden zu sehen; Italien als Stiefel, Kroatien als Flugsaurier, Finnland als Jungfrau, Argentinien als trampenden Biber, China als fliegende Hexe, einen Fluss als Vulva, eine Insel als Herz. Auf diese Weise eignet man sich einen Ort an.

Die Feuchtgebiete meines Mississippi können nicht verfaulen, verrotten oder gar stinken, weil die Strömung so stark ist. Mein Mississippi fängt mit seinen Strudeln, was immer er will. Er ist eine heitere Dixieland-Band. Er ist eine Honkytonk-Bar, in der man schreien muss. Fragen

Sie nicht, ob er ein Saloon ist oder ein Bordell oder ein Casino oder irgendetwas anderes, er ist immer etwas anderes. Er ist die Ragtime-Version von Für Elise. *Er ist eine Synkope, über die sich die lieben Herren Doktoren einst ähnlich große Sorgen machten wie über die ruinösen Auswirkungen von Zugfahrten auf junge Frauen. Er ist ein Greyhound-Bus, an dessen Blechrumpf Flügel gewachsen sind. Er ist eine American Airlines-Maschine, dessen Räder auf der Startbahn Flüche schleudern. Er ist ein Kanu, natürlich ist er ein Kanu. Er ist Wasser, Schlamm, Sich-Verirren, Finden, er ist ein Mangrovenbaum, der seine Wurzeln in das braune Wasser hängen lässt.*

Meine Herrin behauptet, sie sei unmusikalisch. Das ist kein Problem, denn die Melodien meines Mississippi sind recht simpel. Man braucht nur ein Schlagzeug, einen Bass und jemanden, der pfeift. Können Sie pfeifen, Doktor? Die Jungs in New Orleans können es jedenfalls! Zur Unterstützung des Drummers schlägt einer auf seinem riesigen Bass im Rhythmus der Musik und pfeift dabei die Melodie, die meinen Mississippi in Bewegung bringt.

Zwei Männer, zwei Instrumente, zwei Hände, ein paar Lippen. Das Orchester meiner Träume; es spielt auf meinen Wunsch mein Lieblingslied: The Bobcats *und – the one and only* – Big Noise From Winnetka!

Ich entdeckte meinen Mississippi Anfang der Achtziger, als ich krank war und zu Hause einen Weltatlas studierte. Der Name erfüllte mich mit Freude, denn ich hatte eben erst ein neues schmerzhaftes Wort von meiner Mutter gelernt, ein Wort, das Brennen, Ziehen und Bauchkrämpfe bedeutete, ein Wort, das meine Temperatur steigen ließ und mich zwang, zum Arzt zu gehen. Der Arzt wollte, dass ich in einen Becher pinkle, aber es kam nichts raus. Ich hatte eine Pissblockade. Dieses Wort benutzte mein Vater, während meine Mutter ein anderes benutzte, und ich musste eine Blasenpunktion über mich ergehen lassen, das dritte Rätsel um die Region da unten, deren Bedeutung ich mir viel zu früh bewusst geworden war. Aber von der Blasenpunktion sprach der Arzt, nicht meine Mutter.

Meine Mutter hatte mir ein türkisfarbenes Samtkleid angezogen, das viel zu feierlich für einen Arztbesuch war. Das türkisfarbene Kleid war jedoch das einzige saubere, angemessene Kleidungsstück, denn bevor ich krank geworden war, hatte ich es geschafft, all meine Sommerkleider dreckig zu machen, und einen Rock oder ein Kleid musste ich tragen, denn ich war pipischeu. Das ist das Wort, das ich von meiner Mutter lernte. Ich lernte auch, dass pipischeue Menschen keine Hosen tragen sollten, zumindest keine Jeans, denn ein scheues Untergeschoss mag keine Nähte.

Die Pipischeue brachte den Mississippi an jenem Tag zu mir, als ich, die jämmerliche kleine Patientin, aus Langeweile durch den Atlas blätterte, den ich im Bücherregal gefunden hatte. Ich brauchte einen Zeitvertreib, denn mein Fieber war gesunken und die Schmerzen beinahe weg. Das war, nebenbei gesagt, ein kleines Wunder, denn das rosafarbene Antibiotikum, das ich in den Mund gespritzt bekam, war ein einziger Betrug. Dieser zähflüssige, widerliche

Dreck war angeblich für Kinder gemacht, unter Berücksichtigung kindlicher Vorlieben – was für eine erbärmliche Lüge. Die Substanz war ekelerregend süß, sie schmeckte nicht annähernd wie Erdbeeren, denen sie angeblich nachempfunden war, sondern eher wie saurer Schleim mit einem Schuss Kleber. Als ich meine Mutter zwang, die Medizin zu probieren, gab sie zu, dass es wirklich scheußlich schmeckte. Doch sie stopfte mir den Mund mit der Spritze, die in der Packung dabei war, und weigerte sich, den Arzt nach Tabletten zu fragen, obwohl ich allen lauthals deutlich machte, dass ich genauso gut Tabletten schlucken konnte wie die Erwachsenen.

Ich blätterte also auf dem Sofa durch den Atlas, als sich vor meinen Augen eine Doppelseite offenbarte, auf der ganz Nordamerika abgebildet war, der Ort, zu dem die Cousine meiner Großmutter 1921 mit einem Schiff aufgebrochen war und von wo wir einmal im Jahr eine Meerrryyyy-Chriiiistmaaaas-Karte bekamen, auf der ein dicker Weihnachtsmann abgebildet war, der sich den Bauch hielt und ›ho ho ho‹ rief. Ich begann, den Kontinent zu untersuchen, und fand rasch den Bundesstaat Michigan, aus dem die Weihnachtskarten stammten. Ich fand einen kleinen Punkt namens Battle Creek, an dem sich die Cousine meiner Großmutter niedergelassen hatte, woraufhin ich meinen Blick über die Doppelseite schweifen ließ.

Dann erblickten meine Augen den Mississippi.

Konnte es so ein Wort geben? Es zischte wie gesundes Pipi, und ich begann das Wort zu zischen wie einen Zauberspruch, um für immer und ewig gesund zu sein. Während ich zischte, verwandelte mein Mund Mississippi zu Pissymissy, und ich teilte das Wort entzwei. Ich verstand, was der erste Teil des Wortes bedeutete.

Ich fragte meine Mutter: ›Was bedeutet *missy*?‹

Meine Mutter sagte, *missy* bedeutet so viel wie ›kleines Fräulein‹. Meine Freude wurde immer größer: Genau, das war ich! Ich armes, kleines Fräulein, das die Schmerzen des Pinkelns leid war.

So hatte mich mein Mississippi auf den Namen Pissymissy getauft. Auf der Welt gab es einen Ort für mich, einen ganzen Bundesstaat und einen Fluss, der dem Lake Itasca entsprang, und ich schwor mir, dass ich eines Tages in dessen warmes Wasser eintauchen würde. Konnte etwas bedeutungsvoller sein als das?

Da meine Herrin nun in der Zeit zurückzugehen wünscht und nicht wie ich vorwärts, und da sie das Bedürfnis hat, über Urin zu sprechen statt über Lust, worüber ich viel lieber sprechen würde, dann soll es so sein, in Ordnung, wir können noch für einen Moment in den Rückspiegel starren. Wo du schon dabei bist, kannst du noch eine Toilettengeschichte erzählen, meine Liebe. Die Uhr tickt. Erzähl von dem Geldschein an der Badezimmertür! Erzähl, wie aufgebracht dein Vater war! So viel Zeit muss sein.

Das ist keine schöne Erinnerung.

Mein Vater war der geduldigste Mensch der Welt, außer wenn er wütend wurde. Und wenn er wütend wurde, war er wirklich außer sich. Diese Formulierung benutzte er selbst, meine Mutter und ich auch. Ich weiß nicht, wer damit angefangen hat, aber ich weiß, dass niemand auf der Welt so außer sich sein konnte wie mein Vater.

Wenn er begann, außer sich zu sein, verschwand der liebevolle Glanz aus den Augen meines Vaters. Die Welt verdunkelte sich. Das lag ausnahmslos daran, dass ich ungezogen war. Und nicht nur ein wenig, sondern in kosmischem Ausmaß. Diesmal hatte ich die Küchenschere von ihrem Haken genommen.

Ich hielt die Schere in meinen Händen, schnippschnapp.

Ich war ein Urzeitmonster, hungrig wie ein Wolf. Meine Nase konnte man nicht betrügen, ich konnte meine Beute riechen. Sie lag auf dem grünen Samtsofa und bemerkte nicht, wie ich mich anpirschte.

Ich überraschte sie.

Ich halte es für angebracht, Sie daran zu erinnern, Doktor, dass meine Herrin diverse Privilegien genoss, anders als zum Beispiel ihre Freundin aus der Nachbarschaft, die ständig Prügel bekam. Die physische Unversehrtheit meiner Herrin wurde bis zum Ende bewahrt. Sie durfte ungestraft herumalbern, Quatsch machen und sich sogar ein wenig danebenbenehmen, sie durfte spielen und ihre Fantasie füttern, solange sie nicht mit mir spielte, denn ihre Eltern glaubten, dass Spielen die wichtigste Aufgabe eines Kindes sei. Kurz gesagt, meine Herrin hatte eine sehr privilegierte Stellung. Aber mit purer Bosheit konnten nicht einmal ihre außergewöhnlichen Eltern umgehen.

Ich fiel über das Sofakissen her, das meine Großmutter bestickt hatte, aber ursprünglich hatte ich gar nicht vor, es zu beschädigen. Ich wollte ihm lediglich ins Genick springen und JIII-HAA schreien, denn als ich schnipp-schnapp zum Sofa ging, hatte ich aufgehört, ein Urzeitmonster zu sein; ich hatte mich schnipp-schnapp in eine Bisonjägerin verwandelt. Ich stürmte mit der Schere auf das Sofa zu.

Das war mein erstes, aber vergleichsweise kleines Vergehen. Deshalb wäre mein Vater noch nicht außer sich gewesen.

Ich sprang mit den Knien zuerst auf das Sofa, so wie ich es mir vorgestellt hatte, rief JIII-HAA, so wie ich geplant hatte, und hob die Schere triumphal in die Luft. Ich kletterte auf das Kissen wie eine Jägerin, die aus dem Galopp auf das Genick des Bisons springt und sich im Handumdrehen in eine Bisonreiterin verwandelt. Ich hielt die Schere wie einen Speer über meinem Kopf, als plötzlich meine Mutter ins Zimmer kam.

Sie rief laut: ›Sei vorsichtig mit der Schere!‹

Sie rief außerdem: ›Was machst du hier eigentlich?‹

Ich rief meiner Mutter zu: ›Ich werde diesen Bison töten!‹

Das war der Satz, der meinen Vater aufgebracht werden ließ.

Hätte ich gesagt, ich habe diesen Bison getötet, wäre nichts passiert. Das Spiel wäre vorbei und die Fantasie gefüttert gewesen. Ich hätte meiner Mutter die Schere geben und ein versöhnliches Lächeln aufsetzen können.

Aber ich hatte verkündet, dass ich hier und jetzt auf dem

Genick des Bisons saß, bereit, ihn zu töten. Ich hielt das Kissen zwischen meinen Knien, ich roch Blut und Moschus, ich sah die Panik in den Augen der Bestie und den dampfenden Atem, der aus ihren Nüstern aufstieg, ich sah das Fleisch, die Gedärme, ich hörte das Todesröcheln.

Ich begann mit der Schere auf das Kissen einzustechen.

Ich stach einmal zu, und als meine Mutter schrie, stach ich ein zweites Mal zu. Ich stach zu und sah meine Mutter an, ich stach zu und sah, wie der Gesichtsausdruck meiner Mutter von überrascht zu ungläubig wechselte, von ungläubig zu wütend, von wütend zu entsetzt.

Dann, plötzlich, brüllte meine Mutter.

Sie brüllte: ›Junge Frau! Schluss jetzt damit!‹

Aber damit war nicht Schluss.

Ich riss immer schneller Löcher in das Kissen, nicht mehr theatralisch und weit ausholend, als hielte ich einen Speer in der Hand, sondern mit kleinen, bedachten Bewegungen, als handelte es sich um einen Dolch, ein ums andere Mal, und hinterließ tiefe Schnitte im Polster. Unter dem von Großmutter bestickten Kissen fand sich ein zweites Kissen, klein, mit einem hellgrünen Bezug, den ich ebenfalls mit der Schere bearbeitete und unter dem weiße Wattefüllung zum Vorschein kam.

Ich roch das Blut, den Tod, den Rausch und mein bevorstehendes Ende.

Du konntest ein richtiger Rotzlöffel sein. Und das war nicht das einzige Mal. An einem Samstag im Sommer hast du dir vor den Augen deiner Mutter die Harke geschnappt, die sie benutzte, um die Karotten im Beet zu verziehen. Deine Mutter sah dich kommen und legte das Gerät aus der Hand. Du wolltest dir etwas zum Naschen aus der Erde holen, aber deine Mutter sagte: ›Die müssen noch ein bisschen wachsen.‹ Du hast dir die Harke geschnappt und bist davongelaufen. Du bist kilometerweit gelaufen und hast das Gerät im Wald versteckt. Das Entsetzen über deine Tat hat dich aus der Bahn gebracht. Du hast das Versteck nie wiedergefunden.

Dann kam mein Vater ins Zimmer. Er ging nicht, er rannte nicht. Er kam an wie ein Tanker im Hafen, wie ein Zug am Endbahnhof, wie jemand, der sein Ziel erreicht hatte. Dann stellte er sich in voller Größe neben meine Mutter und sah mich wortlos an.

Ich kreischte und warf die Schere auf den Couchtisch.

Ich blickte die Schere an, als wäre sie eine Giftschlange.

Ich rief, es tut mir leid, es tut mir leid, *mea maxima culpa*, aber niemand hörte mich.

Mein Vater erstarrte und wappnete sich innerlich. Zuerst legte sich sein Gesicht in Falten und sein Körper versteinerte. Dann öffnete er den Mund. Er holte tief Luft und stieß Silbe für Silbe ein gewichtiges Wort aus, wobei jede Silbe gewichtiger und lauter war als die vorherige, noch scheppernder und unheilvoller, noch größer und erdrückender, ehe die letzte Silbe fiel und die Welt in ihrer bisherigen Form zerstörte.

Mein Vater rief: ›Herr-schafts-ZEI-ten!‹

Dann schlug er mit der Faust auf den Couchtisch.

Du bist über die Sofalehne geklettert und hast die Beine in die Hand genommen. Du bist zur Toilette gerannt und hast die Tür verschlossen. Dein Vater hinterher. Seine Beine waren wie die eines Riesen, seine Faust wie ein Amboss, mit dem er auf die Tür einschlug. Er brüllte: ›Mach auf!‹ Aber du hast nicht aufgemacht. Du hast auf mir, in einer Pissepfütze, auf dem Boden gesessen und vor Angst geheult.

Ich hörte die schnellen, hektischen Schritte meiner Mutter. Ich hörte ihre brüchige Stimme: ›Mach die Tür nicht kaputt, bitte.‹ Aber der, der außer sich war, wollte sie kaputt machen, schließlich hatte ich das Kissen kaputt gemacht.

Nun erzähl schon von dem Geldschein! Erzähl uns, wer in aller Welt einen zeitungsgroßen 500-Mark-Schein an die Klotür klebt! Der Geldschein passt perfekt zu dieser Geschichte. Aber welche Geschichte würde nicht von Geld profitieren? Das wussten schon Charles Dickens und Honoré de Balzac, und das wissen Sie auch, Doktor, immerhin haben Sie an meiner Herrin bisher 765 Euro verdient. Am Ende des Tages bekommen Sie weitere 85 Euro, wenn Sie die Geduld haben, sich die Geschichte bis zum Ende anzuhören. Und die Geschichte findet ein Ende, das wird sie – sogar bevor der Wecker klingelt …

In der Gegend, aus der ich komme, war man unglaublich stolz darauf, dass unser glatzköpfiger Präsident, dessen Porträt den 500-Mark-Schein zierte, im Herzen unseres

Bezirks zur Schule gegangen war, in der gleichen Stadt, in die ich als Jugendliche gezogen war, um dort bei meiner Großmutter zu leben. Der Geldschein war im September 1975, anlässlich des 75. Geburtstags unseres Präsidenten, in der Regionalzeitung auf einer Doppelseite abgebildet. Meine Eltern hatten kurz zuvor im Sommer geheiratet, sie waren unsterblich ineinander verliebt. Sie machten das, was sie machen mussten, also mich, woraufhin sie damit hätten aufhören sollen, denn ich war ja geboren.

Im Jahr meiner Zeugung trennten sie jedenfalls das Bild des Geldscheins aus der Zeitung und befestigten es mit Klebeband an der Innenseite der Klotür.

Ich habe meine Eltern nie gefragt, weshalb sie den Geldschein aufgehängt hatten. Und warum in aller Welt sie ausgerechnet Präsident Kekkonen dazu auserkoren hatten, uns beim Geschäft zuzusehen. Verehrten sie ihn und seine Partei so sehr? Oder war es genau andersherum? Sehnten sie sich danach, reich zu werden? Oder war das Porträt Kekkonens ihre Art zu sagen, ›einem Löwen klaut man keine Süßigkeiten‹? Waren sie links eingestellt? Oder doch eher konservativ? Andererseits waren sie durch und durch unpolitisch, zumindest nach meiner Geburt, sodass es sich bei dem Geldschein an der Toilettentür um einen Scherz handeln musste. Schließlich sagten sie jedes Mal, wenn sie auf die Toilette mussten, dass sie einen Geschäftstermin mit Kekkonen hätten.

Es war auch denkbar, dass sie beim Kacken an Kekkonen vorbeisahen, dass sie im Moment ihrer lustvollen Analmeditation jenseits von Kekkonens Porträt eine winterliche Seenlandschaft erblickten, das stereotype Panorama meiner Heimat.

Als Kind war es mir egal, warum der Geldschein an unserer Toilettentür hing. In dem Alter habe ich mich nicht einmal darüber gewundert, dass meine Großmutter an die Wand über ihrem Bett dieses furchteinflößende Kruzifix genagelt hatte, an dem sie jedes Jahr zu Ostern einen noch furchteinflößenderen Plastik-Jesus befestigte. Unter dem bebrillten Blick Urho Kaleva Kekkonens lernte ich zivilisiert zu urinieren und zu defäkieren, damit basta.

An dem Tag, an dem mein Vater außer sich war, kauerte ich jedenfalls in meiner eigenen Pisse hinter dieser Tür und heulte, bis mir eine geniale Idee kam.

Dein Vater mischte sich normalerweise nicht in Erziehungsfragen ein, sondern ließ die Frauen ihre Angelegenheiten unter sich lösen. Er begnügte sich damit, ein Vorbild zu sein. Die Frauen wuselten umher, sie nickten und nörgelten, sie wiederholten fortwährend ihr Genörgel, spannen an ihrem Rad aus Verboten und Zugeständnissen, bis aus dem Kind allmählich ein Faden wurde, gebrochenes, geklopftes, gekämmtes Gewebe, ein dichtes Garn aus dem Webstuhl, etwas Greifbares, ein Pullover, ein Handschuh aus Wolle. Aber manchmal, wenn du zu weit gegangen bist, verlor dein vorbildlicher Vater die Nerven und verkündete auf seine eigentümliche Art, wo die Grenze verlief. Er holte seinen Werkzeugkoffer aus dem unteren Fach des Kleiderschranks, zog den Schraubenzieher heraus, entfernte das Schloss aus der Tür und sah dei-

nen leblosen Körper auf dem Boden. Dein Tod überzeugte ihn nicht. Deine Mutter weinte sich die Augen aus dem Kopf, hob dich von dem Fliesenboden hoch und trug dich ins Bett, wo du dein Spiel den ganzen nächsten Tag fortgesetzt hast. Kein Wunder, dass sie nicht in der Lage war, dich normal zu erziehen. Du warst kein Kind. Du warst ein Albtraum. Du warst nicht zu bändigen, du warst du.«

NATALIAS BÜCHERREGAL

SIMONE DE BEAUVOIR: *Sie kam und blieb.* Übersetzt von Eva Rechel-Mertens. Rowohlt 1953. (Originaltitel: *L'invitée*, 1943)

JUDITH BUTLER: *Das Unbehagen der Geschlechter.* Übersetzt von Kathrina Menke. Suhrkamp 1991. (Originaltitel: *Gender Trouble: Feminism and the Subversion of Identity*, 1990)

HÉLÈNE CIXOUS: *»Coming to Writing« and Other Essays.* Hrsg. Deborah Jenson. Übersetzt von Deborah Jenson, Sarah Cornell, Ann Liddle, Susan Sellers. Harvard University Press 1999. (Originaltitel: *La venue à l'écriture*, 1977)

JACQUES DERRIDA: *Grammatologie.* Übersetzt von Hans Jörg Rheinberger und Hanns Zischler. Suhrkamp 1983. (Originaltitel: *De la grammatologie*, 1967)

EVE ENSLER: *Die Vagina-Monologe.* Übersetzt von Bettina Schültke & Peter Staatsmann. Edition Nautilus 2000. (Originaltitel: *The Vagina Monologues*, 1998)

MICHEL FOUCAULT: *Sexualität und Wahrheit. Der Wille zum Wissen. Der Gebrauch der Lüste. Die Sorge um Sich.* Übersetzt von Ulrich Raulff & Walter Seitter. Suhrkamp 1983–1986. (Originaltitel: *Histoire de la sexualité I–III*, 1976–1984)

MICHEL FOUCAULT: »*Technologies of the Self*«. Technologies of the Self. A Seminar with Michel Foucault Hrsg. Luther H. Martin, Huck Gutman & Patrick H. Hutton. The University of Massachusetts Press, Tavistock Publications 1988

NAOKO HAYASHI: »*La voix dans le dialogue avec soi-même chez Paul Valéry*«. Gallia, Nr. 35, 1995

MARKUS O. KAARTINEN: *Aasinmaitoa* (Eselsmilch). Otava 1983

UUNO KAILAS: »*Helvetti*« (Hölle).

RIINA KATAJAVUORI: *Maailma tuulenkaatama* (Die Welt bedeckt vom Wind), Tammi 2018.

EEVA KILPI: *Tamara*. WSOY 1972

FREYJA KULKUNEN: *Myöhempien kesien jumalat* (Götter späterer Sommer) Poesia 2017.

VEIJO MERI: *Sanojen synty* (Die Geburt der Wörter). Gummerus 2004 [1982]

ELINA REENKOLA: *Intohimoinen nainen. Psykoanalyyttisia tutkielmia halusta, rakkaudesta ja häpeästä* (Die leidenschaftliche Frau. Psychoanalytische Untersuchungen zu Lust, Liebe und Scham). Gaudeamus 2011 [2006].

PHILIP ROTH: *Portnoys Beschwerden*. Übersetzt von Kai Molvig. Rowohlt 1970. (Originaltitel: *Portnoy's Complaint*, 1969)

NATHALIE SARRAUTE: *Kindheit*. Übersetzt von Elmar Tophoven. Kiepenheuer & Witsch 1984. (Originaltitel: *Enfance*, 1983)

NATHALIE SARRAUTE: *Martereau*. Übersetzt von Elmar

Tophoven. Suhrkamp 1965. (Originaltitel: *Martereau*, 1953)

SOPHOCLES: *Elektra*. Übersetzt von Peter Krumme. Verlag der Autoren 1999

LIV STRÖMQUIST: *Der Ursprung der Welt*. Übersetzt von Katharina Erben. Avant 2017. (Originaltitel: *Kunskapens frukt*, 2014).

TUOMAS TIMONEN: *Oodi rakkaudelle* (Ode an die Liebe). Teos 2007.

JOUKO TURKKA: *Aiheita* (Themen). Otava 1982.

PAUL VALÉRY: ›Langage‹. Cahiers I. Editions Gallimard, Bibliothèque de la Pléiade 1973

TENNESSEEWILLIAMS. *Endstation Sehnsucht*. Übersetzt von Helmar Harald Fischer. Fischer 2017. (Originaltitel: *A Streetcar Named Desire*, 1947.